KB236168

그해 여름의 낮과 밤

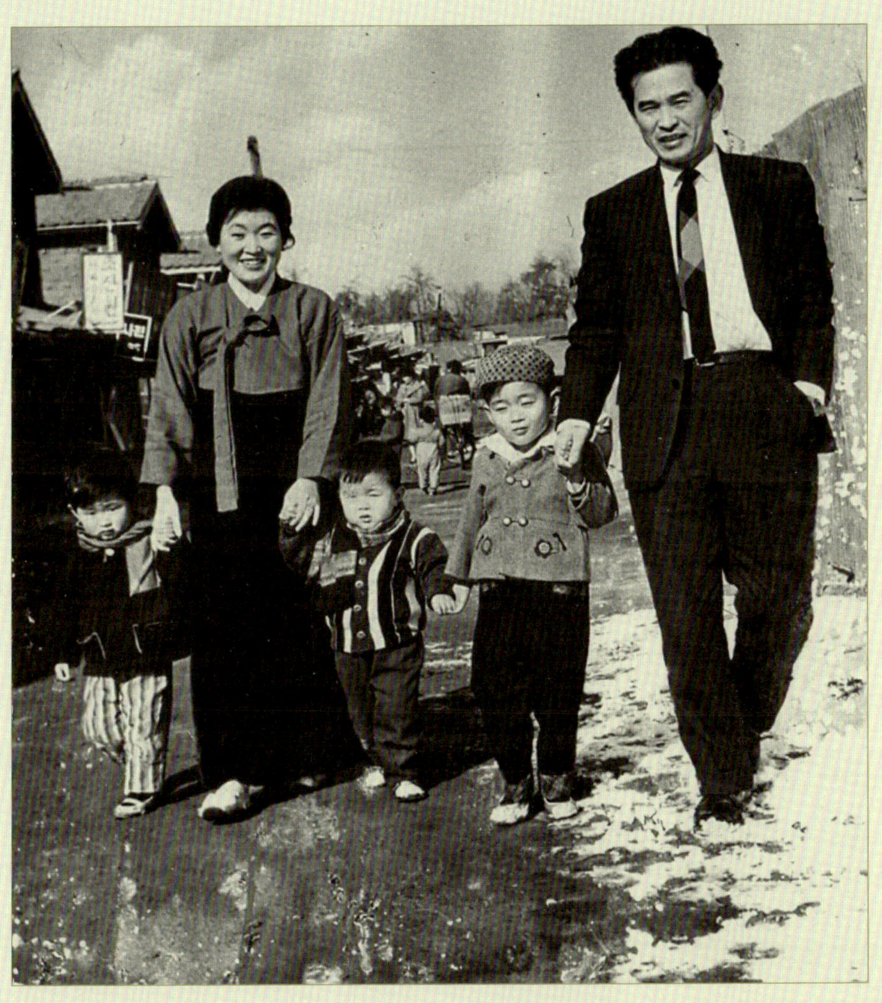

1961년 늦겨울 큰아들이 학교 가기 전에…

사랑하는 할아버님!

할아버님과 헤어질 때는 제가 너무 어렸기 때문에 할아버님에 대한 모든 것들을 모르고 지내왔지요. 그런데 이번에 할아버님의 유고집을 읽게 되어 너무도 감격스럽고 영광스럽고 존경스러운 마음이 제 가슴에 꽉 차 있습니다. 할아버님 축하드립니다. 내려다 봐 주시고 기뻐해 주세요. 비록 생사는 달리 하고 있어도 마음만은 같이 하고 있다는 것을 보여드리기 위해 天上에 계신 할아버님께 이 편지를 드립니다.

저와 부모님도 북유럽 핀란드 수도 헬싱키에서 잘 지내고 있습니다. 항상 좋은 일만 있고 어려운 일은 하나도 없는 것은 아닌 거 같아요. 하지만 지붕이 있는 집에서 따뜻하게 잠들고 하루에 세 끼를 먹을 수 있는 것 만으로도 부처님과 할아버님께 감사드려야 하는 일이겠지요. 보살펴 주신 은혜 감사드립니다. 할아버님의 어린 손녀딸은 요즘 눈이 핑글 핑글 돌 정도로 바쁘게 지낸답니다. 이곳 저곳에서 피아노 연주자로 불러주셔서 몇 번이고 무대에 서야 하고, 제가 만든 동영상이 평판이 좋아 다른 반 다른 학년들 앞에서도 공개가 되었고, 성적이 우수해 단상 위로 올라가 다른 학생들과 상장도 받았고, 요번에는 제가 작곡한 노래들을 연극에 써서 거의 육백명 가까이 되는 사람들 앞에서 다른 학생들과 노래하며 연주도 하였답니다. 믿겨지지 않으시죠? 저도 겨우 일주일 전 일인데도 믿겨지지 않고 아직 실감이 않나요. 주변 사람들은 저보고 천재다 재능이 있다고들 하지만 노력도 없이 처음부터 뭐든지 잘하는 천재는 없다고 생각해요. 다른 사람들이 영화를 보거나 쇼핑을 할 때는 저는 그림 연습과 피아노 연습을 하지요. 이렇게 열심히 노력하다 보면 저는 쭉쭉 자라나고 있겠지요. 지금 이 순간도 저는 한걸음 더 나아가고 있을 테니까요. 할아버님과 제(夏泳)가 천상(天上)과 지상(地上)에서 떨어져 지내고 있지만 열심히 노력하고 성장하는 멋진 모습을 지켜봐 주시길 바랍니다. 이 모든 것은 할아버님이 계셨다는 덕분이니까요. 제가 이곳까지 오게 해 주신 것을 감사드리고 제가 태어날 수 있게 아버지를 낳아 주신 것을 감사드리고 저의 할아버님으로서 이 시대에 만나 할머니와 우리 가족들 모두 같이 살아갈 수 있도록 해 주신 것을 감사드리며 극락왕생(極樂往生)을 바랍니다.

언제나 할아버님을 존경하고 사랑하는 막내 손녀딸 하영 올림.

印象 좋은 金相民

吳學榮의 金相民 評 (『現代文學』 62號, 1960. 2)

年齡으로 보나 무엇으로 봐도 손아래인 내가 金相民氏의 人物을 評한다는 것이 失禮인듯 하다.

文壇에 몇 안되는 戲曲作家요, 또 같은 時期에 같은 雜誌에, 같은 選者의 힘을 입어 登壇했다는 연고만 가지고 될수 없는 일이지만, 氏와는 늘 마음의 부담 없이 안심하고, 자리를 같이 하기 때문에—그리고 내가 年上의 兄과 다름 없이 密度를 지니는 까닭에 이런 실례를 하게 되는 것 같다.

사람을 사귀는데 가장 빠른 길은 상대방의 어떤 特徵的인 결함을 찾아내서 理解하는데 있다고 한다. 그런데 金相民씨는 그 어떤 결함이라는 것을 좀처럼 발견하기가 쉽지 않은 분이다.

氏와 인사를 交換하기는 三年이 되었다. 요즘 서너번만 만나면 「先生」이 「兄」이 되고 급기야는 「兄」이 「너」로 飛躍하는 時勢로 봐선, 氏는 言行 하나에도 언제나 처음과 다름이 없다. 말하자면 언제나 온전하고, 따뜻한 人間的인 親密感의 소유자인 것이다. 그런가 하면 한편 庶民的인 感情도 多分해서 酒朋은 아닌 모양인데, 목이 컬컬하면 「약주나 한잔 합시다」 하고 권하기도 한다. 그러나 내 酒量이라는 것이 메뚜기 오줌만큼하니 선뜻 따라 서기도 무엇해서 사양하고 말지만—氏는 이렇게 테가 없다. 그래서 그런지 外貌도 첫 印象이

픽 좋다. 언제가 어느 茶房에 앉아 있으려니 낯 모르는 친구가 와서 畵像의 모델이 되어 달라고 請하더라는 것이다. 보아하니 환쟁이임에는 틀림 없는데 衆人이 보는데서 肖像을 그리다니 창피하여 拒絶했다는 것이다. 그 친구 그래도 안차게 물러 앉아 스켓취를 했다고—아무튼 氏의 印象이 좋기 때문에 畵像을 부탁하는 사람도 있는 것이다.

이러한 외모와 內情은 作品에도 잘 反影되어 있다. 作中人物의 心理的 明暗을 명확히 하여, 抒情的이며, 따뜻한 感動力을 높이는 것이 그것이다.

무엇보다도 氏는 抒情의 世界를 理解하고 있다. 그리하여 作品이 하나의 抒情詩를 읽는 느낌을 준다.

抒情과 詩의 이메지를 융합시키는데 경주된 노력이 作品에서 발견되는 인상이지만 아마 이 점은 氏의 文學的 作業에 있어 커다란—그리고 오랜 硏究的 課題가 이넌기 힌다.

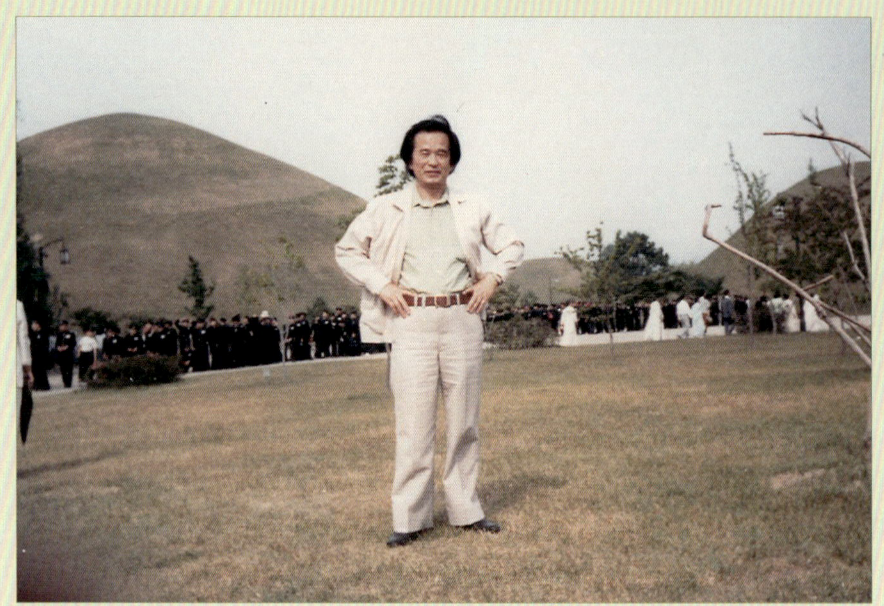

경주에서

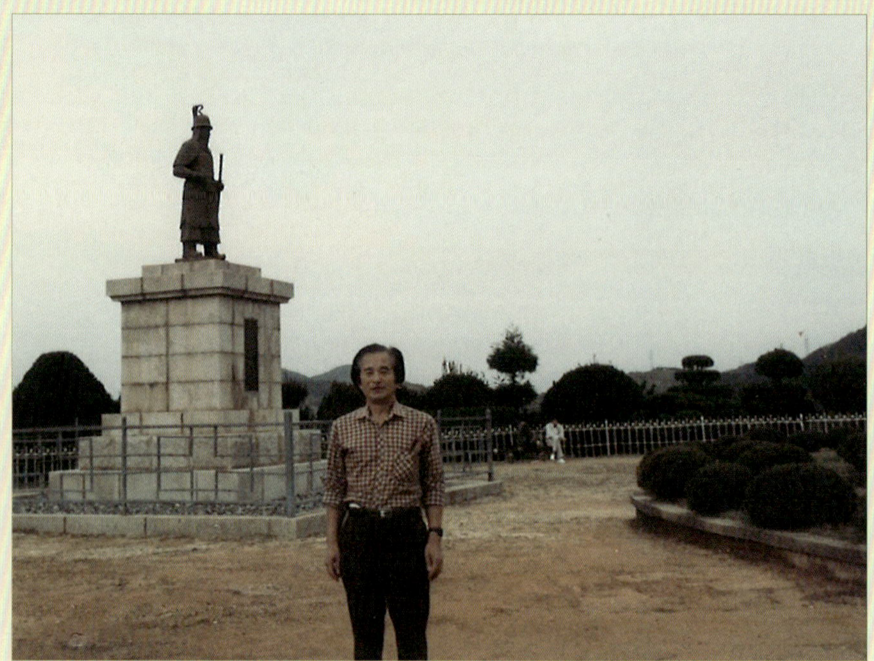

통영 여행길에서

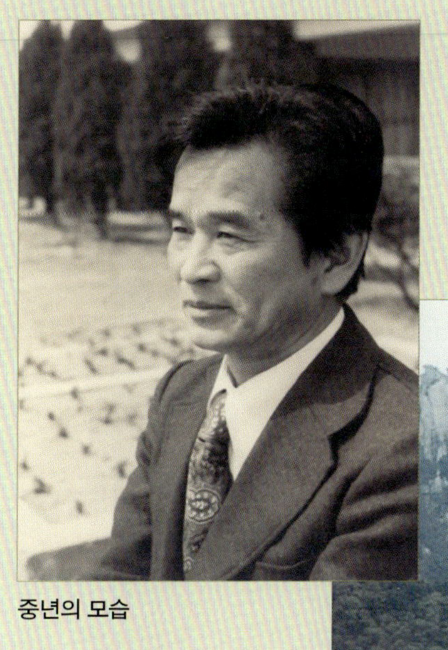

중년의 모습

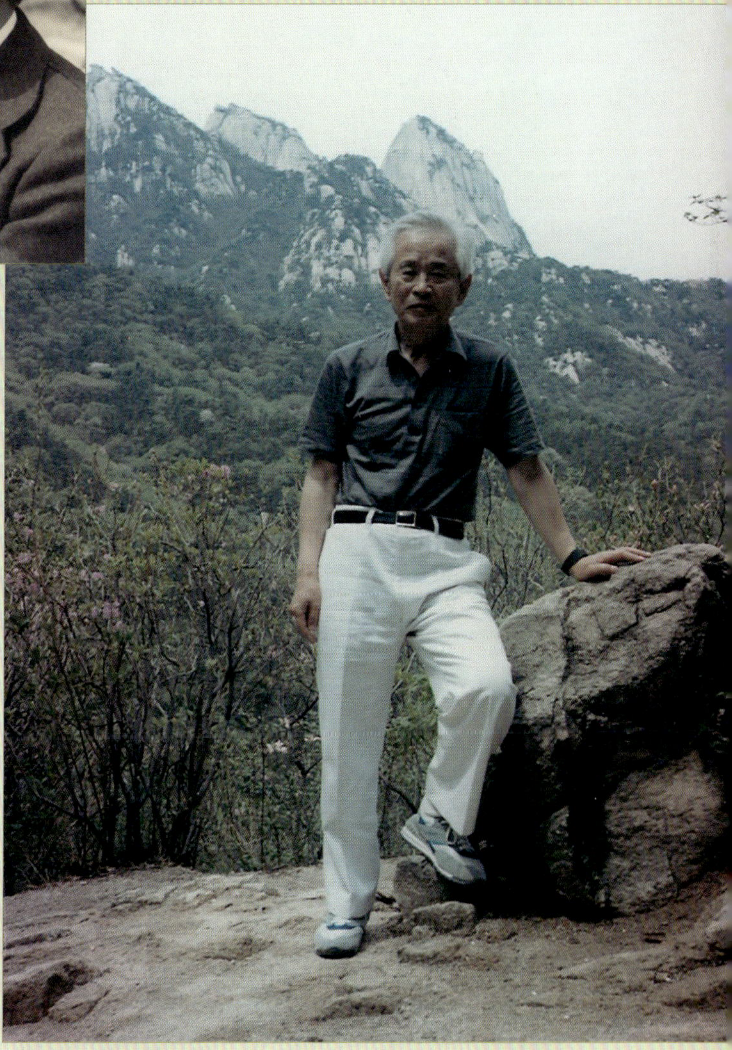

도봉산 산행 중에서

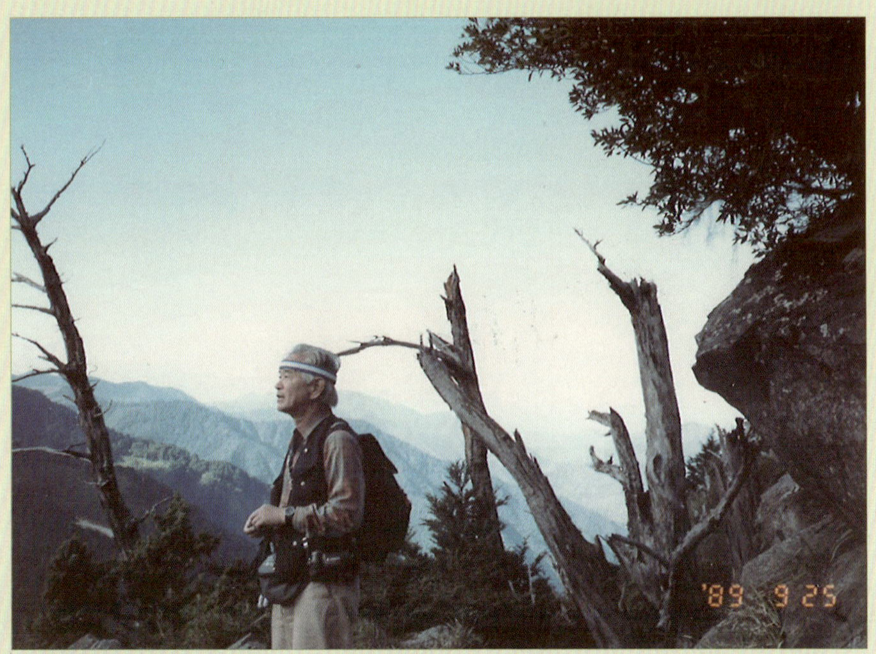

대만 玉山 등산 중에

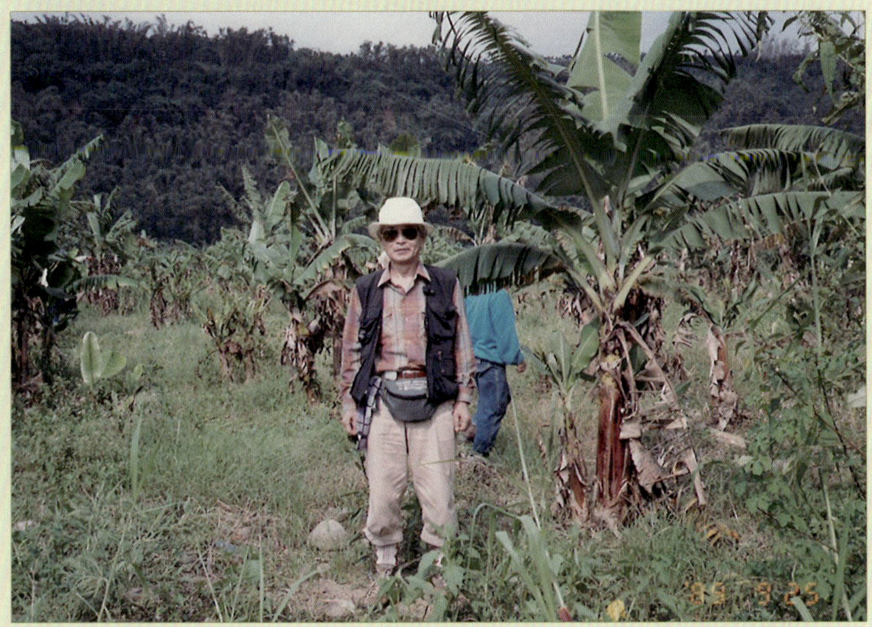

대만 玉山 에서

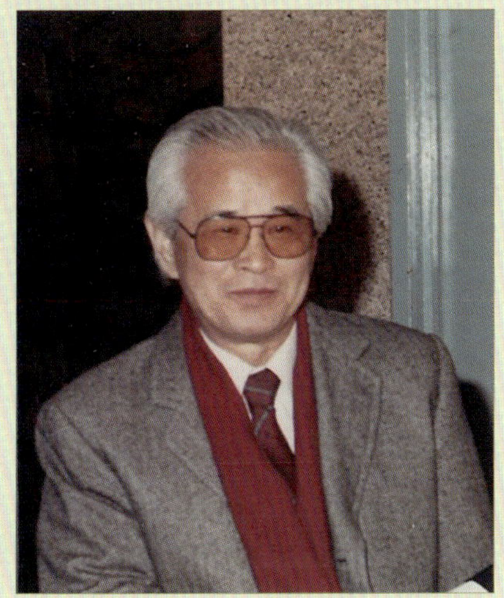

노년의 모습

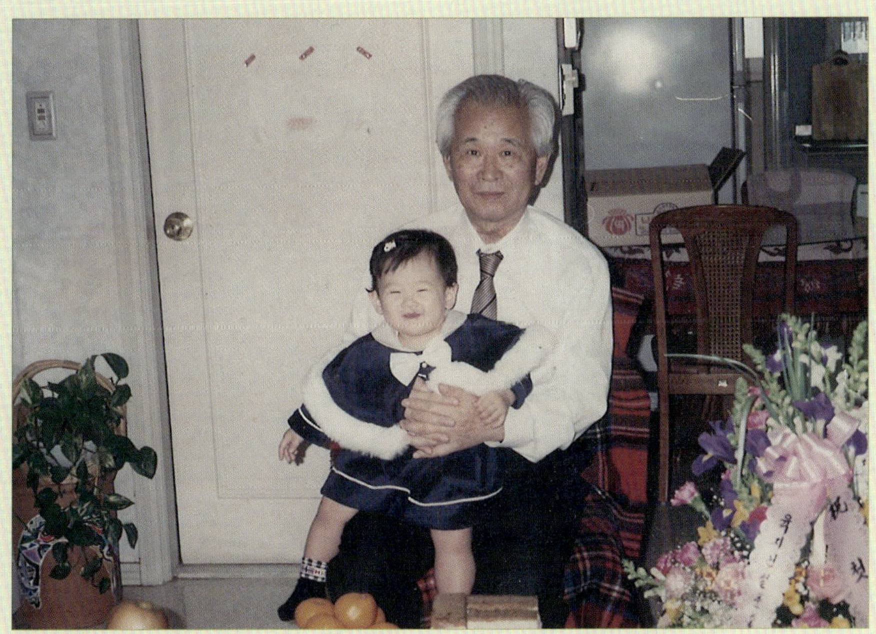

손녀 하영이와 함께

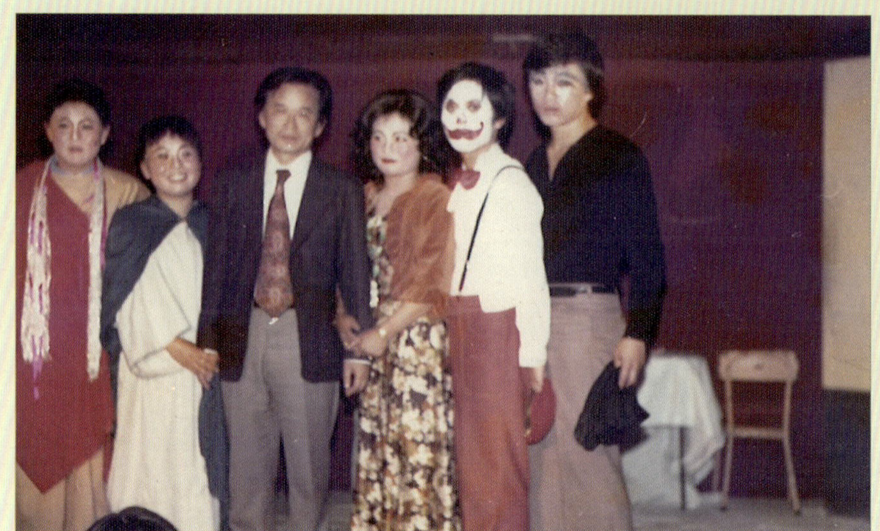

연극 공연을 마치고

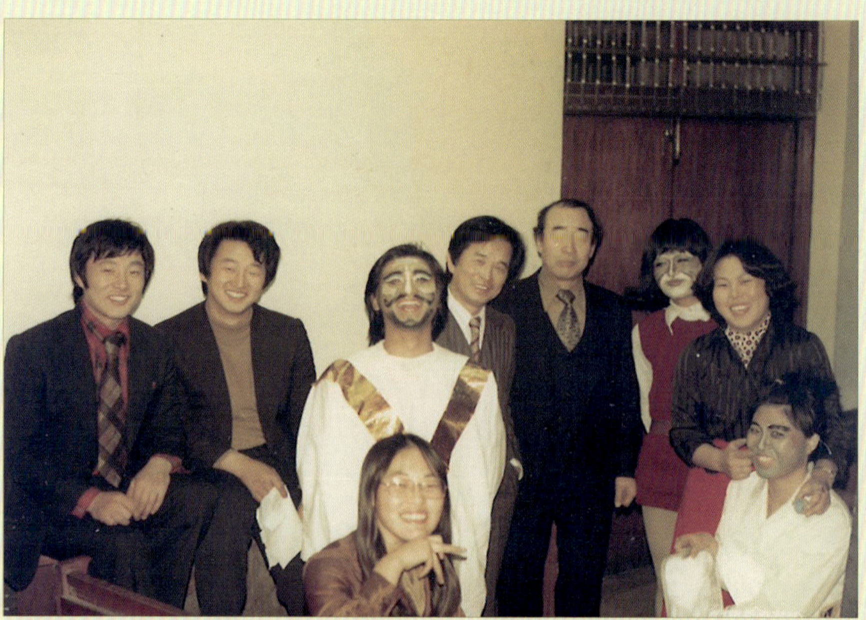

연극 공연을 마치고

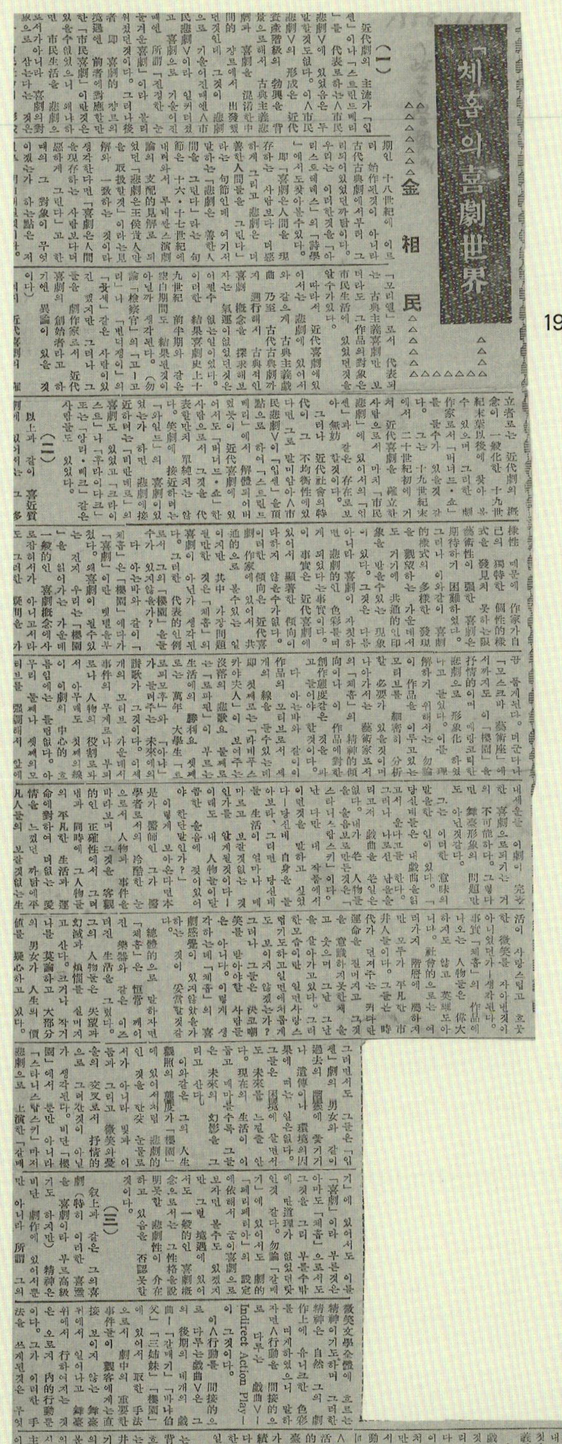

「체홉」의 喜劇世界

金相民

1958. 11. 10 〈政大〉 학보에 실린 기사

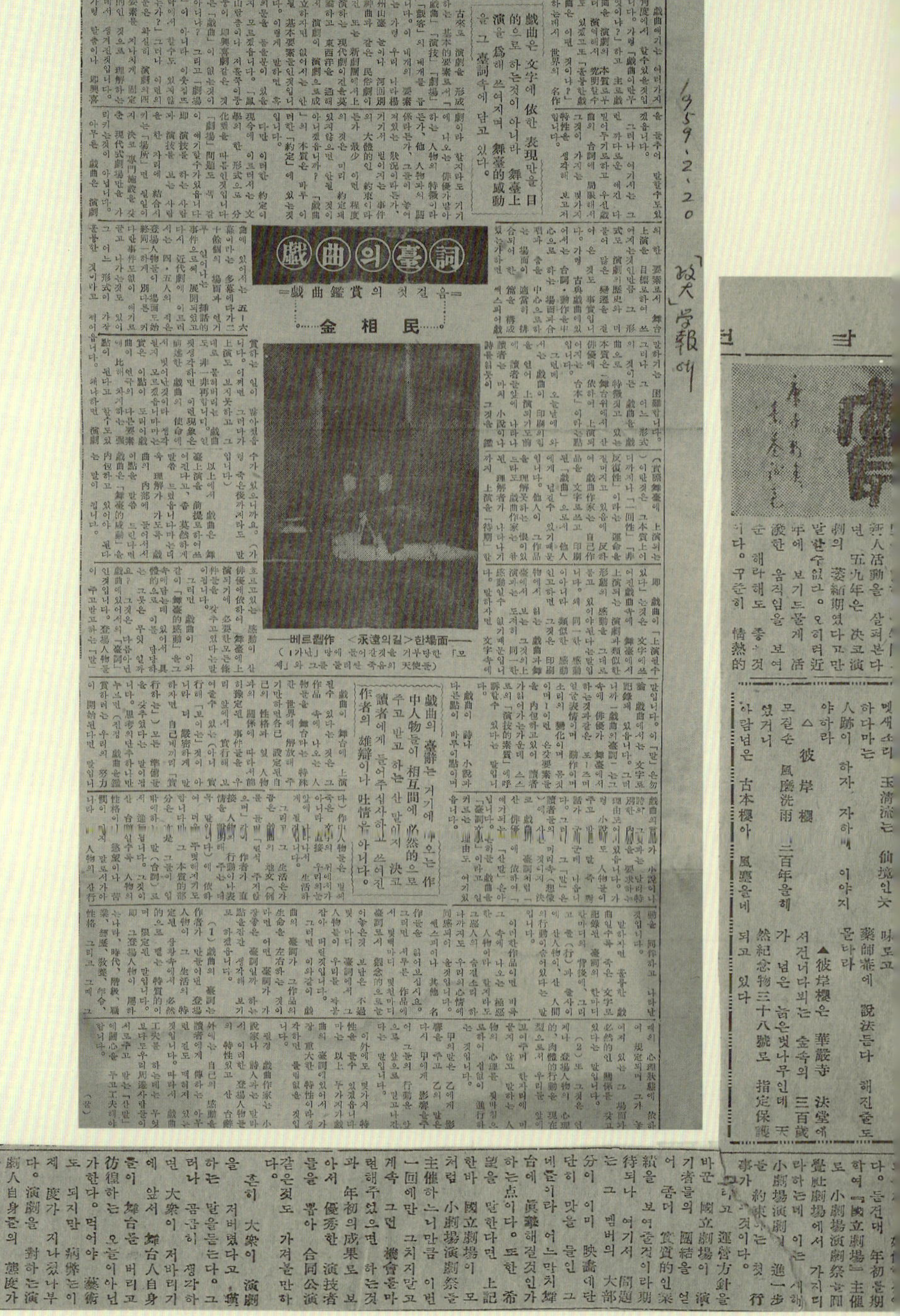

戲曲의 臺詞

＝戲曲鑑賞의 첫걸음＝

……金相民……

베르힐作 〈永遠의길〉 한場面 ——
（1가녕）「와 그를 울리면서 죽음을」天壽堂

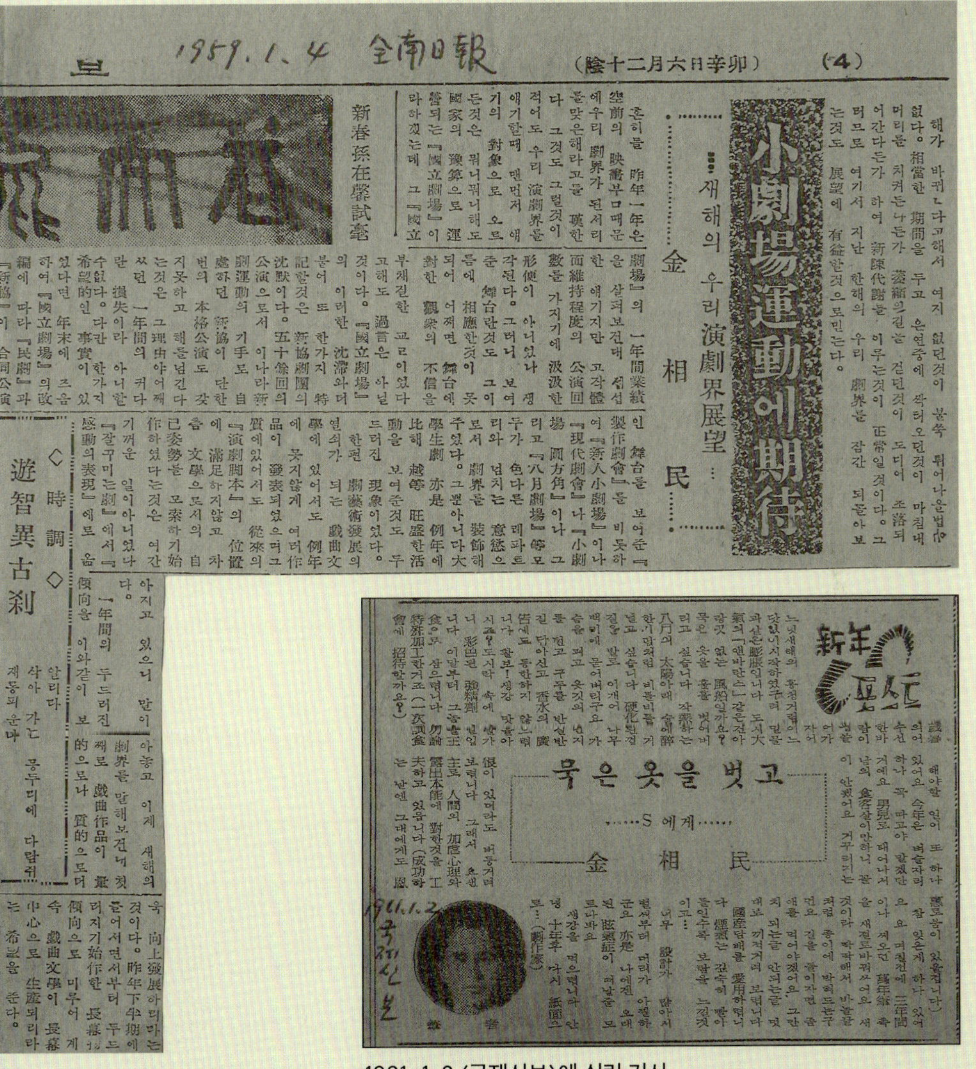

1961. 1. 2 〈국제신보〉에 실린 기사

그해 여름의 낮과 밤

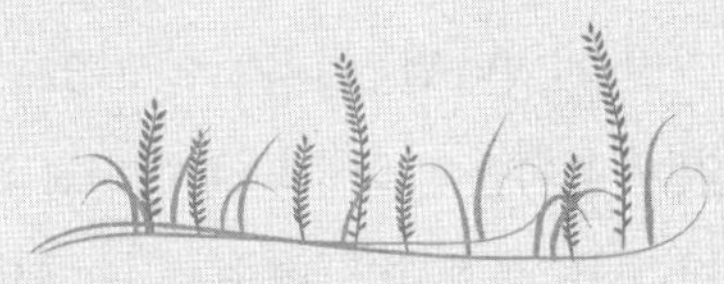

줄거리

우리가 살고 있는, 우리 주변의 오늘의 이즈러진 여러 모습들을 주인공 상하의 방황을 축으로 하여 극화하고 싶었다.

상하는 현실에의 적당한 적응을 거부한다. 그것은 그의 말대로 현실이 '야비하고 치사하게' 그에게 받아들여지기 때문이다. 그러면서도 그는 꾸준히 현실에 뿌리내려야 할 터전을 찾아 방황하는 것이다.

극은 여름날의 열기와 수다스러움을 배경으로 어느 휴일의 낮에서 이튿날 새벽에 걸쳐 전개되는데 전체적으로 일종의 회상형식으로 묶여진다.

방황의 시발은 도시 변두리쯤 되는 어느 황량한 초지에서 시작되는데 돈내기 투견에 끼어든 상하가 내기에 계속져, 가지고 있던 돈을 몽땅 날리고 끝내는 그의 애인, 명숙이가 갖고 있는 '어머니 약살 돈'마저 나꿔채 승부를 계속한다. 그 결과, 그의 말대로 행운을 찾아주는 '돼지꿈'의 덕택이었던지 승운은 계속 그의 것이어서 드디어 적잖은 돈을 거머쥐게 된다.

한편, 상하의 행동에 실망한 명숙은 상하가 만나자고 한 다방에도 들르지 않고 자기집(달동네)으로 돌아가게 되는데 천막학교 어린이들이 그녀를 에워싸고 노래로써 맞이한다. 그날 저녁나절 그녀가 살고 있는 판자집은 '어머니 중병' 따위 사정엔 아랑곳없이 철거반원들에 의해 헐리게 된다.

상하는 이제 돈도 쓸만큼은 생겼겠다, 명숙을 만나서 자랑도 늘어놓고 싶었으나 만나지 못하자 거리를 배회하다가 서커스천막에서 들려오는 애수어린 트럼펫소리에 끌려 서커스구경을 하게 된다. 거기서 그는 마술사의, 깃털을 훅 불어 비둘기로 변하게 하는 놀라운 묘기에 감탄한다. 하루하루가 지루하게만 느껴지던 그에게는 이는 전연 새로운 놀라움이자 충격이 아닐 수 없었다. 더구나, 나중에 마술사가 남자 아닌 여자(금희)임을 알게 되자 그는 또다른 관심을 갖게 된다. 그의 배회는 계속되면서 노상에서 금희를 만나게 되자 그의 야릇한 호기심을 이제 장미빛 욕망으로 옮아가기에 이른다. 그러한 그의 욕망은 뜻밖에도 금희가 가진 그의 뒤를 따르면서 새로운 방황을 몰고 온다.

한편, 이날 한강 백사장에서는 대통령 후보 출마자 지산박사의 선거유세가 있을 것이어서 인산인해를 이룬 가운데 선거열기가 뜨겁게 타오르고 있었다.

그러나, 유세가 열리기도 전에 지산박사가 괴한의 습격을 받아 쓰러지면서 드디어 불발로 그치고 만다. 여·야당은 이 사건을 놓고 '자해놀이다', '정치테러다'로 맞서 상대방을 서로 비난 규탄한다.

그리고, 시경산하 전경찰력이 긴급출동되어 유원지를 봉쇄하고 범인체포에 나선다. 범인은 '스포츠머리였다'는 목격자인 지산박사의 비서의 진술에 따라 유원지에서 즐거운 한때를 보내던 수많은 스포츠머리들이 임시로 마련된 수사 지휘소로 연행되어 신문을 받게 된다.

금희를 태우고 모타보트놀이를 즐기던 상하도 스포츠머리라는 이유 때문에 경비정에 붙잡혀 연행되어 가는데 사태의 심각성을 눈치챈 상하는 달려들어 경관들을 물에 빠뜨리고 배는 전복시켜 탈출에 성공한다. 이리하여 금희와 다시 만나 '너와 나만의 시간'을 가질 수 있게 되었지만 이미 경찰에 쫓기는 신세라 두 사람만의 오붓한 자리는 그리 쉽게 찾아지지 않는다. 그들은 경찰의 눈을 피해 도피를 계속 끝내는 변두리 산비탈에 공사중인 어떤 빈집에서 하룻밤을 보내게 된다.

그러나, 여기서도 상하의 자의식은 뿌리내릴 터전을 찾지 못하고 만다.

그것은, 금희가 고아원에서 자란 고아이고 거기서 같이 자란 어떤 소년을 좋아했는데 소년은 어느 추운 겨울날 다리 밑에서 굶어죽은 시체로 발견되었다는 사실의 고백과, 그리고 더구나 금희가 어제 자기의 뒤를 순순희 따라섰던 것은 실은 그 죽은 소년의 그림자를 상하에게서 찾았기 때문이라는 고백을 듣게 되면서, 일종의 자기모멸감에 빠지게 되었기 때문이다. 그녀는 ‘나의’ 비둘기가 아니라 잠시 ‘나의 옆’을 스쳐가는 비둘기임을 깨닫는다. 그는 신음에 가까운 홍소를 터뜨린다. 어지간히 자기자신이 싱거워진 것이다.

그는 ‘애기를 가졌다’며 수줍어하던 명숙의 모습을 그리며 안개 속을 자신의 수배전단이 붙어있을 거리를 향해 발길을 옮긴다. (끝)

나오는 사람들

상하: 20대 후반

금희: 서커스걸

명숙: 상하의 애인

경아: 상하의 소꿉친구

신사: 테러리스트

청년: 신사의 부하

지산박사: 대통령후보 출마자

기타 다수

때: 여름. 어느 휴일의 낮에서 이튿날 새벽까지.

곳: 서울

신1 초지 (F·1)

(산모퉁이 풀밭에서 투견이 벌어지고 있다. 왁자지껄한 구경꾼들. 상하, 어떤 사나이와 돈을 건다.)

상하　자, 다섯장이요!

사나이　째째하게 노네. 열장 걸어.

상하　좋다! (그러나 그의 호주머니는 이미 비어 있다. 옆에 명숙이에게 손을 벌린다.)

상하　돈 이리 내.

명숙　돈 어딨어? 없어.

상하　거기 있잖아? 긁어봐.

명숙　나 가버릴거야. 이게 무슨 꽃야? 모처럼 만나서 개쌈에 돈이나 걸고! (새침해서 구경꾼들 사이를 빠져 사라진다.)

사나이　보들보들 복술강아지라더니… 임자 야인야?

상하　내기 안할거야?

사나이　안하긴! 끝장봐야지. 그래, 어느 쪽야?

상하　7번이다.

사나이　좋았어! (그들 돈을 묶는다. 시작종이 울리자 7번과 3번 개가 싸움을 시작한다. 응원하는 두 시람. 합세히는 구경꾼들, 7번개가 공세로 나온다.)

소리들　7번 파이팅! 멱살 물어! 바람구녁 뚫어놔!

소리들　3번 파이팅! 깔고 뭉개버려! 3번 이겨라! (드디어 전세는 역전되어 7번개가 깽깽거리며 도망간다.)

사나이　럭키세븐도 별수없구만. 이거 번번이 미한허이. (돈을 챙기고나서 한 사나이에게) 붙어 보실까요. 심심파적으로? 쌈은 개가 하고 돈은 댁에서 벌고.

상하   두고보자. (급히 사라진다.)

신2 언덕받이

(나무그늘에 오두마니 앉았는 명숙. 초리에서 소음이 들려온다. 상하가 저 만치서 그녀를 발견하고 언덕을 올라온다.)

명숙   …
상하   화났어?
명숙   …
상하   (담배를 피워문다).
명숙   (일어서며) 나, 할 얘기 있어.

신3 강뚝

(상하, 물에 대고 돌팔매질할 뿐.)

명숙   뭐라구 말 좀 해줘. 그렇게 꿀먹은 벙어림 난 어떡해? 내 말 거짓부
            리 같아? 내 말 믿업지가 않아서 그래?
상하   지금은 아무것도 생각하고 싶잖아.
명숙   너무해, 정말 너무해.
상하   바보같으니라구! 명숙인 세상이 그렇게도 무서워? 우리가 어디 못
            할 짓 했나? 우린 떳떳하게 살아왔다구, 깨끗하게. 꿀릴것 하나 없

어, 남들이 뭐라든! 돈 내. (그녀의 백을 나꿔채 돈을 꺼낸다.) 있다 다방에서 만나.

명숙　　안돼! 어머니 약 살 돈야!

신4 초지

(상하가 허겁지겁 나타나서 돈을 건다.)

상하　　몽땅이다. 단판내기로 하세!

사나이　진작 그렇게 나올 것이지.

상하　　10번이다.

신5 지하철

(명숙이 흔들리고 있다. 한 여고생이 다가온다.)

여고생　명숙이 아냐?

명숙　　오랫만이다. 학교 갔다 오니?

여고생　얠 봐. 학교 관두더니 공일날도 다 잊었구나. 그래 백화점은 오늘 노니?

명숙　　요새 못나가.

여고생　왜?

명숙　　어머니 병때메...

여고생　그럼 여태두 어머니께서 편찮으셔? 무슨 병인데 그러시지?

명숙 위암이래. 어머닌 속앓이로 알고 계셔.

여고생 안됐구나. 너두 고생이 많겠다. 그래서 얼굴이 그리 해쓱해졌구나.

명숙 …… 나 예서 내린다. 잘 가.

여고생 그래 안녕.

신6 초지

(싱글벙글 웃음을 날리는 상하. 손에 적잖은 돈뭉치가 들렸다.)

상하 자, 덤빌 사람? 쌈은 개가 하고 재민 사람이 보고.

신7 거리

(명숙이 걸어간다. 다방 앞에서 잠시 망설이다가 그래도 지나친다.)

신8 다른 거리

(상하가 구두에 광을 내고 있다. 그는 휘파람을 날린다.)

상하 너 행운이 어떻게 찾아오는지 아니?

소년 몰라요.

상하 꿈을 꾸어—돼지 꿈

소년 네?

신9 예식장 앞

(명숙이 발을 멈추고 구경한다. 신혼 부부의 행복한 여러 모습. 명숙이 자리를 뜬다.)

신10 다방

(상하가 다방으로 들어간다. 다방 안을 두리번거리는 상하.)

상하　명숙이 안왔어?

레지　안왔는데요.

상하　토라졌나, 요게?

경아　(소리) 데이트가 깨져서 김 팍 샜네.

상하　경아가 여긴 웬 일야?

경아　(새롬새롬 웃으며) 자기 만나려고…… 소꿉친구 찾아 물 건느고 산 넘어 허덕허덕 달려왔지. 안돼?

상하　혼자야? 강아진?

경아　요새 학교는 왜 안나오지? 야간이 시시해서 집어쳤어? 아님 어디 수위자리라도 하나 언어걸렸어? 아이고, 나도 이러고 있을게 아니네. 팔걷어 붙이고 청소부자리자도 찾아나서야겠네. (깔깔 웃는다.) 다리 안 아파?

상하　(앉는다.) 이게 무슨 냄새지? 술 먹었어, 대낮에?

경아　(훅—하고 입김을 일부러 불어댄다.)

상하　곤드레만드레로. 그건 그렇고 그 줄줄 꽁무니에 묻어다니던 강아지 녀석 안뵈지? 차버렸어? 아님 걷어챘어?

경아   대타자가 있는데 무슨 걱정야? 적시에 한방 날려줄 대타자…… 나
        끄떡없어. (상하의 옆으로 옮겨앉아 바싹 달라붙는다.) 어때, 이런
        그림? 살아있는 조각……누가 봐도 모락이라 하진 않겠지? 그래
        나 존생각 떠올랐어. 우리 말야, 자기랑 나랑 요모양 요꼴로 화석
        으루 싹 굳어져 버리자구. 미이라……사랑의 미이라……천년의 신
        비……어때, 근사하지?
상하   사람들이 쳐다봐. 챙피하게시리……저만치 떨어지지 못해!
경아   알았어. 분부대로 할께. 요만치 외톨이 화석이 될께. 저 눈 좀 봐.
        제법 근엄한데! 고추 꺼내들구 내 앞에서 씨하던 시절 같은건 저
        리 가라야. 뭐, 나더러, 살짝바람에도 들어눕는 갈대라고? 좋아,
        좋았어! 언젠가는 그 콧대 납쭉하게 만들어놓테니. (그러나 상하
        는 이미 사라지고 없다.)

신11 뒷골목

(창녀들이 서성거린다.)

창녀(1) 우매우매 제 오신다, 우리 신랑 제 오신다. 싱글벙글 웃어싸니 장
        원급제 하셨나봐. (귀에 대고) 나하구 놀다가, 응, 말 잘들을께.
창녀(2) 세상에, 어쩜 이리 미끈하게 빠졌담! (귀에 대고) 시가레트 해브
        유?
상하   오냐오냐, 해브 유다! 향단이도 옛다. 월매아지매도 옛다, 이쁜이라
        빠질쏘냐? 어서어서 불지펴라. 아궁지에 불지펴서 시름걱정 다 태
        워라.
창녀(3) 아이고 배꼽 빠져. (상하의 팔뚝을 만지며) 통뼈야. 삐딱 안겼다간

으스러지겠네. 세계 챔펀 잡수셨우?

상하 그래 잡수셨다. 맛좀 봐라. 무릎배급?이다. (주먹을 휘두르는 바람
에 창녀들이 호들갑을 떨고 흩어진다. 서커스천막에서 트럼펫소리
가 들려온다. 상하, 그리로 발길을 돌린다.)

신12 천막학교 (달동네)

(좁은 마당에서 아이들이 놀고 있다. 명숙이를 발견하고 아이들이 달려간
다.)

아이들 야, 명숙이 누나다!

명숙 다들 잘 있었니?

아이(1) 누나, 우리랑 같이 놀자. 배구해. 자매학교 친구들이 보내준 공야.

아이(2) 누나가 우리학교 선생님이 돼? 선생님이 그러셨어. 명숙이누나가
머잖아 나랑 손잡고 너들을 가르치게 될거라고 말예요. 정말예요,
누나?

명숙 그야 너들이 그러길 바랜다면 말이다.

아이들 야, 신난다! (아이 하나가 하모니카를 분다.)

아이(3) 얘네 형이 불던건데요, 구녁이 스물네개나 돼요. (아이들이 하모니
카에 맞추어 즐겁게 노래한다. 수심을 지우고 밝은 표정으로 아이
들을 둘러보는 명숙.)

신14 서커스 천막 안

(상하가 들어온다. 허공에서 공중묘기가 벌어지고 있다. 음악이 새로 시작되면서―.)

사회자　(소리) 신사 숙녀 여러분, 대단히 감사합니다. 그럼 이제부터 여러분이 고대하시고 고대하시던 한국의 유리게나, 마술계의 천재, 아유타선생의 기상천외의 묘기를 보여드리겠습니다. 아유타선생 등장! 박수!

(음악과 더불어 아유타선생 등장. 그는 객석에는 개의치 않고 다짜고짜로 간단한 마술 몇 가지를 연습이나 하듯 시도한다. 예컨대, 빈 손수건에서 계란 나오게하기, 손바닥에 쥐었던 동전이 엉뚱한 곳에서 나오게하기 등이다. 그러나, 지팡이마술은 두어번 실패한다. 잠시 궁리끝에 아까와는 다르게 지팡이를 허공에 던져올린다. 지팡이는 허공에서 꽃가루가 되어 흩어진다. 아유타선생, 비로소 만족의 웃음을 씽긋 지어보인다.)

사회자　(소리) 그럼 오늘의 스페셜코너……(아유타선생이 두 손을 번쩍 들어 인사한다. 음악이 일고 조명이 바뀐다.) 이름하여―비둘기는 이렇게 하여 하늘로 날아올랐었다!(아유타선생이 마술사 특유의 율동적인 동작으로 상 위에 놓인 꽃송이를 손으로 건드리자 꽃은 비둘기로 변한다. 이리하여 탄생한 비둘기들은 마치 운명론자의 순종처럼 그의 앞에 다소곳이 앉아있다.)

사회자　(소리) 신사 숙녀 여러분, 여러분 중에 혹시 저 비둘기가 가짜비둘기다―그리 생각하시는 분 안 계십니까? 행여 그런 분이 계시다면 그 분은 마치, 자기자신이 비둘기가 아님을 확인하기에 일생을 바쳤어두 끝내 성공하지 못했다는 저 손펜선생만큼이나 비극적입니

다. 허나 말입니다, 백문이 불여일견이요, 돌다리도 두드려보고 건
느라 하신 선인들의 가르침을 받들어 기어코 비둘기의 정체는 내
눈으로 확인하고야 말리라—그런 집념의 사나이가 계시다면 사양
마시고 이리 나오십쇼. 자, 나오십쇼. (상하가 벌떡 일어선다. 장내
에 까르르 웃음이 번진다. 비둘기를 붙잡고 요모조모로 주물러보
고 건들어보고하는 상하. 아니라고 고개를 젓는다.)

사회자 (소리) 이제 진짜 비둘기임이 확인됐습니다. 선생께선 나오신김에
수고수럽지만 비둘기들을 거기 철제상자에 넣어주시겠습니까? 뚜
껑을 덮어주시죠. 고리를 잠그고요. 썩잘 하셨습니다. 내려가셔도
좋습니다. 즐거운 휴일이 되시길—
(아유타선생이 권총을 발사하자 비둘기는 간데없고 깃털만 남았다.)

사회자 (소리) 비둘기는 과연 어디로 갔을까요? 기대하시라! 이 기상천외
의 신기를 똑똑히 보시라! (아유타선생이 깃털을 허공에 던져올려
훅—하고 불자 비둘기로 변한다. 비둘기들은 마치 환생의 기쁨을
구가하듯 구, 구, 소리를 지르면서 천막 안을 한바퀴 돌아 어디론
가 밖으로 사라진다. 아유타선생이 몸에 걸쳤던 여러 가장들을 벗
어던지고 앞으로 나와 두 손을 들어 인사한다. — 그는 남자 아닌
새파랗게 젊은 여자—금희이다.)

금희 감사합니다. (어안이 벙벙해서 바라보고 있던 상하, 갑자기 배를
끌어안고 웃기 시작한다. 눈물이 나올 지경이다.)

(F·O)

신14 도심지 (F·I)

(고층건물의 숲을 부감으로 팬한다.)

신15 어느 사무실

(신사가 신문을 읽다가 졸고 있다.)

〈그의 화면〉
―천삭기의 창끝이 암반을 뚫으면서 불꽃을 튀긴다. 그러나, 고르지 못한
슬로우모션 커트. (바뀌어 타이프치는 단조로운 음향―여비서가 타이프를
치고 있다.)
〈타이프가 찍어가는 글자〉
햇볕 쨍 쨍
유리창 쨍그렁
날라리 우리 사장
시커먼 모래사장
(전화벨이 울린다. 여비서가 일어선다. 그러나 수화기는 이미 신사의 손에
들렸다.)
신사   네, 네… 알겠습니다.

신16 달동네

빨래 너는 아낙(1)   명숙이네 말입니다, 거 참 딱하게 됐더군요. 글쎄 오늘 당

장 집이 헐리게 된다문서요! 노인네가 속앓이로 들어누워 오늘낼
하는데 저를 어쩜 좋다죠?

아낙(2) 누가 아니랍니까? 여태까지 참아준것만도 고맙게 여기라구 그런
대요. 그 터가 교회당인가 무슨 당인가 들어설 터라더군요.

명숙 안녕하세요?

아낙(1) 에유 명숙이, 어디 갔다 인제 오우. 빨랑 집에 들어가봐요.

명숙 무슨 일이 있었나요, 집에?

아낙(2) 손님들이 다녀갔다우. 조금 전에.

명숙 손님요?

아낙(1) 반가운 손님이사 이 산꼭대기 누가 찾아오겠우? 집달리가 다녀
갔어요.

아낙(2) 곧 집을 철거할 것이니 세간살이들을 죄 밖으로 꺼내놓아라―그
리 딱딱거렸다우.

명숙 네? (급히 사라진다.)

아낙들 어째 남의 일 같지가 않구먼.

신17 명숙이네 집

(어머니가 병석에 누워있다. 명숙이 돌이 온다.)

명숙 어머니, 다녀왔습니다.

어머니 늦었구나. 백화점 갔던 일은 어찌 됐느냐?

명숙 20만원 선선히 가불해 주셨어요.

어머니 고맙구나. 다 네 인덕이니라. 맘을 곱게 써야 남들이 곱게 봐주지.
배고프겠구나, 뭐 좀 찾아먹어라.

명숙　배고프지 않아요, 어머니. 아픈덴 좀 어떠세요?

어머니　수면제 덕분에 한잠 폭 잘잤다. 통증두 많이 가셔졌구. 그건 그렇고 애 명숙아.

명숙　네, 어머니.

어머니　내 오늘 정신이 말짱할 때 일러둘 말이 있다. 그돈 20만원 말이다. 에미 약 살 생각일랑 아예 말아라. 약먹어 날병같으문 벌써 낫을게다. 괜히 헛돈 쓰지말고 챙겨두었다가 무슨 일이 생기걸랑 뒷치닥거리에 쓰도록 해라. 알아들었냐, 에미말? 난 그저 그 수면젠가 진통젠가 그거문 족하다.

명숙　어머니!

어머니　또 들어라. 듣기 싫어두 똑똑히 들어둬야 한다. 내가 숨이 끊기거든 땅에 묻을 생각일랑 말고 화장터에 실어다가 깨끗이 태워버려라. 재는 에미 고향땅에 아무데나 뿌리고……단단히 새겨두었다가 그대로 시행토록 해라. 이제 할 얘기 다했으니 한시름 던 것 같다.

명숙　엄마! 그런 소리 자꾸 하지 마, 엄마! (매달려 운다.)

어머니　에그 가엾게두……부모 잘못만나 가지구 어린 것이……전생에 무슨 죌 졌게……에그 가엾어라……

명숙　어머니 제발!

어머니　저 소리 무슨 소리냐?

명숙　네?

어머니　밖에서 들려오는 저 소리 말이다.

명숙　밖은 조용해요, 어머니.

어머니　에미가 헛소릴 들었나보구나. 너, 오늘 이집이 헐린다는 소리 들었느냐? 집달리가 다녀갔다.

명숙　(참았던 설움을 탁 터뜨린다.) 네, 어머니!

어머니　이제 곧 인부들이 들이닥칠 게다. 아니, 벌써 저기들 오고 있다. 저

발자국소리 들어봐라. 여럿이구나. 좀 내다봐라.

명숙　어머니!

어머니　(벌떡 일어나앉는다.) 물러가라! 피땀으로 가꾼 내 집 니들이 넘봐? 어림없다!

신18 강변도로

(길을 메운 차량의 행렬.)

신19 달리는 차

(경아가 탔다. 그녀는 몸을 꼿꼿이 세우고 조상처럼 굳어있다. 옆차선 차에서 사내들이 진한 모션을 보내와도 눈하나 까딱않는다.)

신20 넓게 트인 거리

(새생활운동계몽대열이 고적대를 선두로 행진한다. 덤덤한 얼굴로 바라보던 상하, 길이 열리자 횡단로를 건는다.)

상하　애기가 애길 가져? (씩 웃는다.)

상하　(마음의 소리) 그래, 명숙이 찾아가자. 고것, 지금쯤 멸치처럼 꽁해있을 거야. (걸음을 재촉한다. 오토바이가 달려와서 선다. 어떤 청년과 그의 여자친구가 탔다.)

청년　임마 물개야! 어딜 쏘다니냐?

상하　그림 한번 좋았어. 드라이브야?

청년　동물원 갈라거든 올라타.

상하　오케! (여자의 뒷자리에 훌쩍 올라탄다.)

신21 다른 거리

(달려오는 오토바이.)

상하　이 머리 진짭니까?

여자　머리가 어떻다구요?

상하　진짜냐구요.

여자　가발같아요?

상하　냄새가 좋습니다. 좋은 샴푸, 좋은 향수 쓰나부죠. 이름이 뭐예요?

청년　임마, 나미양도 몰라? 탤렌트 이나미……한국의 C·C……

상하　오, 아름다운 이름……아름다운 향수……아름다운 몸매……

여자　(허리에 상하의 팔을 느끼며) 여자친구 없어요?

상하　싸웠어요. 대판.

여자　잔인하군요. 이 존날에. 화의하셔야죠, 어서 만나서.

상하　밤에 만날 겁니다.

여자　(키득키득 웃는다.)

상하　왜들 키득거리고 야단들이지?

　　　(상하의 눈에 보도를 걸어가는 금희의 모습이 보인다. 상하, 오토
　　　바이에서 훌쩍 뛰어내린다.)

신22 보도

(상하, 금희에게로 다가간다.)

상하　실례합니다.

금희　누구신지……?

상하　저 모르시겠습니까?

금희　글쎄요……?

상하　그때 참으로 놀라운 일이 벌어졌습니다. 비둘기들이 일시에 날아
　　　올라 환생의 기쁨을 노래하듯 구, 구, 소리를 지르면서 어디론가
　　　사라져 버렸습니다. 그것은 하나의 음악이요, 황홀한 생의 축제였
　　　습니다.

금희　아, 그때 그 무대에 나오셨던 분이군요. 생각나요—비둘기의 몸통
　　　을 거머잡구 손구락으로 콕콕 찔러대군 하셨죠. 저러다 비둘기가
　　　다치지나 않을까 조마조마했어요. 댁에선 워낙 그리 의심이 많으
　　　신가요?

상하　그때 전 꼭 꿈꾸는 기분이었으니까요. 진실이 비둘기의 날개 어디
　　　쯤에 숨어있을 것만 같았거든요.

금희　진실—?

상하　네, 진실입니다.

금희　그때 찾으셨던가요, 그 진실?

상하　손바닥에 느껴지는 비둘기의 체온이 진실을 말해주었습니다.

금희　그것뿐이 없었나요, 진실이?

상하　또 뭐죠?

금희　그 사회자에 대해 느낀 바 없었어요?

상하　손펜선생이 어쩌구 저쩌구 떠벌이던 그 친구 말입니까? 허지만 그

친구 무대에 나타나질 않았어요. 뒤에서 떠벌였을 뿐.

금희 그야 그럴 밖에요……실체가 없으니까.

상하 무슨 뜻이죠. 실체가 없다니?

금희 그건 사람이 아녜요. 그건 테이프에요—녹음테이프.

상하 녹음테이프라구요?

금희 마술이란 워낙 그런거 아니겠어요? 거기에 매력도 있구요. 사람들은 스스로 허깨비놀이에 뛰어들어 그걸 즐기거든요. 일종의 허상 예찬이죠.

상하 그런데 그 비둘기……진짜 비둘기였나요? 아니, 진실이었죠. 계속 날려 보냅니까?

금희 네, 계속. 비둘기의 귀소본능을 이용하는 거죠.

상하 실례! (다짜고짜로 달려들어 금희의 몸을 주무르고 만지고 한다.)

금희 왜 이러시죠?

상하 허깨비는 아닙니다—확인결과.

금희 이건 실례예요. 숙녀를 이런 식으로 대접하는 법 어딨어요? 더구나 백주 대로에서.

상하 이름이 뭐죠?

금희 경찰이신가요, 댁은?

상하 이름을 물었는데요.

금희 아유타예요.

상하 진짜 이름—본명 말입니다.

금희 아유타라니까요.

상하 (비꼬는) 아씨 성인가요?

금희 (되받아서) 유타이름이구요.

상하 됐습니다. 가보시죠.

금희 네? 정말 아기자기하지 못한 분이네요. 길가는 사람 불러세운 이

유가 고작 이런 거였어요?

상하　말씀드리죠. 한마디로 댁의 정체가 궁금했다―이겁니다.

금희　정체요?

상하　사실, 전 댁의 마술을 보고나서부터 뭐랄까, 야릇한 감정에 휩싸여 마음이 허공에 붕 떠있는 기분이었습니다. 댁과 비둘기가 하나로 겹쳐져서 그 어떤 환상을―즐거운 환상을 불러일으켜주었으니까요.

금희　그런데, 이제 그 즐거운 환상이 산산조각으로 부서졌다―이거죠? 확인결과. (상하, 그녀를 응시한다.)

상하　(마음의 소리) 아니다. 너는 마치 안개속에 호수처럼 신비스럽다.

상하　저에게 시간을 주십시오, 아유타씨.

상하　(마음의 소리) 너의 모든 것―그것이 알고 싶다.

상하　농이 아닙니다. 진정입니다.

금희　꿈에서 말씀이죠? 실례합니다.

상하　안녕히 가세요. (돌아서서 미련없이 걸음을 옮긴다.)

금희　(어이없다는 듯 한동안 뒷모습을 바라보다가 묘하게 마음이 끌려 그의 뒤를 따른다.)

신23 경양식집

상하　(맥주를 권하며) 한잔 더⋯⋯

금희　이제 그만⋯⋯얼굴이 화끈거려서⋯⋯제가 따르죠. 깜짝 놀라셨죠, 제가 따라와서?

상하　솔직히 말씀드려서 아직도 전 꿈꾸는 기분입니다. 왜 따라오셨죠?

금희　글쎄요⋯⋯뭐랄까⋯⋯댁의 역공전술에 말려들었달까⋯⋯

상하　무슨 뜻이죠?

금희　그때 한순간 눈앞이 아찔해지면서…… 아무튼 이렇게 되고 말았어요.

상하　이제는 후회하고 계십니까?

금희　전 후회같은 건 않기로 작정했어요.

상하　미쓰……?

금희　아유타.

상하　(담배를 피워물고 금희에게도 권한다.)

금희　못 피워요.

상하　시간에 쫓기지 않습니까, 오늘 이제부터?

금희　(머리를 흔든다.)

상하　밤엔 비둘기 안 날리십니까?

금희　비둘기도 밤엔 쉬어야죠.

상하　뭐, 간단한 걸로…… 무례한 청일까요?

금희　정말 순진하시군요. 이런데선 아무것도 안돼요. 불가능이죠. 왜, 저 나뭇꾼과 선녀얘기 있죠? 나뭇꾼이 날개옷을 감추는 바람에 선녀는 날지를 못하게되죠. 비슷한 얘기에요. 아리숭한 무대아 어둑한 조명, 주머니투성이인 헐렁한 옷—그런 것들이 말하잠 선녀의 날개옷이구 거기에 꾸준한 훈련과 약간의 정신집중이 필요하구요. 이런 얘기 좀처럼 않는건데…… 더는 안할래요.

상하　일어서실까요?

신24 백화점

(붐비는 쇼핑객들. 상하 밀집모자를 고르고 있다.)

상하　이거 어때요?

점원　잘 고르셨어요. 요새 한창 유행이랍니다.

상하　(금희에게 씌워본다.) 꼭 뭐야, 여학교 선생님같으시네.

금희　고아원 보모로 있은 적이 있어요. 보모에서 서커스걸—대단한 비약이죠? (그녀는 거울에 비친, 자기와 같은 모자의 마네킹을 향해 살짝 웃어보인다.—여러 각도로 되비쳐 흩어지는 그녀의 수많은 얼굴.)

신25 뚝길

(상하와 금희가 손잡고 뛰어간다.)

신26 다리

(상하가 달려온다. 금희가 마주 달려온다. 두 사람, 다리 중간께서 만나 포옹한다.)

상하　오, 그대는 나의 비둘기! (포개지는 입술—금희의 눈이 스르르 감긴다. 한 무리의 비둘기떼가 그들의 머리 위를 선회하여 멀리 사라진다.)

(F·O)

신27 삘딩 (F·I)

(엘레베타를 내린 신사가 현관을 나와 차에 오른다.)

신사　　남산으로!

신28 거리

(청년이 차에 오른다.)

청년　　남산으로!

신29 달리는 차

(신사, 담배를 꼬나문다.)

신사　　더 빨리!

신30 달리는 차

(청년이 담배를 꼬나문다.)

청년　　더 빨리!

신31 남산공원

(서성거리는 청년, 신사가 나타나자 말없이 그의 뒤를 따른다.)

신32 숲속

(일정한 거리를 두고 걸어가는 신사와 청년.)

신33 다른 숲속

신사 대답은?

청년 보수는요?

신사 얼마가 요구지?

청년 잘 아시문서.

신사 뒷감당은 딴 사람이 맡기로 돼있어.

청년 에누리하는 겁니까?

신사 (돈뭉치를 건넨다.) 현찰야—만약을 위해…… 착수금일세.

청년 해보죠.

신사 끝나거들랑 유원지로 피하게, 인파속으로. 만사 실수없도록.

청년 앗다, 제 솜씨 잘 아시문서.

신34 X당사 앞

(대통령선거의 막바지를 말해주는 각종 선전물.
한대의 무개차가 대기하고 있다.)

선전원(1)　(가두에 뿌릴 전단을 한아름 안고 나오며) 백사장은 벌써부터
　　　　　선거열기로 뜨겁게 달아올랐다는 소식이 들어왔어요. 인산인해
　　　　　랍니다.
선전원(2)　적어도 저쪽의 갑절쯤이야……
여선전원　해공선생땐 20만이었다죠?
선전원(3)　두고 보시오. 그 기록이 오늘 깨지고 말겁니다. (당간부가 나온다.)
간부　　　준비 다 됐습니까?
선전원　　박사님만 나오심 됩니다.
간부　　　그럼 다들 들으시오. 오늘의 유세가 우리당의 완승을 다지는 최
　　　　　후일전임을 각자 명심하길 바라오—이상. (운전기사에게 쪽지를
　　　　　주며) 오늘 행진코스요. 그럼 누가 가서 김비서에게 박사님을 모
　　　　　시고 나오도록 일러주시오.

신35 거리

(무개차가 천천히 달리고 있다. 손을 들어 군중의 환호에 답하는 지산박사.
백발이 성성하다.)

확성기　간악한 일제치하에서 민족의 자유와 독립을 위해 싸우셨고 또 유
　　　　신의 암흑기에 독재타도의 선봉에서 싸우신 지산박사께서……

(마이크를 잡은 여선전원의 이마에 땀이 비오듯하다.)

신36 교차로

(신호대기 중인 차량들. 한대의 승용차가 무개차의 옆을 스쳐 회전한다. 청년이 탔다. 그는 사진 한장을 꺼내들고 손구락으로 톡톡 내리친다. 지산박사이다.)

신37 한강 백사장 (유세장)

(바람에 나부끼는 X색 깃발의 물결. 몰려드는 인파. 흥겨운 농악. 확성기에서 선전원의 열띤 목소리가 깨끗한 한표를 호소하고 있다.)

신38 백사장 입구

(청년이 서성거리면서 지형을 살핀다.)

신39 유세장

사나이(1)　인산인해라더니……정말 굉장히도 많습니다그려.

사나이(2)　역시 지산박사님이셔. 도시락 싸들구 시골서 올라온 치들도 많아요.

아낙(1)　　아주머니도 나오셨구먼요.

아낙(2)　　내사 빠져 쓰나유? 박사님이 우리 고향 어른이신데요.

청년(1)　　금번 선거의 뜻을 어떻게 보나?

청년(2)　　한마디로 권력과 민초의 대결, 돈과 지조의 대결―쯤이 되겠지.

청년(3)　　지조고 뭐고 요샌 돈이 첫째지. 그점에서 X당의 승리가……글쎄 어떨까?

확성기　　여러분, 지산박사께서 곧 도착하십니다.

선전원　　깨끗한 한표를 지산박사에게!

소리들　　지산박사를 우리의 영도자로! (군중들의 함성. 주악이 일시에 인다. 이때, 갑자기 군중일각이 무너지면서 사람들이 백사장 입구쪽으로 쏠린다.)

소리들　　테로다! 정치테로다!

신40 백사장 입구

(지산박사가 얼굴이 피투성이가 되어 차에 옮겨지고 있다.)

달려온 당간부　　김비서, 이게 대관절 어찌된 노릇이오? 박사님을 어떻게 모셨길래 이 지경이 됐더란 말요?

비서　　면목이 없습니다. 너무나 갑작스런 일이라……정말 뵐 얼굴이 없습니다. (백차가 달려온다.)

경찰　　지산박사님이 다치셨다구요? 상처는 어느 정도입니까?

비서　　당하시는 순간 정신을 잃고 쓰러지셨습니다만 의식은 곧 회복되셨습니다. 이마에서 출혈이 좀 심합니다.

경찰　　범인을 직접 보셨습니까?

비서   물론이죠. 저 유원지쪽으로 쏜살같이 달아났어요. 갸름한 얼굴에
        스포츠머리, 선글라스를 썼더군요.

경찰   (부하에게) 병력긴급출동을 요청하게. 그리고 유원지를 완전 봉쇄
        하고 스포츠머리들을 보는대로 모조리 잡아들이도록.

간부   파투야, 파투!

경찰   다들 저만치 물러서시오. 현장을 보전해얍니다. 협조 바랍니다.

사나이   그놈 붙잡거든 우리 손에 넘겨 주시오. 요절을 내줘얍니다.

소리   개만도 못한 자식! 낯반대기 확 긁어버려야 해.

기자   정치테로로 보십니까, 역시?

간부   사사로운 일로 예까지 쫓아와 행패부릴 바보도 없잖겠소?

기자   그렇담 배후에 대해…… 어디 짚이는 데라도—……역시 저쪽일 가
        능성이 크겠죠?

간부   당신 지금 무슨 소리하는 거요? 저쪽일 가능성이라니? 그럼 저쪽
        이 아닐 가능성도 있다—그런 말요? 말 삼가시오. 여러분, 여러분
        은 여러 분의 두눈으로 사건의 자초지종을 똑똑히 보셨습니다. 우
        리 민족의 아끼고 존경하는 애국지사이자, 민주투사이신 지산박
        사께서 백주에 테로를 당하셨습니다. 왜? 무엇때문에? 이래도 이
        게 공명선거란 말입니까? 이래도 우리 힘없는 민초들은 함구무언
        으로 침묵을 지켜얍니까? 여러분, 이래도! (그는 격한 나머지 울음
        을 터뜨린다.)

군중들   더럽다! 야비하다! 정치깡패 몰아내자! 지산박사 만세! (사람들 틈
        에 끼어 이 광경을 지켜보는 신사.)

(F·O)

신41 거리 (F·I)

(헬멧을 쓴 철거반원들을 싣고 트럭이 달린다.)

신42 백사장 입구

(병력을 싣고 경찰차가 도착한다. 병력이 백사장에 깔린다.)

신43 천막학교 앞

(트럭이 달려와서 멈추고 철거반원들이 차에서 내려 언덕길을 오른다. 아
이들, 신기한 눈으로 바라본다.)

신44 유원지 (1)

(젊은패들이 춤을 추고 있다. 전경이 나타나서 스포츠머리들을 연행한다.)

신45 유원지 (2)

(그녀와 붙어앉아 사랑을 만끽하던 스포츠머리가 연행된다.)

신46 한강

(경찰 경비정이 보트놀이하는 스포츠머리들을 연행한다.)

신47 수사 지휘소

(임시로 마련된 수사 지휘소 앞에 스포츠머리들이 도열하여 신문차례를
기다리고 있다.)

수사관   (한 청년에게) 주민등록증!

청년   집에 놓구 왔어요.

수사관   몇 살야?

청년   열여섯예요.

수사관   뭐, 열여섯?

청년   고2인걸요.

수사관   요새 애들은 앤지 어른인지 통 분간이 안된단 말야. (옆에 앉은 비
         서를 쳐다본다.)

비서   (아니라고 고개를 흔든다.)

수사관   다음!

신48 한강

(경찰이 쌍안경으로 감시하고 있다.)

경찰   스포츠머리다! (쌍안경에 잡히는 모타보트—상하와 금희가 탔다.)

신49 모타보트

금희   아, 시원해!

상하   헤엄칠줄 알아요?

금희   5미터쯤.

상하   (배를 급선회시킨다.)

금희   (상하에게 매달리며) 겁널줄 알고! 끄떡없어요.

상하   (이번엔 반대방향으로 튼다.)

금희   아. 시원해! (그들 부등켜안고 바닥을 뒹군다.)

확성기소리   정지하라! 엔진을 꺼라!

금희   뭘까요?

상하   엔진을 꺼? 어림도 없다! 꼭 붙잡아요. (전속력으로 달린다.)

신50 수사 지휘소

(신문은 계속되고 있다. 더러는 혐의가 걸려 경찰차에 태워진다. 열중에 청년이 보인다. 다리 위 난간에서 신사가 이쪽을 내려다보고 있다. 시선이 마주치자 청년, V자를 지어 보인다. 신사 고개를 끄덕한다.)

신51 한강

(달리는 모타보트. 추격하는 경비정. 경비정이 모타보트를 앞질러 진로를 차
단한다.)

확성기　엔진을 꺼라!

상하　(단념하고 엔진을 끈다.) 일곱시에 아까 다방에서 만나요. (경비정
이 다가와서 상하를 연행한다.)

신52 명숙이네 집

(인부들이 대기태세에서 휴식을 취하고 있다.)

명숙　(집달리에게 애원한다.) 선생님, 당분간만 어떻게 좀 봐주세요. 어
머니가 병석에 누워계셔서 그래요. 어머닌 중병을 앓고 계세요. 어
머닌 위독해요. 제발 고이 잠드실 때까지만 이 집에서 그냥 지내게
해주세요.

집달리　저분이 교회에서 나오신 집사님이슈. 우린 저분 결정에 따를 뿐입
니다.

명숙　(집사에게 애원한다.) 선생님, 부탁입니다. 지금 집이 헐리면 우리
모녀는 갈곳이 없습니다. 병자를 한데서 재울 수야 없잖겠습니까?
불하가 났는지 공고가 났는지 도통 깜깜이었어요. 정말입니다. 여
태까지 봐주신 김에 제발 며칠만 더…… 선생님, 부탁입니다.

집사　참 딱하게 됐습니다 그려. 내일이 교회당 기공식인데, 이를 어쩐다
지? 장로님들 모임에서 결정된 일이라 어길 수도 없구…… 이 마당

에 내가 도울 수 있는 일이 있다면 고작, 지금 어머님이 잠이 드셨
으니까 잠이 깨실 때까지 작업을 늦춰드리는 정도의 일이죠.

한 할머니 세상에! 댁들은 그래 부모도 없이 태났우? 오늘낼하고 눈감을
날만 기다리는 병잘 그래 기어코 한데 내쫓아야 속이 후련하겠
우? 아무리 빽없는 달동네 사는 사람들이라구 그리 깔보문 못써!
천벌 받어!

집사 작업개시는 댁에서 알아 하십쇼. 나로선 오늘안으루 철거만 된다
면 어찌 되든 상관없으니까요.

집달리 기다려봐야 일이 점점 더 꼬일거처럼 보이는데요. 자, 다들 작업을
시작하시오. 우선 노인네부터 밖으로 모시고.

명숙 (문께로 달려가서 막아선다.) 안돼욧! 못 들어가욧!

집사 집잃고 갈곳없어 방황하는 이 집 가족에게 은총을 베푸시옵소서.

신53 수사 지휘소

(청년이 수사관 앞으로 불려나간다. 다리 위에서 긴장하는 신사.)

수사관 (주민등록증을 훑어보며) 몇 시에 나왔어, 여기?

청년 언제 말입니까?

수사관 뭐, 언제? 언제가 느? 조상할아베더냐?

청년 어저께두 나왔구 그저께두 나왔거든요.

수사관 다시 묻겠다! 몇 시에 나왔어, 오늘?

청년 그때가 아마 열시십오분쯤 됐을 거예요. 아님 이십분쯤 이었거나.

수사관 그것참, 되게 신경 건드리네. 좋아, 그럼 그때부터 이제까지 어디서
뭘했어?

청년   유원지에서 배타고 놀았어요.

수사관   누구랑?

청년   혼자서요.

수사관   그럼 증인이 아무도 없어?

청년   없는데요.

수사관   (비서를 쳐다본다.) 냄새가 안 좋아요.

청년   (고개를 빳빳이 쳐들고 대들듯이 비서를 노려본다. 비서 한참후
         고개를 흔든다.)

수사관   아닙니까?

비서   아닙니다. (다리 위 신사. 툭툭 털고 일어선다.)

신54 경비정

상하   뭣 때문에 내가 이런 취급을 받아야죠?

경관(1)   배타고 재미보는 것도 재밌을 거야.

상하   그래. 그것도 죄가 되나요?

경관(2)   요새 아가씨들, 기분 맞추잠 돈이 무진장 들걸.

경관(1)   (담배를 내민다.) 피울래?

상하   (받아서 피워문다.)

경관(2)   얼마 받았어, 주먹값?

경관(1)   첨은 아닐테지?

경관(2)   잡아떼지 마. 이맛배기에, 난 정치깡패올시다—그리 써있어.

경관(1)   순순이 불면 아가씨와 다시 만나게 해줄께.

경관(2)   순순이 불잖으면 얻어터져. 무슨 뜻인지 알아들어, 얻어터진다는
         말이?

(상하, 일이 심상찮음을 깨닫는다. 그는 별안간 달려들어 키잡은 경관을 물에 밀어넣고 키를 뺏아 배를 지그재그로 급선회시킨다. 그 바람에 나머지 경관도 물에 빠져 허우적거린다.)

신55 한강

(상하가 뺏은 경비정이 전속력으로 질주한다. 멀리 뒤에 경관들이 모타보트로 쫓아오고 있다. 거리가 점점 멀어진다. 이제 추격권을 멀리 벗어나 배는 한적한 수면을 달린다. 상하, 별안간 키를 크게 꺾자 배는 옆으로 미끄러지면서 그대로 뒤집히고 만다. 물의 소용돌이가 차츰 조용해지면서—.)

(F·O)

신56 〈비둘기떼〉 (F·I)

(한무리의 비둘기떼가 하늘을 선회한다.)

신57 성당 언덕길

(금희가 걸어가고 있다. 머리 위에서 비둘기의 날개짓소리가 들려오자 하늘을 우러른다.)

신58 〈비둘기의 시각에서〉

(성당 언덕길을 금희가 걸어가고 있다. 금희의 모습이 확대된다. 금희, 이쪽을 향해 손을 흔든다.)
—비상하는 비둘기가 바라보는 화면을 상상하길 바란다.

신59 회전하는 도시

(비둘기의 비상이 계속됨에 따라 도시가 기울면서 천천히 회전한다. 멀리 도시 일각에 공원모습이 드러난다. 파고다공원임이 분명해진다.)
—비둘기가 비상하는 동안 날개짓소리는 중단없이 계속되어야 한다.

신60 파고다공원

(공원 어느 구석에서 청년이 신문을 읽고 있다. 머리 위에서 비둘기의 날개
짓소리가 나자 하늘을 쳐다본다.)

신61 〈다시 비둘기의 시각에서〉

(청년이 이쪽을 보고 있다. 갑자기 비둘기의 구, 구, 소리가 나면서 청년의
모습이 빠른 속도로 확대된다.)

신62 파고다공원

(청년이 하늘을 쳐다보고 있다. 한무리의 비둘기떼가 머리 위로 날아내리
면서 똥을 찍찍 갈겨댄다. 똥은 청년을 향해 떨어진다.)

청년   샹! 저것들이! 에잇, 재수없어! (하고는 들고 있던 신문으로 똥을
            쓱쓱 문질러 내동댕이친다.)
            —버려진 신문을 C.U—
            〈신문 표제〉
            주먹에 얼어붙은 백사장 열기
            “테로다”, “자해다”—엇갈린 반응

소리   (화면에 덮혀) 우리 당은 이번 백주 유혈테로가 반민주, 반민족, 반
            인도적 군사독재문화가 빚어낸 또 하나의 천인공노할 범죄행위임

을 만천하에 폭로, 고발, 규탄하는 바이다.

다른 소리 X당에게 경고한다. 첫째, 민심은 이미 그대들을 떠났다. 이제 더 이상의 비열한 자해놀이는 집어치우라. 둘째, 그대들의 시대착오적, 불장난에 전체국민의 애국적 충정이 이를 방관, 좌시하지 않을 것임을 엄중히 경고한다.

신63 요정

(신사가 귀에서 이어폰을 뺀다.)

신사 놀고들 있네. 치고 받고 배구놀인가. 자, 술이다. 술 딿어.
(카메라 뒤로 빠지면 청년이 마주앉아 있다.)

신사 건배!

청년 위하여!

신사 너들두 위하여!

여자들 위하여!

청년 오늘 솜씨 볼만했어. 완전무결야.

청년 백주의 테로가 어디 테롭니까?

신사 말한마디 써 잘했어. 그런 의미에서 지!

일동 위하여!

청년 그런데 말입니다. 모를 게 하나 있어요.

신사 뭔데?

청년 그 새파란 비서 말입니다, 그작자 앞에서 인상을 한 번 확 썼더니 그만 찔끔하여 고개를 흔들던데요. 후환이 두려웠던 것이겠군?

신사 놀고 있네. 주먹만 썼지 골통은 탱탱비었구먼.

청년　　무슨 뜻이죠?

신사　　술맛 떨어져. 집어쳐!

청년　　아, 그자가 저쪽 사꾸라였는지도 모르겠구나.

신사　　사꾸라 좋아하네. 이봐, 너나 나나 열두번 죽었다 살아나두 사꾸라는 커녕 살모사 꼬랑지도 못 만질 것일세. 알아들어, 요 맹추야?

청년　　이해가 안 가는데요. 그렇담 형님, 우린 대관절 어느 편에 서서 한 탕 뛰는겁니까?

신사　　돈편에 서서—그래도 모자라니? 그 세상의 것이 꼭 알고 싶거든 싹 뒈져. 뒈져서 염라대왕 상대로 따지게. 자, 술이다!

신64 다방

(금희, 초조하게 앉아있다. 벽시계는 7시를 많이 지났다.)

신65 시경

기자(1)　시체는 건졌습니까?

경찰　　찾고 있는 중이요.

기자(2)　도주를 은폐할 목적으로 배를 일부러 전복시켰으리란 견해도 있는데……

경찰　　있을 수 있는 일이오.

기자(3)　배후에 관해 밝혀진 것이 있으면……

경찰　　아는 바 없소, 현재로선.

기자(4)　높은 곳에서 특별지시가 내렸다죠?

경찰	시경산하 전경찰력을 총동원해서 24시간내에 범인을 체포하란 엄명
	이 내렸오. 체포하는 경찰에겐 일계급특진의 포상도 있을 것이오.
기자(5)	몽따쥬사진 됐나요?
경찰	(몽따쥬사진을 내놓으며) 보도해도 좋소. (몽따쥬사진―상하이
	다. 터지는 후랫쉬.)
기자(1)	이 자가 진범이란 증거는요?
경찰	심증이오. 우리 속담에 도둑이 제발이 저리다는 말 있잖소? (일동
	폭소한다. 이때, 스포츠머리들을 태운 경찰차가 도착한다.)
기자(2)	저들의 안전보장에 대해……
경찰	(상대방의 스포츠머리를 가리키며) 당신은 현장에 없었기 다행이오.

신66 다방

(안절부절못하는 금희, 시계가 8시를 친다.)

소리	호외요. 테로범사진 나왔어요. (그녀 앞에 놓여지는 신문호외에
	상하의 얼굴이 크게 나있다. 금희, 현기증을 일으킨다.)
상하	(소리) 기다리셨죠?
금희	오셨군요. 기다렸어요.
상하	예서 나갑시다. 내 시첼 찾고있는 치들이 있어요.

신67 한강

(어둠 속에서 잠수부들이 물속을 수색하고 있다.)

(F·O)

신68 캬바레 (F·I)

(몸을 비비 꼬며 노래하는 가수. 신들린 악사들. 돌아가는 조명. 그 어느 구석에 경아가 어떤 청년과 얼혀 맥주를 들고 있다.)

경아 그대의 싸늘한 눈동자예요.

청년 이렇게 뵙게 되어 영광입니다. 저 김이라 불러주세요.

경아 저 99+1예요.

청년 지금 뭐라구 하셨죠?

경아 99+1이라구요.

청년 알겠습니다. 한자로 쓰면 100—1?이 되죠.

경아 어머, 센스가 보통아니셔.

청년 미쓰백과 저와는 확실히 텔레파시가 통하는데가 있나봅니다. 그런 의미에서……

경아 고마워요. (청년, 맥주를 따른다. 경아의 손이 빗나가면서 맥주가 탁자에 줄줄 쏟아진다. 경아—그녀는 지금 놀란 눈으로 입구쪽을 바라보고 있다. 상하와 금희가 들어서고 있는 것이다.)

청년 아는 분입니까?

경아 어디서 본 얼굴인데. (상하와 금희가 자리잡고 앉는다.)

금희 (낮은 소리로) 저요……이런데 첨예요.

상하 누구나요……첨인덴 첨이랍니다. (웨이터에게) 맥주와 마른안주. (금희에게) 목에 힘을 주어요. 저것들 겉만 번드레했지 말짱 속빈 강정이랍니다. (하다가 경아와 눈이 마주친다.)

경아 (생글거리면서 다가온다.) 이거……명숙이 대신?

상하 암만 봐두 순종같지 않은데 혼자 두면 깽깽 울어. (경아 제자리로 돌아간다.)

| 금희 | 누구예요? |
| 상하 | 세상이 다 아는 어느 줄부네집 외동딸인데 약간 여기가 훼까닥했어. |

(O·L)

(춤이 벌어지고 있다. 상하와 금희도 춘다.)

상하	잘 추십니다.
금희	부르슨걸요, 뭐. 직장 다니세요?
상하	집어쳤어요, 학교 다니다.
금희	제적당하셨나요? 안됐군요. 화염병때문이겠죠?
상하	나란 사람은 그리 눈이 밝지를 못하답니다. 가슴으로 더듬을 말……시야 제로죠.
금희	어렵네요. (경아가 청년과 춤추면서 열심히 이쪽을 보고 있다.)
금희	명숙이 누구예요?
상하	아는 앱니다.
상하	(마음의 소리) 명숙이 얘긴 꺼내지마. 지금은 너와 나만의 시간을 즐기고 싶어—나무랄데 없는 몸이다. 볼이 뜨겁구나, 남잘 알고 있을까? 오늘밤 나랑 같이 자는거야. 특급호텔에서. 싸구려는 임검이 심하니까. (그의 어깨를 탁 치는 청년.)
청년	미스백께서 뵙자는데요. (희죽거리면서 이쪽을 바라보는 경아.)
청년	(손수건을 꺼내들고 금희에게) 초면에 실렙니다만 이 손수건에시 달걀 나오게할 수 있을까요? 병아리도 좋고 물개면 더더욱 좋습니다. (상하, 펀치를 먹인다. 청년, 나가 떨어진다. 저만치서 박장대소하는 경아. 상하, 금희의 손을 잡고 밖으로 사라진다.)

신69 호텔 A

카운터　안됐습니다. 만원입니다. (상하와 금희, 밖으로 나온다.)

신70 호텔 B

카운터　예약하셨습니까? (돌아서 나오는 두 사람.)

신71 골목길

(상하와 금희가 걸어간다. 저만치서 순경이 나타나자 그들 옆 골목으로 피
한다.)

신72 고가도 밑

(어두운 교각그늘을 쫓기듯 걸어가는 두 사람. 쭈그리고 앉았는 지겟꾼의
담배불에도 깜짝 놀란다.)

신73 버스종점

(두 사람, 늘어선 화랑들 틈새에서 포옹하려다—뭐야, 이것들! 하는 소리
에 쫓겨난다. 그들 눈에 산비탈에 건축중인 건물이 거무스레 보인다.)

신74 명숙이네 집

(카메라는 부서진 집의 잔해를 천천히 팬한다. 밤의 희끄무레한 빛을 받아 더욱 처연해 보인다. 명숙이 허탈한 표정으로 앉아있다.)

아낙   명숙이 또 예 나왔었구먼. 너무 그리 상심 말아요. 그런다구 부서진 집이 도루 서겠우? 맘을 크게 먹구 어서 들어가 어머니곁에 붙어있어요. 언제 떠날지 모를 분인데 혼자있게해서야 쓰겠우?

명숙   아주머니댁에 폐가 너무 커요.

아낙   원, 쓰잘데없는 소리 하고 있네. 이웃이 좋다는 게 뭐요? 어려울 때 서로 돕는 게 이웃이지. 자 들어가요. 일어서라니까.

명숙   부서졌어요. 남은 거 하나 없이 죄 부서졌어요. (이때, 해맑은 아이들의 노랫소리가 들려온다. 어느새 몰려왔는지 남녀 어린이들이 하모니카에 맞춰 노래하고 있다. 명숙이 감격에 겨워 웃으려하나 잘 웃어지지 않는다.)

신75 공사중인 건물

(상하와 금희가 손을 맞잡고 공사중인 건물의 계단을 더듬어 올라간다. 구석에 희끄무레한 그림자가 보인다.)

금희   저기 누가 있어요.

상하   경비원일까? (다가가서 건드리자 풀썩 주저앉는다. 걸어놓은 작업복이다.)

(O·L)

(깊은 밤. 나란히 누워있는 상하와 금희. 상하, 금희를 돌아본다. 잠든 고요한 얼굴. 상하, 배를 깔고 누워 담배를 피워문다.)

상하　(마음의 소리) 대체 나에게 무엇을 바랬을까? 사랑? 돈? 섹스? 창녀와 숙녀 산 종이 한겹이라지? 명숙이 보고 싶다.

금희　(그녀는 잠들지 않았다. 혼자 생각에 골몰하는 상하를 의식하고 있는 것이다.) 몇 시쯤 됐을까요?

상하　자나했죠. 세십니다.

금희　머잖아 동이 트겠군요. 날이 새면 뭘 하시죠?

상하　쳇바퀴놀음에서 벗어나얄텐데.

금희　오늘도 찌겠죠? 아무리 쪄두 전 여름이 좋아요. 겨울은 싫어요. 겨울은 살벌하고 음산하고 고집스럽고……

상하　(혼자 씩 웃는다.)

금희　왜요?

상하　아무것도 아닙니다.

금희　딴생각하고 계시군요. 명숙이 생각?

상하　(벌떡 일어난다.) 명숙이, 명숙이 하지 좀 말아요. 명숙인 노리개가 아녜요! (이윽고) 미안해요―소리쳐서.

금희　좋아요. (그녀의 눈동자가 차츰 흐려진다.) 담배 한대 주시겠어요? (담배를 피워물고 서투르게 연기를 내뿜는다.)

상하　뭐예요? 시시하게시리……

금희희　비참하군요.

상하　……?

금희　저 자신 말예요. 전 자기를 낳아준 부모가 누군지도 모르고 자랐어요, 고아원에서. 철이 들면서 같이 자란 어떤 남자앨 좋아하게

됐죠. 오빠라 부른 사람이 이 세상에 있다는 게 더없이 대견스러
웠어요. 허지만 그앤 죽었어요. 어느 겨울날, 고아원이 싫다고 뛰쳐
나가더니 얼마 후 다리밑에서 시체로 발견됐더랍니다.

〈그녀의 화면〉

(눈보라가 세차게 몰아치고 있다. 사람들이 다리 밑에서 눈을 헤
치고 끄집어내어 어린이의 시체를 거적에 싸서 리어카에 싣고 간
다.)

금희   아, 그앤 입에 귤껍질을 물고 있었어요. 동수란 이름이었어요. (이
      윽고) 절 안아주시겠어요? (그들 포옹한다.)

〈상하의 화면〉 (1)

(명숙이 울부짖으면서 쫓아온다.)

명숙   안돼! 어머니 약 살 돈야! (명숙이 땅에 엎어진다.)

                                                        (Wipe)

〈상하의 화면〉 (2)

명숙   (수줍게 말을 건다.) 아직도 내 말 못알아들어요? 나 애길 가졌단
      말예요.

                                                        (Wipe)

〈상하의 화면〉 (3)

(엎어졌던 명숙이 벌떡 일어나서 처절하게 소리지른다.)

명숙   어머니 약 살 돈이야!

                                                        (Wipe)

(상하, 정신없이 키쓰를 퍼붓는다. 그의 이마에 식은땀이 흐른다.)

신76 새벽거리

(안개가 자욱하다. 도시의 새날이 시작되는 음향들.)

신77 공사중인 건물

(마주 서있는 상하와 금희.)

상하   잊지 못할 겁니다.

금희   ……

상하   다시 만날 수 있을까요?

금희   잊어주세요.

상하   찾아간다면?

금희   안돼요.

상하   이름만이라도……

금희   (머리를 흔든다.)

상하   너무하군요.

금희   이름은 마음의 아픔을 더해줘요. 비상의 날개옷을 벗겨버리죠.
         (이윽고) 저에겐 동수가 그런 이름예요. 제가 어저께 왜 댁을 따라
         섰는지 아세요?

상하   왜죠?

금희   댁의 뒷모습에서 동수의 그림잘 찾았기 때문이에요. 잊고 싶은 그
         림자였는데……

상하   뭐라구요?

금희   용서하세요.

상하　(별안간 홍소를 터뜨린다. 신음에 가깝다. 자기자신이 어지간히 싱거워진 것이다.)

신78 거리

(안개속을 그들이 탄 차가 달린다. 그들 말이 없다. 차량을 스치는 가로수들. 안개에 젖어있다. 차가 서커스천막 앞에서 선다. 차에서 내려 헤어지는 두 사람—여전히 말이 없다. 상하, 걸음을 멈추고 뒤돌아본다. 안개속에 금희가 손을 흔들고 있다. 상하도 흔든다. 다시 걷기 시작한다.)

상하　(마음의 소리) 그해 여름의 낮과 밤의 나의 방황은 그렇게 마침표를 찍었다. 그녀는 그녀의 보금자리로 돌아가 그녀의 비둘기를 수없이 날려보낼 것이고, 난 나의 수배전단이 나붙은 거리를 배회할 것이었다. 아침안개가 피어오르고 있었다.

상하　애기가 애길 가져? (씩 웃고나서 호주머니에 손을 쑤셔박고 어슬렁어슬렁 뛰기 시작한다.)

〈끝〉

부엉이를 좋아하는 사람들

第一回全國大學放送劇競演大會參加作品

政治大學

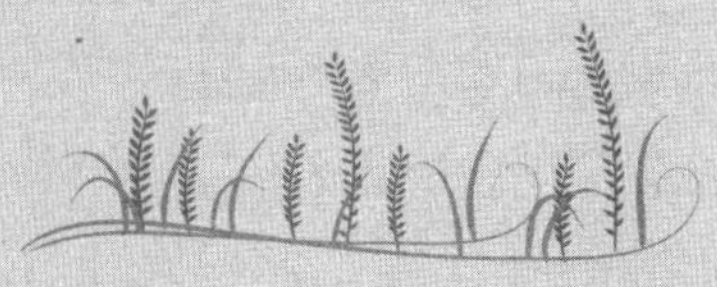

인물

진

평

어머니

양동무

주서방

매란

테마음악 고요히 사라지고
벌레소리 up

진	아—밝은 달이다…달빛이 은가루처럼 퍼붓는구나…왜 이다지 고
	요하담……?

어데선지 나지막하게 들려오는 호궁소리

진	그만 미쳐날것만 같다…공연히 가슴이 가깝해지구 숨통이 맥히
	는것 같애서 무턱대구 울고싶구 외치고싶구 아무라도 붙잡고 하
	소연하고 싶으니…참 전번에 매란이가 찾아 왔을 때 이런 심정을
	얘기 했드니 그는 몹시 걱정스런 얼굴로
매란	(filter) 아마도 낯서른 땅에 오셨으니 그럴거예요…그렇지만 할 수
	있나요? 이 자유대만이야 말로 오늘날 우리들의 고향이 아니겠어
	요?…그러니 그리운 고향 산천을 다시 찾는 날까지야 서로 예서 참
	아야지요. 네? 진
진	허기야 그점도 있겠지—있겠지만 그런 비단 나 한사람만의 서름일
	수야 없지! 六억 우리 민족 전체의 애절한 서름이 아니겠소?…또
	어느땐가 매란이가 자기 동생 얘기를 하고 울길래 난 어떻게 말 했
	지?
	(filter) 「부러운 일이요. 전사한 동생을 생각하고 울수 있는 매란
	의 심정이 난 부럽소…몹시 부럽소」 그때 매란이 얼굴에는 확실히
	의혹을 품은 일종의 경악조차 떠올랐었어…미안하오 매란이…난
	그때 그렇게밖에 말할수가 없었던 탓이라오.

호궁소리 up-S·O

진　　벌서 달이 나무가지에 걸렸구나…「달은 평화의 숨결…마음을 어루 만지고, 너그럽게 하고, 온갖 허식을 뚫고들어 사람들의 가슴 속 깊이 숨어 있는 선량과 사랑과 추억에 삶의 즐거움을 속삭여 준다」―이건 누구의 말이었드라?…삶의 즐거움? 삶의 즐거움이란 나에게는 꿈이야, 연기야, 신기루야, 그건 현실이…아니야.

벌레소리 up-S·O

진　　아―지금쯤 매란이도 저 달을 쳐다보고 있겠지? 참 매란이 어저께 편지 고마웠소

매란　(filter) 오늘도 창가에 앉아서 달을 쳐다보고 이글을 적고 있답니다. 보이는 것 들리는 것 모두가 당신의 얼굴 당신의 목소리만 같애서 멀리 떠러져 있다는 생각이라군 들지 않는구만요…호호호

진　　고맙소., 매란이…나 역시 그러하오…한없이 당신을 생각하구 싶어서 병원 뒷뜰에 나왔던 것이라오…그런데 어찌된 일이오? 다시는 꿈에도 생각지 않으려던 지난날의 악몽이 오늘따라 이렇게 내 가슴을 쥐어 뜯고 있으니…아― 저주에 찬 악몽이요…하두 챙피하고 하두 치가 떨려서 매란에게조차 말못한 이 더러운 추억…아― 미칠듯하오…외치고 싶소…누구에게나 마구 털어 놓구 싶소… 아니 말해야겠소, 말하지 않고서는 더 견딜수가 없어서 이제 말해야겠소…멀리서 들어주오.

잔잔한 회상적인 음악 F·I-UP-DOWN

진　　(음악을 B·G하여) 사실은 나에게도 동생이라고 한놈 있었다오… 매란이네와 같으게 세살 터울이었소…그놈의 이름이 평, 평이었소…

원래 성질이 괴벽하구 잔인한 편이어서 좀처럼 누구의 말이나 들으려 하지 않는 놈이였소…그렇지, 내가 열세살 때 일이였으니까 벌서 十五년이나 됐나보…하루밤은—그날은 유달리 소낙비가 퍼붓는 밤이였소. 참 그때 아버지께선 일본놈들에게 잡혀가고, 집조차 빼앗기게 되니 어머니와 평이와 나는 어느 산골에 피해있을 때였소…

음악 C·F하여 쏟아지는 빗발소리 심한 우뢰소리

어머니   애, 애들아, 이것봐라. 비가 새는구나. 어서들 일어나거라 응. 비가 샌다니까.

진   (채 깨지 않고) 으—음—

어머니   애, 진, 그리고 평아…? 아—니 얘가? 애 평이 어데 갔담?

진   (깨어나며) 어이구, 비가 새네요…어머니 이불이 푹 젖었어요.

어머니   얘야, 진아, 큰일 났다, 큰일 났어…비가 이렇게 쏟아지는 판에 글쎄

진   그럼 피난살인데 어떻해요? 비가 샐 수 밖에

어머니   비 새는게 문제가 아니란다…애 진, 너 평일 모르니?

진   뭐? 평이? 아—니 그녀석이?

어머니   글쎄 이 밤중에 얘가?…이거 야단 나겠구나…내 나가 찾아볼테니 넌 이불을 저리 밀어놓구 대얄 갖다 바쳐놔라.

대문 소리, 우뢰소리, 빗발소리

어머니   (먼소리) 아이고 빗살두…평—평아—

진   이녀석이 필경…옳지 그럴런지도 몰라…어머니이—같이 가세요—

대문소리 빗소리 요란스레 up

진   어머니이—

어머니   평—

진   어이구 어머니, 이 모양이면 삽시에 큰 물이 지겠지?

어머니   그러게 말이다…어이구 캄캄해라, 어디가 어딘지 분간을 채릴수가
        있어야지

     물을 걷는 발자욱 소리

어머니   평—평—

진   평아—참 어머니 이쪽으루 오세요. 그쪽은 담이에요. 너무 가까이
        가지 마세요.

어머니   애, 저 소릴 들어봐라.

     흘러 내리는 물소리 조금 멀게

진   어머니, 개울에 물이 진 모양이죠?

어머니   애야, 이러구 있을게 아니다, 평—

진   평아—평—

     담 무너지기 시작하는 무기미한 소리

어머니   평—

진   (동시에) 앗, 어머니 담이 무너져요! 어머니! 어머니!

     무너지는 소리 더욱 요란스럽게

어머니   아—ㅅ
진   아—ㅅ, 어머니, 어머니이—

음악 chord

진   (울음을 터뜨리고) 어머니
어머니   오—평일, 평일!
진   어머니

    음악 bridge

진   나는 어머니의 하반신에 내리덮친 돌맹이와 흙을 간신히 제치고 어
          머니를 부축하여 방안으로 들어갔소. 어머니는 신음 가운데서도
          미칠듯이 평이만 불으시지 않겠소? 나는 다시 집을 뛰쳐 나왔소.

    다시 비오는 장면
    밀고 내려가는 물결소리 가깝게

진   이것봐. 벌써 개울이 넘쳤구나…평아—
평   (먼소리) 핫핫핫…핫핫핫…부엉이 잡았다아—

    부엉이 우는 소리

진   아—니 저 녀석이? 저 녀석이 끝내…평아— 어데야—
평   나 여게 있어—어—어
진   여기라니 어데야?

평	여기야 여기—개울 복판이야—나무 위에 있어—

진	(혼자 놀라며) 뭐? 나무에?

평	나 부엉이 잡았단다— 핫핫하

	부엉이 소리, 우릿 소리, 물살 소리

진	(혼잣말로) 아, 저녀석이 나무가 쓸어지는 날이면?…이것봐! 이 물
	살! 무서운 물살! 어머니이—

	거센 물살 소리 up
	음악 chord

진	이 일 어떻하면 좋지? 어떻하면 평일 구해내지?

	음악 더욱 심한 chord

진	평아! 지금 간다!

	음악 두어번 거세게 부닥친 후, 무기미하게 Down…이어서 부엉이 소리,
	평의 웃음소리 up-Down
	나중에 음악 다시 up-Down

진	아, 이 미친 녀석아, 에잇!

평	아야!…이게

진	에잇! 바보! 천치! 미치광이!

평	흥! 누가 널 오랬어?

진   뭐라구? (어이없어 울음을 탁 터뜨리며) 어머니—(하고 운다)

부엉이 우는 소리

평   이 부엉이 봐. 내 손으루 잡은걸…이젠 네깐놈한테 부탁 안할걸…
진   (울음을 그치며) 자, 가자. 물이 더 불기 전에…저것봐 떨어져!… 이
          녀석이 가지를 꽉 잡지않구.
평   (퉁명스럽게) 체, 내 걱정말구 너나 가. 넌 저 물소리가 안들리니?

요란찬 물결 소리

진   이 녀석아, 우리는 어떻하면 좋지?! 어머니이 (하고 외친다)

외치는 소리에 꼬리를 물고 우룃 소리, 비 쏟아지는 소리, D·F하여 애처
러운 음악

진   평, 너 떨어질라, 잠들지 말아…비가 멎었으니까 이제 곧 건느게
          될 거야…어머니가 몹씨 기다리시겠다.
평   이것 봐. 부엉이 놈이 내 품 안에서 잠들어 버렸네…구구구구…체,
          부엉이도 울지 않구 통 재미가 없어…나두 한 잠 자 볼까?
진   아니 얘가?
평   그럼 너 노래 하나 불러 줄테야?
진   얘가 정말 미쳤구나, 그래 아닌 밤중에 나무에서 노랠 불러?
평   난 그런걸 좋아 해…밤중에 나무에서 노래 부르는게 얼마나 좋은
          지 몰라…아—차라리 부엉이가 됐드면 좋았겠다.
진   평, 저 봐. 아주 멋진 달이지? 둥그런…

평   오―추워, 막 졸린다…누가 노래 하나 불러줄 사람 없나아?

진   그래 그래 내 불러줄게. 너 자면 안돼.

평   들어 봐야지

진   네가 좋아하는 부엉이 노래야

       부엉이가 부엉부엉 깊은골짝 얕은골짝

       우리엄마 길밝혀라 달아달아 높이솟아

       부엉이가 부엉부엉 깊은골짝 어두워라

       새끼소는 매― 매― 어미소가 멍― 멍―

       노래하는 동안 물소리

       노래 마지막쯤에 가서는 평의 코고는 소리

       노래 끝나자 진이 더 참을수가 없어서 울음을 터뜨린다

       음악 bridge.

진   해가 동천에 높이 솟았을 때 우리는 물을 건넜소…그러나 하늘도
       무심했소.

       음악 S·I

진   열어제친 대문가에는 어머니의 시체가…아―두눈을 크게 뜨시고
       먼 곳을 바라보신채

       음악 up-F·O

진   이것이 나의 첫번째 불행이었소…그날부터 평이는 부엉이를 조롱
       에 가두어 놓군 밤마다 그 울음소리를 듣고, 나는 나대로 양쪽 귀

에 솜을 틀어막고는 밤을 새웠소…이렇게 열흘째 되던 날

진　　펭, 너 이 부엉일 버리지 않으면 내 당장 이 도끼로 찍어 없앨테다.

펭　　뭐 부엉일 쥑여? 에잇, 요 심술쟁이 같으니, 너 쥑일테면 쥑여봐.

진　　정말이다, 정말 쥑여버린다

펭　　흥! 쥑여만 보라지? 나도 가만 있지 않을껄?

진　　가만 있잖으면 어쩔테냐?

펭　　야이 겁보, 네깐놈이 부엉일 쥑여? 여―이거, 신난다

진　　뭐라구? 겁보? 에잇! 에잇! 이 따윗걸 (도끼로 내리 찍는다) 자, 쥑
　　　였다. 어쩔테냐?

펭　　(미칠듯이 고함친다) 야아―부엉이가 죽었다아― 저 놈이 쥑였다
　　　아― 저 놈이 내 부엉일 쥑였다아― 야아―

회오리 바람과 같은 음악 F·I-up

진　　(겁에 떨리는 목소리) 아―니 저, 저 녀석이 지, 집에다가 불을 질
　　　렀구나, 아―ㅅ, 불이야―

집 허무러져가는 소리
그 사이 사이에 「야아―내 부엉이가 죽었다아― 저 놈이 쥑였다아―」
하고 고함치는 펭의 소리
나중엔 잔잔한 음악

진　　(음악을 B·G하여) 이리하여 그집마저 잃었소. 미칠듯이 날뛰던 펭
　　　이놈은 어데로 가버렸는지 그날부터 행방을 알 수 없게 되고 나
　　　역시 살길을 찾아서 정처 없는 길은 떠나지 않으면 않되었소.

음악 up-F·O

진　　　이것이 평이와 나와의 사이에 벌어진 제二의 비극이었다오…다시
　　　　말하려니와 그 때 평의 나이 겨우 열살이었소…다음 이야기는

음악 up-S·O

진　　　一九四五년 일본이 패망하자 나는 자유중국군에 자진 입대 하였
　　　　으나 역사의 얄구진 장난으로 말미암아 中군전토가 공산침략의
　　　　불길에 휩쓸리게 되니 나는 국경지대 어느 강제 노동수용소에 잡
　　　　힌 몸이 됐소…그러나 자유에의 동경과 자유에의 탈출을 꿈꾸던
　　　　나는 그후 자진 공산침략군에 가담하여 한국전선에 참가한 후 마
　　　　침내 소원을 이루어 거제도 포로수용소에 수용되어 자유의 나라
　　　　로 석방될 날을 기다리게끔 되었던거이라오. 그러나 그 당시 수용
　　　　소 안에서는 공산마수의 지하조직이 그 뿌리를 뻗고 반공애국청
　　　　년들이 놈들의 손에 걸려 나날이 비참한 죽엄을 당하고 있었음은
　　　　아마도 전대미문의 일인지라 쥐도 새도 몰랐을 것이요. 이리하여
　　　　一九五三년 새해를 맞이한지 얼마 안되는 어느 추운 날 밤이었소.

여기 저기서 코고는 소리

진　　　주서방, 주서방 자나?
주서방　으─음─웅? 어이구 꼼박 잠들어버렸네그려…어때 한잠 잤나? 임자
진　　　도무지 잠이 와야지…굉장한 추윈걸.
주서방　그래도 이 사람아, 억지루라도 한잠 자야는 거야…쉬─임자 저 소
　　　　리 들렸나?

진   에? 무슨 소리말야?

주서방   왜, 저 소리말이야.

부엉이 우는 소리 멀—리

주서방   저 부엉이 소리말이야…저렇게 분명히 들리는데

부엉이 소리 아까보다 가깝게

주서방   저것보라지, 점점 가까워지는 모양일세…저래두 안들리나?

진   난 그만 자야겠어.

주서방   자겠어? 여보게 거 몇시쯤 됐을까?

진   아마 자정을 훨씬 넘었을걸.

주서방   벌써 그렇게 됐을까? 그럼 또 한잠 자야지. 오— 추워.

부엉이 소리 아주 가깝게

주서방   어—랍쇼, 바루 지붕에 온 모양이야…여보게 난 말이야, 난 저 소
        리가 아주 구수하단 말이야…고요한 밤중에 구슬피 들여오는 저
        소리가 제법 자장가란 말이야…헷헷헤

멀리 눈보라소리가 일어나고 점점 가까워져서 마침내는 아우성을 치며
힘차게 창가에 부닥친다…그리고는 다시 조용해진다

주서방   어이 무서워. 웬 눈보라까지 저렇게…여보게 우리 동침이나 해볼
        까? 추워서 원 헷헷헤

진　　　이리하여 주서방과 나는 한자리에 들게되어 자연 몸이 푸근해져
　　　　서 그랬던지 어느새 깊은 잠이 들어버렸소.

　　툭한 뱃고동 소리…이어서 물을 차고 나가는 뱃소리 D·F하여 난만하고
　　도 환희에 가득 찬 혼성합창 소리 up

진　　　(합창소리를 B·G하여) 어―이, 어―이, 모두들 이리 나와보게―안
　　　　개가 걷쳤어― 야― 저―기 푸른 산이 보인다― 자유의 나라 만
　　　　세…여보게 주서방, 어서 짐을 꾸려야지, 이제 곧 하선하게 될텐
　　　　데…주서방은 아주 행복아란 말이야…어머니와 만나게 되다니?
　　　　아―니 이 사람이? 여보게 왜 그렇게 잠잠한거야?

합창소리 C·F하여 애절한 음악 up-S·O

진　　　여보게, 주서방, 주서방 자나?

주서방　어이구 또 한잠 잤네그려.

진　　　쉬―나 이상한 꿈을 꿨다네

주서방　어디 꿈에 장가래두 들었든가?

진　　　아냐 이 사람, 자네 어머니가 (한층 음성을 낮추어) 대만에 계시다
　　　　구 그랬지?

주서방　글쎄 말이야.

진　　　아니 이 사람이? 「글쎄 말이야」라니? 자네 여태 농담으루 듣는가?

주서방　글쎄 말이야.

진　　　허? 이 사람이 오늘은 아주 이상한걸.

주서방　글쎄 말이야…그야 죽은 사람이 아니니까…헷헷헤…어이구 오줌이
　　　　야, 변소에 갔다와야지.

부엉이 소리…이어서 그 무엇이 벌어질듯한 무기미한 음악 F·I-up-F·O

주서방　어이구 밖같은 굉장한 추원걸…그런데 거 참, 이상한 일이 생겼어…
　　　　아무리 생각해두 모를 일이야…틀림없이 내몸에서 뭐가 철석 떨어
　　　　지긴 했는데…그저 잠결에두 꼭 무슨 책 같은게.

진　　　뭐? 책이? 가만 있게, 혹시 내 일기책이.

주서방　임자 일기책이야 내 품에 들었을리 있나? 거 자리 밑에 깔구 잤겠
　　　　지?

진　　　여보게 나가보세, 어서

주서방　그럼 역시 일기책이? 허—? 하여튼 모를 일이야.

바람소리 밀고와 부닥치고 C·F하여 콘트라파스, 첼로 등에 의한 무기미
한 음악 up-Down

진　　　(음악을 B·G하여) 밖에 나서기까지 일은 생각나지만 그 다음은
　　　　어떻게 되는지 기억이 없소. 겨우 숨을 돌렸을 때에는 어딘지 모르
　　　　게 얼어 붙은 땅 바닥에 누워 있었소…지금 생각해도 그 동안 五
　　　　분은 넘지 않았을 것이요

음악 up-F·O
이하 굴 속에서의 대사는 동굴 특유의 울림—Echo—을 가진다.

진　　　으—ㅁ

주서방　여보게 좀 정신이 드나.

진　　　오—추워.

주서방　이 사람 어서 일어나보지 그래 자 도와 줄까?

진   어이구, 됐어…그런데 주서방 도대체 이게 어떻게 된 셈인가?

주서방 어떻게 되긴? 그저 그렇게 됐지, 헷헷헤

진   여기가 어딜까? 어이구 두통이야.

양동무 왓핫하…왓핫하 어이구 내 골치야.

진   아니 저건 또 누구야? 아이구 캄캄해라.

주서방 여보게 임자 여기가 어덴지 기어쿠 알구 싶은가? 그럼 말해주지…
        힛힛히…놀라지 말어…여, 여기는 주, 죽엄의 굴이야…죽엄의…헷
        헷헤

진   죽엄의 굴? 아―니 수용소 안에 그런 굴이 있었던가? 어째 그저
        꿈을 꾸는것만 같애.

주서방 헷헷헤…임자 여태 죽엄의 굴을 몰랐든가? 거 유감일세…죽엄의
        굴이란건 말야, 참 양동무 임자 초토맥일 갔구 왔나? 불을 좀 달
        게…됐어…죽엄의 굴이란건…헷헷헤…약간 이런 곳이야.

진   헷?! 시체? 여기두 저기두…아―니?

양동무 어때 한놈 한놈 소개해 줄까? 자, 요건 유가놈의 시체구…요건 쳇,
        떵떵 얼어 붙었네그려…오―라, 팽가놈의 시체로군.

진   엣?! 팽서방이?

양동무 담 요놈의 자식은…제―길 대가리가 부서졌으니 알수가 있나……
        담으로 요것이라……힛힛히……요게 누구의 시체지?……요것말이
        야……모르겠나? 이 대머리 말이야.

진   에, 엣? 아―니 저 저게 주서방이 주서방이 아닌가?! 아―니 그럼
        이 사람은?!

평   (제목소리로 돌아가 아까까지와는 판 다른 엄연한 태도로) 나
        말이야?……양동무 그 불을 이리 주게……나야, 나란 말이야! 그
        두 눈깔에 정신을 바짝 넣구 이 얼굴을 뚫어지게 쳐다보란 말이
        야!……모르겠어?……十四년전 그 옛날 바보 천치 미치광이였던

이 얼굴을 잊어버렸어? 자— 진—

진　　아—ㅅ! 펴, 펴—이!……?

양동무　힛힛히 뭐 놀랄거야 있나? 이제 바루 자유의 나라에 내리게 될텐
데……어디 보따리나 꾸려 보시지……어—ㅇ, 진……핫핫하……못
난 자식 같으니라구……꿈을 꿀랴면 곱게 꾸란 말이야! 뭐? 자유
의 나라 만세! 주서방더러 짐을 꾸려? 이놈아 똑똑히 들어 둬……
너하구 단짝이던 주서방, 장본인은 어제 저녁부터 이 굴 속에서
숙박이란 말야……알았어? 왓핫하……

진　　에잇 야수 같은 놈들……네놈들은 인간의 생명을 이렇게도……
아—저주로다 한 피를 이어 받은 형과 동생이……이것이 네놈들이
부르짖는 조국과 민족에 대한 사랑이드냐? 네놈들의 소위 평화애
호의

양동무　닥쳐! 이놈의 주둥아릴, 야잇

진　　우—

평　　자 여기 네놈 일기책이 있어……어디 읽어 볼까? (이하 책장 넘기
는 소리)

　　一월 一일—하루 종일 담요 속에 딩굴다……오늘은 설날이자 평
의 생일이다……그놈이 몹씨 보구싶구나 흐—ㅇ?

　　十二월 二十五일—친애하는 팽서방이 밤사이에 살아졌다……제三
분동으로 넘어갔다는 말도 있으니 하여튼 외롭다……왜 한마디
말도 없이 갔을가?

양동무　왓핫하…왓핫하…이야말로 앙천대소할 노릇이로구나…왓핫하

평　　十二월 二十二일—수천년의 역사와 문화를 가진 인류사회가 그 어
떤 제도와 독재의 힘으로서 원시시대로 돌아갈 수 있을가?……이
건 공산주의자들에게 물어봐야 알 문제이다……좋아! 이건 내가
보관해 두마……형제된 정분이야! 보관할뿐만 아니라 본국에 돌

아가면 이 반역의 기록을 만천하에 공개해 주마, 어때? 응?

진　　　난 더 말하고 싶지 않다. 난 살기 싫여졌다. 어서 쥑여다오.

양동무　　아―니 죽다니? 그게 무슨? 저―기 안개가 걷치고 푸른 산이 보이
　　　는데……헷헷헤

진　　　어머니 아버지, 절 낳으시고 절 키워 주신 어머니 아버지, 저는 두
　　　분을 원망합니다……저주합니다……그리고 저에게 생을 주신 하느
　　　님, 당신은 너무나 가혹하십니다. 너무나 너무나 무력하십니다. 당
　　　신은 전 인류가 당신의 품에서 벗어나 악마의 구렁텅이로

평　　　닥쳐!! 갈갈이 찢어 쥑일놈 같으니라구, 에잇.

진　　　우―

평　　　왜 이렇게 말하면 네놈 헛바닥에 곰팽이 실른다든? 잘 들어봐……
　　　「나를 낳으시고 나를 키워주시고 나에게 정의와 자유와 평화를
　　　가르쳐 주신 중국공산당이시여……나는 영원히 영원히 그대의 만
　　　세를 부르리이다」

양동무　　힛힛히……평동무 이놈에게 그런 고상한 얘기를 했든들 무슨 소
　　　용이 있을라구? 그저 이런놈에겐 이 칼맛이래야……헷헷헤……우
　　　선 어깨 쭉지부터 한번 에잇.

진　　　우―ㅅ

양동무　　헷헷헤……이건 연습이야. 아직 멀었어……그럼 웃동을 벗으시지.
　　　아―니 손가락부터 시작해 볼까? (흥겨운듯이 혼자 노래한다) 원
　　　쑤의 섬멸을 앞에 놓고 앞으로 앞으로.

평　　　잠간 양동무, 이놈에겐 그 노래가 맞질 않아……자 따라 부르게.

　　어미소가 멍― 멍― 새끼소는 매― 매―
　　깊은 골짝 어두운데 부엉이가 부엉부엉
　　달아달아 높이솟아 우리엄마 길밝혀라

깊은 골짝 어두운데 부엉이가 부엉부엉

평이 부르기 시작하니 양이 따라서 부른다……그러나 양은 잠시 부르다가 평의 노래를 B·G하여 다음 대사—나를 낳으시고 나를 키워주시고 나에게 정의와 자유와 평화를 가르쳐 주신 우리 중국공산당……에……? (예서 문득 멎는다)—이때 어데선지 난투하는 아우성과 무엇인지 부서지는 무기미한 소리가 들려 왔기 때문이다. 이 소리는 점차 가까워지고 나중에는 천장에까지 울린다.

양동무　(잠시 귀를 기우리다가) 가만있자, 저게 뭘가? 바람소린가?

평　(그제야 노래를 멈추고) 응? 홍 또 어떤 자식이 자유의 꿈을 꾸고 잠꼬대질 하는거지? 에잇 개 같은 자식들, 모주리 잡아올테다.

멀어져가는 평의 발자욱 소리

양동무　(마치 어린애를 놀리듯) 우리 진이 꼴좀 보세. 깊은 굴속 어두운데 부엉이가 부어엉— 부어엉— 부어엉— 부어엉— 헷헷헤……자 그 손을 어서 이리……눈은 잠지 말구……힛힛히……부어엉— 부어엉— 부어엉—

평　(숨가쁘게) 여보게 양동무, 야단났네! 저 위에서 반역자들과의 새에 一대 난투가 벌어졌어어— 창은 부서지구, 기둥은 쓰러지구, 벽이 무너진 야아— 허무러진다아— 허무러저라아— 야아—.

굴이 허무러지는 굉음(轟音)

난투의 아우성, 「아—ㅅ」하는 비명 등 noise.

굉음의 반항(反響)을 받아 우뢰와 같은 음악 up하여 파동치다가 나중에 고요해지고 Down.

진   몇 시간 아니 며칠이 흘렀는지 내가 정신이 들었을 때는 유엔군 의
무실에 누워 있었소. 나중에 안 일이지만 나는 그 때 죽엄의 굴에
생매장 당하여 분초를 다투는 사경에 이르렀던 것이라오.

음악 up-Down.

진   이것이 나의 제三의 비극 아닌 비극이었소…바루 一년전, 반공애
국 청년들을 격리 수용하기 직전 얘기요.

음악 D·F하여 고요한 벌레 소리.
호궁 소리

진   아— 이제야 말하고 싶었던 걸 죄 말해버렸소……말하구 나니 가
슴이 시원스럽소. 몸이 가쁜해진 것 같으오……참, 한 가지 더 얘
기할 일이 있오. 다름 아니라 아직도 내 앞에는 제四의 비극이 기
다리고 있단 말이요—건 펑이놈이 아직 살아 있기 때문이요……얼
마 전 공산방송에 의하면 그놈은 송환 된 후에 인민영웅의 칭호
까지 받았다는 소문이요……제四의 비극……나는 아오—그 비극
은 자유와 독재와의 마지막 결투장에서 벌어질 것임을……그 때에
는 다시 총을 들겠소…… 아 어느새 달이 중천에 걸리구 엷은 구
름이 끼기 시작 했구려……

음악 S·I S— 고조하여 종료

(一九五五·四·二〇)

비오는 星座 (一幕)

『現代文學』 26號, 1957. 2

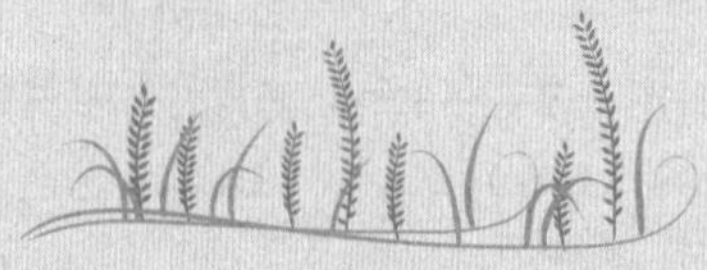

人物

聖姬(故 崔畫伯의 妻, 舞踊家)

恩美(聖姬가 데리고 온 딸)

喆(畫伯의 아들)

榮洙(畫伯의 愛弟子)

때 — 晩秋

舞台 — 洋室.

窓너머 먼 하늘에 落照의 殘光이 머뭇거리다가 劇의 進展에 따라 漸次 사라진다.

지금 막 밖에서 돌아온 恩美—.

코트를 벗어 던지고 體鏡 앞으로—.

머리카락을 만지작거리고 땀을 씻고…

하고 나서 二층에 대고—

恩美	영수씨, 영수씨—, 아이 참…(목청을 돋구어) 이, 층, 샌, 님, 씨…
榮洙	(소리만) 누구여? 게서 재잘대는 사람이.
恩美	저예요. 은미가 돌아 왔대두요.
榮洙	(화필을 잡은채 나타나며) 여, 위대한 우리의 바레리—나. 헌데 무대연습을 끝내구 왔어?
恩美	암—요. 그나마 단장께서 말씀하여 가라사대…
榮洙	오, 바레—여왕 은미의 어머니 왈…
恩美	아—니 이게 웬 일이냐? 네가 이닥 출줄은 정 몰랐었는데. 이러다 간 이번 레파트리는 네 독무가 단연 힛트 하고 말겠구나…
榮洙	가만 있자, 건 어느쪽으루 말여?
恩美	에—?
榮洙	말허잠 잘 춰서 힛튼지 아님 정반대루서…
恩美	아이 벽창호. 한번 뵈드려얄가?
榮洙	오, 제발.
恩美	자 보세요. 라, 라, 라…(율동을 붙여서 스텝을 밟아간다)
榮洙	어이쿠, 은미양 첫 데뷔의 잠드른 백졸세.
恩美	새파—란 불꽃이라 꿈야 하 깊었으리— 안개 포기 푸르러 꽃잎새 조으는 데 마음은 두둥실 산을 넘어 별 내음새 연분홍 달 내음새…
榮洙	여 대단한 걸. 하나 발끝에 조심헐사. 떠돌구 까불다간 황소 잡을라.
恩美	담은 엄마의 독무에서 젤 멋진 대목 하나. (하고 제자리에서 뱅뱅 돌아친다)
榮洙	어참 빠르기두 허네. 도무지 눈에 뵈질 않거든.

恩美   (그만 어지러워져서 허우적거린다) 아, 영수씨…나 좀…나 좀껴안 아 줘요…네 어서.

榮洙   그것 또 건사헌 재줄세. 쓰로, 쓰로, 퀵, 퀵…

恩美   아이 얼른.

榮洙   쓰로, 쓰로, 퀵, 퀵,…

恩美   (간신이 몸을 바루잡고 나서) 딱정이, 늑대, 구렝이, 꽁생원. (하고 책상위 책을 집어 영수의 얼굴에 냅다 던지고 급히 퇴장.)

榮洙   에크, 눈에서 번개가 치네. (볼을 어루만진다)

喆   (정원에서 들어온다. 몹씨 침울하고 신경과민에 걸린 얼굴. 떨어져 있는 책을 집어 들며) 은미가 돌아왔어요?

榮洙   응?! 어—철인가? 오긴 왔지 아마.

喆   (발작적으로 몇자국 거닐고) 어데로 갔어요?

榮洙   글쎄나, 자기 방에 갔나분가?

喆   (다시 거닐고) 만나걸랑……알겠어요? 내가 꼭 만나잔다그러세 요… 저 뜨락에서.

榮洙   암 전해주지. 그런데 오늘 학교에 갔었어? 철인.

喆   (책등으로 책상을 딱 치며) 챙견헐 필요가 없대두. (정원으로 퇴 장)

榮洙   허—. (층계를 올라간다)

恩美   (그림 하나 들고 등장. 터지는 웃음을 씹으며) 어뜨세요? 제 정신 좀 드셨나요?

榮洙   어이 따거와.

恩美   냉수 찜질 해 드릴깝쇼?

榮洙   고마워. 노상 친절하게 대접해 주어서.

恩美   천만에 말씀, 예사 일이랍니다.

榮洙   (은미의 목소리로) 천만에 말씀, 예사일이구 말굽쇼.

恩美　　　(터지며) 아이 능글랜드.

榮洙　　　웬 걸. (어깨를 으쓱대고 도루 올라간다)

恩美　　　아이 이리 잠간 오시래두. 네? 이것 좀 보세요.

榮洙　　　거 뭔데?

恩美　　　아버지께서 남겨논 단 하나의 이 그림…글쎄 얼마나 멋져요.

榮洙　　　선생님의 그림? 어디…(내려온다) 이건 철이 방에 걸렸던 유화가
　　　　　아녀?

恩美　　　내방에는 필요 없으니 네방에 걸어두든 어따가 쳐박든 네 맘대루
　　　　　해…그러자나요.

榮洙　　　맘대루 쳐박어? 이걸.

恩美　　　지난밤 아버지 삼년상 손이 죄 돌아가신년에 저보구 그라길래, 아
　　　　　이고마워, 울오빠가 이 세상에 젤야―하구 덤썩 받긴 받았지만…
　　　　　이걸 글쎄 내방에 걸어두긴 뭣허구, 그러대서 엄마 방에…아이 그
　　　　　만 예다가 세워두기루 작정해야겠어. (구석 책장 위에 세워 놓는
　　　　　다)

榮洙　　　(자못 그림에 정신을 팔다가) 언제봐두 보면 볼쑤록 뭐랄까…힘에
　　　　　의 동경이랄가 불굴의 저항의식이랄가가 하나의 선, 하나의 색갈
　　　　　에두 벅차게 파동치구 있단 말야. 아, 줄기차, 줄기찬 항거(抗拒)의
　　　　　상징이야, 생에의 악착같은 집착이야…

恩美　　　참말이예요. 남달리 부드런 그이헌테서 어쩌다 이런 세찬 힘이 튀
　　　　　어나온건지 도무지 수수꺼끼 같아요.

榮洙　　　(혼잣말 모양) 좋은 스승을 잃어버린 예술가는 예술가로서 가장
　　　　　불행한 사람이라… 이런 말이 있지.

恩美　　　건 피차에 마찬가지잖을가요? 아버지만 살아 계시담 이 은민들 진
　　　　　작 외국에 가서…그렇지 아마두 불란설거야…그곳 파리에서 고전
　　　　　바레―를 공부하구 있을테니…아, 얼마나 찬란하고 신나는 일일

가? 생각만해두 난 가슴이 울렁거려서…

榮洙　허허허…피차에 천운이 모자란 탓일게니 자 인제 말끔히 잊어버려
　　　야지.

恩美　허기야 그렇지만…(하다가말고 무엇에 질린 양) 오, 웬 일이람?

榮洙　왜?

恩美　아버진 저헌테서 떠나가버리구 말았어요, 멀―리.

榮洙　떠나가?

恩美　절 꼭 친딸마냥 사랑해주신 그이가 이제와선 모습조차 뿌옇니 흐
　　　려졌단 말예요 안개속 그림자마냥.

榮洙　허허허, 그야 은미란 아가씨가 워낙 까먹기 잘하는 아가씨구보니
　　　어차피 그럴수 밖에야.

恩美　허지만 엄마나 오빠의 심중도 꼭 마찬가지잖을가 싶어요. 하여튼
　　　아버지의 그림자가 멀어져 간다는건 우리 가정에 무척 불행이예
　　　요. 요새만해두 방방 구석구석에 어둔 그림자가 무겁게 흘러도는
　　　것 같구…게다가 엄만 엄마대루 마음의 안정을 잃으셨지…오빠 오
　　　빠대루 쎈치만 떨어대지…

榮洙　또 은민 은미대루 철없이 어리광만 부리지…

恩美　(생각에서 벗어나며) 아―하, 모를 일, 모를 일, 될대루 될 일야. (그
　　　림을 뒤집거리다가)가만, 이게 뭐야? 예다가 웬 낙서를? 요, 지경…
　　　요, 지, 경…이게 뭐야?

榮洙　어디, 요지경, 요지경이라. 이건 정 요지경인데, 그래.

恩美　오―라, 오빠의 솜씨야. 오빠 요즘 학교라구 통 안나가드니만 괜히
　　　집에 묻혀서 이런 연구나 하구 있었나봐.

榮洙　허긴 좀 사람이 달라졌던데. 글쎄 아주머니 허군 왜 그리 바락바
　　　락 대들구 야단일구.

恩美　홍, 계모니까 그럴수 밖에. 엄마가 젤 가엾어요.

榮洙 엇참, 은미를 기다린다 했는데, 저 뜨락에서…

恩美 오빠가? 또 무슨…(거닐며 생각다가) 안 갈테야, 안 가는게 좋아.

榮洙 왜?

恩美 영수씬 그것꺼정 알 필요 없잖아요?

榮洙 참 그렇지. 어이구 그럼 또 그림이나 그려볼가?

恩美 아, 잠간. 저어 부탁이 하나 있어요. 간절한 부탁이예요.

榮洙 부탁이? 나헌테?

恩美 저어…그림 그리는 분들은 남의 맘속두 제법 그려낸다죠?

榮洙 맘을 그려? 허, 이 아가씨가 어쩐지 점점…

恩美 천만에 말씀, 눈꼽만치두 돌진 않았어요. 농담두 아니구요. 아버지
    두 언젠가 그런 말씀 하셨거든요. (턱밑으로 다가들며) 영수씨, 제
    맘속 그려주세요, 네? 한장만…아주 근사허게.

榮洙 은미의 맘을? 야, 이거 또 골치감일세.

恩美 아이 맴생원 같으니라구, 남의 말귀도 못 알아채. 이층 샌님씨허군
    당최 상대가 돼 먹어야지.

榮洙 예―라, 내 그려 줬다.

恩美 정말?

榮洙 아―ㅁ, 어서 끄집어 내놓아. 예다가 몽땅…기왕사면 이번 선생님
    추도 전람회장에다가 줄줄이 벌려놓게.

恩美 으―ㅇ. 끄집어 낼순 없는거지만 그저 뭐랄가, 이를테면… (천천
    히 거닐며)가끔 가다간 하염없이 눈물이 쏟아져 나오구…또 가끔
    은…제기랄 날개가 있었드람 하늘 높이 훨훨 날아 오르구 싶구…
    또 때로는…광야의 불길같은 아지랑일…아니 뭐든지 가릴것 없어,
    그냥 닥치는대루 이 가슴팍에 마구 부둥켜 안아보구 싶구…

榮洙 오―라, 문제는 고놈의 가슴팍이었군 그래. 멍충이 새끼처럼 텅 비
    어 있으니까 사고가 아닐수 있나. 우선 잠이 깰라치면 쪼코레트

생각이 간절허실게구…

恩美　머, 뭐—요? 다시 한번.

榮洙　아냐. 내 그런 맘 썩잘 그린다했어.

恩美　좋아, 좋아요. 언제꺼지나 절 어린애루 깔보구 하는 수작이지 뭐
야…씨, 대견스럽기두 하지. 어디 두구 볼가? 인제 난 가버리구 말
테니까.

榮洙　가? 어디루?

恩美　내방으루.

榮洙　오, 어서.

恩美　(뜻있게) 가다마다. 다시 불러두 난 모를껄…알아 듣겠어요?

榮洙　허, 뭘가? 아차, 잠간.

恩美　왜, 뭣 땜에?

榮洙　(다짜고짜 손을 벌리고) 자, 이리 내 놓아, 얼른.

恩美　뭘? 뭘 내 놓아요?

榮洙　그것 말야. 그 주머니 속에 든…오늘 찾었지?

恩美　흥, 찾었음 누가 뵈 준댔어? 누군 두 눈이 쇠경이라나?

榮洙　쇠경?

恩美　영수, 영수군헌테 뵈 줘? 피—. (하고 달음질쳐 퇴장)

榮洙　은미, 은미. (뒤좇아 퇴장)

喆　(조금 아까부터 정원에서 이 모양을 보고 섰다가 들어선다)

恩美　(소리) 영수, 영수 눈먼 울 영수, 좀봐. 쇠경이 울영수…ㅎㅎㅎ…

榮洙　(소리) 자 뵈 줘, 얼른.

喆　(쏘파에 앉으며) 아, 요지경 속이로구나.

恩美　(소리) 여, 코빨갱이, 코주부, 우리 이층 샌님씨의 코빨갱이…여, 저
걸 좀 봐…호호호… (하며 다시 등장—손에 사진 한장 들었다)

榮洙　은미, 은미. (뒤좇아 등장—코등에 빨간 물칠) 약속을 지켜야지,

자 어서.

喆   (선뜻 일어선다)

榮洙   (그제서야 철이의 존재를 발견하고 손으로 코를 가리며) 어, 처, 철
        인가?

恩美   아이 깜짝이야. 사람 그만 까무러치게 하네. 그러길래 내 글쎄…

喆   헹! 또 그 사냥개란 말이냐? 그래 난 사냥개야. 이놈의 집 사냥개
        야. 좋아! (하고 성큼 자기방 쪽으로 가다가말고) 알겠어? 곰이나
        원숭인 철망에 갇혀서 죽지못해 산다지만 난 눈에 뵈지않는 저주
        의 올개미에 억매어서 버둥거리는 이놈의 집 사냥개야 너희들이 던
        져주는 밥찌걱지나 겨우 얻어 처먹고 살아가는 어릿광대의 나부럭
        지란 말야. 이름난 최화백의 외아들 이 철이 신세가. (그대로 퇴장)

恩美   어머나 오빠가…? 저번에 농으루 사냥개 얘길 했댔는데. (쏘파에
        앉으며) 오빠 맘은 도시 종잡을수가 있어야지.

榮洙   아차. 저 방에다가 담뱃갑을 떨어 뜨렸네. (하고 퇴장)

恩美   (홀로 생각에 잠겼다가) 무서워. 나더러 어쩌란 말이람?

榮洙   (담배케스를 들고 등장) 자, 이번에는 사진이라지? (피워 문다)

恩美   (생각에서 벗어나며) 참, 뵈드리께.

榮洙   (옆에 앉는다) 어디.

恩美   (사진을 보이며) 영수씨가 젤 멋쟁이, 담으로 울 엄마.

榮洙   아닌게 아니라 아주머닌 제법 이십대루 박혀졌단말야. 누가 봐두
        사십이랄수 없는걸.

恩美   워낙 이쁘니까요. 오늘두 말예요. 금빛 화려한 의상에다 머리에는
        꽃관을 얹구…게다가 눈부신 라이트를 받아가며 춤추는 엄마란…
        그저 꼭 꿈속에 나타나는 용궁의 선녀와 같았어요.

榮洙   호— 은미는 꿈속에서 용궁의 선녈 다 봤어?

恩美   봤건 안 봤건 그게 문제예요? 문젠 따루 있거든요.

榮洙   따루 있다니? 어떻게?

恩美   구렝이, 모른척하구. (영수의 얼굴을 훔쳐보고는) 저어, 영수씬…
       (무엇을 말하려다 말고) 아서, 간 뒤야지.

榮洙   한가운데 쪼크리고 앉었는 요 아가씬 언제봐두 까불이 우리 애송
       이렀다.

恩美   어서 안 돌아 오시나, 엄마가. 갑갑해서 못 견디겠네. 참 영수씨, 중
       대한 뉴스 하나.

榮洙   뭔데?

恩美   엄마가 말예요. 오늘 무대에서 쓰러졌대요.

榮洙   쓰러져?

恩美   현기증이란가 봐. 하여튼 지나치게 피곤한 탓이예요. 혼자서 공연
       준비 하느라 무척 분주하셨으니까요. 영수씨더러 도와달래려두
       영수씬 또 영수씨대루 전람회 준비에 골몰하구 하시니 끝내 사양
       하시나봐요.

榮洙   그나저나 낼은 막을 올리는 판이라, 그예 한번 보구 싶은걸.

恩美   제가 묻는말에 대답해 주시면 초대권 하나 드릴수도 있죠.

榮洙   게다가 겹쳐서 이 콧등 물깜꺼지 지워 준다면야.

恩美   정말?

榮洙   …이구 말구.

恩美   그럼 약속했어요. (자기 손수건을 꺼내 들고) 아이 눈을 감으셔야.

榮洙   그래 그래. (눈을 감는다)

恩美   (수건에다 침을 발라가지고 닦는다)

喆   (또어를 열고 나오려다가 이 모양을 보고 멈칫하여 도루 사라진다)

恩美   영수씨.

榮洙   응?

恩美   그럼 묻겠어요?

榮洙　　어서.

恩美　　저—영수씬 울 엄말 도와드리구 싶으시죠?

榮洙　　말허잠, 엄마가 한창 분주할제, 내가 그이를 도와드리구픈 생각이
　　　　있느냐, 없느냐 그말이겠지?

恩美　　아이 참, 나오는대루 얼핏 대답해주지 않구서.

榮洙　　허허허, 은민 어때? 엄마를…?

恩美　　그야 울 엄만데 뭐.

榮洙　　그러니까 나 역시 어찌 안 도와드리구 싶을가?

恩美　　애개, 무슨 말 하는건지 통 분간할수가 없네.

榮洙　　다 됐지? 어이 노근해. (일어선다)

恩美　　(잡아 앉히며) 안 돼. 아적 문답이 끝나지 않았어요.

榮洙　　허, 여기두 올개민가? (앉는다)

이때 철이 방에서 피아노 소리

榮洙　　(귀를 기우린다)

恩美　　오빠가 치는거예요. 오빤 화낸 담임 언제구 저모양 쎈치해지는 버
　　　　릇이 있어요. 그러구 요새와선 괜시리 저혼자 울기 잘하구! 참 저
　　　　번때 제가 물었거든요. 왜 그닥 침울허시냐구…했드니 오빠하는
　　　　대답—문과학생은 의례 이런 법이야! 그러자나요?

榮洙　　그럼 은미두 문과에 자격이 톡톡허겠네.

恩美　　허지만 은미는 어디꺼지나 바레리—나예요.

榮洙　　암 위대하지.

恩美　　아이 참.

피아노 소리 어두워진다.

恩美   영수씨이.

榮洙   (아까부터 눈을 감고 있다) 응?

恩美   아주 아푸레죠? 은미가.

榮洙   (대답 없다)

恩美   안 들리나? (귀에 대고) 아, 푸, 레, 죠?

榮洙   (눈을 번쩍 뜨며) 응? 머, 뭐라구?

恩美   호호호, 저 얼굴 좀 봐.

榮洙   어이 졸려. (다시 눈을 감는다)

恩美   아이 참, 묻는말에 대답두 않구서.

榮洙   뭘 물었었지?

恩美   저어 말예요. 은미를 어떻게 생각허시냐구.

榮洙   오, 은미를? 은미를 말이지…은미를…에―내 좋아해.

恩美   애개 억지루 절 받기야.

피아노 소리 不調和音으로.

恩美   그럼 말이죠. 저어…엄마허구 은미허구…

榮洙   (코를 곤다)

恩美   어머나 코 골고…아이 얄미워. (다시 귓구멍에 대고) 엄, 마, 허, 구,
       은, 미, 허, 구,

榮洙   아잇 깜짝이야. 도대체 뭐야?

恩美   (뾰루퉁해서) 어느쪽이 더 좋으시냐 했어요.

榮洙   어느 쪽이?……뭐―가?

恩美   아이 갑갑해. 엄마허구 은미가 말예요.

榮洙   오― (잠시 말을 끊었다가) 난 두분이 다 좋더군.

恩美   마―흐리멍텅.

　　　현관에서 뻴 소리.

恩美　　아이 엄마가 오셨네. (당황히 현관쪽으로 나가다가 다시 돌아와
　　　　서) 이, 층, 흐, 리, 멍, 텅, 씨. 알겠어요? 앞으로의 별호예요. (뛰어
　　　　나가다가 또다시 돌아와서) 나 얘기허구 말테야, 엄마헌테.
榮洙　　무슨 얘기 말이야?
恩美　　저어, 영수씬 절…절…좋아하신다구…무척.
榮洙　　에―?!

　　　다시 뻴 소리

恩美　　네, 네, 나갑니다요. (퇴장)
榮洙　　(자못 생각에 잠기며 二층으로 퇴장)
恩美　　(핸드빽, 의상 꾸레미같은 것을 들고 떠들석하게 등장) 엄마, 엄마
　　　　기다리는 동안 집안이 허전헌게 통 전쟁 치르구난 빈집 같았대요.
聖姬　　(코트를 벗으며) 왜, 다들 어디 나갔니?
恩美　　(손엣것을 여기 저기 놓아가며) 아―뇨.
聖姬　　철인?
恩美　　자기 방이겠죠.
聖姬　　영수씬?
恩美　　이층으로 가셨구…그런데 참 엄마, 오늘 영수씨 더러 여인상 하나
　　　　그려달라 졸랐답니다.
聖姬　　여인상?
恩美　　절 모델루 해서요.
聖姬　　아이 이 정신 좀 봐. 돌아오는 길에 의상집에 둘러서 남어질 찾어
　　　　온단 노릇이.

恩美   허지만 그려주지 않을거야.

聖姬   그러구 그 꾸레미속엣건 낼 아침 다시 한 번 대림질 해얄거란다.

恩美   그렇죠? 엄마.

聖姬   응? 뭐가 말이냐?

恩美   저어…아—뇨. 아무것두 아니었어요.

피아노 소리 다시 절룸거린다.

聖姬   웬 일이냐?

恩美   누가 아나요? 툭험 소라지 냅다 지르구 떠들석하는걸.

聖姬   (잠시 말없다가) 아— 지쳤다. 이젠 정말 지쳤구나. (의자에 주저
         앉는다)

恩美   엄마.

聖姬   응?

恩美   엄만 어느 편이세요?

聖姬   뭐—가?

恩美   저 아버지 모습이 뚜렷한 편이세요? 찮음 흐릿헌…

聖姬   아이 기가 맥혀라. 원 계집애두 못하는 소리가 다 없네. 그래 내가
         일른 곡은 골라 뒀니?

恩美   빼랍에 있어요.

聖姬   어디쯤. (하고 책장 빼랍을 열려다가 그림에 눈이 가서) 저게 웬일
         이냐?

恩美   오빠가 싫다길래 갖다 놨어요.

聖姬   그럼 왜 하필 예다가…(빼랍에서 레코드 한 장 꺼내들고) 한번 들
         어 볼가? (하고 전축쪽으로 간다. 가다가 문득 무엇에 마음이 질리
         어 멈칫하더니 그대로 쏘파에 앉아버린다)

恩美   왜 그러세요? 엄마.

聖姫   아니다, 아무것두. (이윽고) 은미야.

恩美   네?

聖姫   그런말 묻는법 아니잖니?

恩美   무슨 말을요?

聖姫   아버지 얘기 말이다.

恩美   맘을 상하셨어요? 엄마.

聖姫   그런말 물었든들…(말을 끊었다가) 하는수 없지. 살아 있는 사람
       이사 살아야게 마련이니까.

恩美   네?

聖姫   (핸드빽을 열어 천천히 분솔을 쓰기 시작한다)

피아노 소리 快速度로.

恩美   저—그러구…엄마헌테 얘기 드릴게 하나 있어요.

聖姫   (거울에 대고)아이 얼굴두…왜 이닥 확근히 달아 오를가?

恩美   얘기해두 괜찮아요?

聖姫   무슨 얘긴데?

恩美   저어…(하고 주저거린다)

聖姫   (문득)어멈이, 여태 안왔니?

恩美   어멈요?

聖姫   시골 간지가 오늘이 사흘째지?

恩美   참 그렇게 됐네요. 호호…그럼 난 어멈 노릇이나 해본단 말가? 홋
       홋호… (퇴장)

聖姫   (사뭇 손을 놀리다가) 오, 무더워. (창을 열어 제치고 바깥 낙엽에
       정신을 판다)

격정적인 피아노 난타소리.

榮洙 (층계 위에 나타나며) 어이구 한잠 멋드러지게 잤군. (성희를 보고)
      어서 오세요, 아주머니.

聖姬 이맘때 낮잠두 아닐게구 무슨 잠을 그렇게…

榮洙 지난 밤을 꼬박 샜드니 어찌나 고단헌지 그만…(기지개 키고나서)
      어이구 어제 오늘은 갑작스레 싸늘해졌어요.

聖姬 나무 이파리두 거진 다 떨어졌구요.

榮洙 입동이 며칠 안남고보니 허긴 글짜 그대루 세월유수란 말이야. (다
      시 한번 기지개 키고) 허지만 세월유수 오불관야렸다. 자 한대 피
      워물구… (불을 댕긴다)

聖姬 세월유수가 어떻게요?

榮洙 상관할배 아니라구요, 흐르건 말건. 담은 정원이나 한바퀴 휘 돌
      아서…

聖姬 그 담은 아트리에죠?…세월유수 오불관야니까.

榮洙 저런, 웬간헌 쎈쓰가 아니셔. 허허허…. (정원으로 퇴장)

聖姬 자―그럼… (무심코 두리번거리다가 그림에 눈이 가서 사뭇 정신
      을 판다. 이윽고 뭇 생각을 물리치려는 듯 의상 꾸레미를 끌러 속
      엣것을 뒤집거린다. 저방에서 은미의 콧노래) 하는수 없어. 아무래
      두 영수씨의 손을 빌려얄수밖에… 하고 꾸레미를 밀어 놓고 정원
      으로 퇴장)

恩美 (등장) 엄마 찌게는 뭘루…안 계시네. (정원을 살펴 보더니 멈칫하
      여) 어머, 두분이 저렇게 나란히…

喆   (뒤에 등장) 은미.

恩美 에유머니… 아이 가슴이야.

喆   너허구 얘기할 일이 있어

恩美　무슨 얘기신데?

喆　　우리 둘이 첨 만난게 언제였지?

恩美　첨이라뇨?

喆　　물론 남과 남으로서 말야. 남매지간이 되기 전…

恩美　건 퍽 오래전 일예요. 한 칠년 되잖었을가요?

喆　　어데서…어데서 만났었지?

恩美　만난건…통학하는 전차에서였어요. 그때 오빤 중학 삼년이었구 전 국민학교 육학년이었지요. 나날이 서로 만나게 되면서부터 어느새도 모르게 친형제 마냥 시귀어지구 오빤 저헌테 무척 친절하게 대해 줬지요.

喆　　네가 국민학교를 마치구서 여학교에 진학하게 됐을 때 우린 동물원 구경 같이 간 일이 있었어. 생각나?

恩美　그건 벗꽃이 한창일 때였어요.

喆　　그때 너에게 한말이 있어. 그것두 생각나?

恩美　뭐였든가? 그때 제 나이 하두 어려놔서…

喆　　나질 않는단 말이지? 그럼 구태 더 따지질 않으마. 허지만 단 한가지…이 한가질 난 너에게 똑똑히 물어보구 싶어.

恩美　뭔데요?

喆　　(잠시 눈을 감었다가) 너 은미와… 그러구 영수씨와…

恩美　에―?

喆　　게다가 어머니마저…

恩美　무슨 얘기신지 전 그런말 듣구싶지 않아요.

喆　　물론 듣구 싶지 않을거야. 허지만… (잠시 말을 끊었다가) 아니 이런 요지경속 수수꺼끼같은 얘긴 죄 걷어치구 내가 알구 싶은건… 그건 바루 너의 그 맘속이야. 찍어 말해서 나에 대한 너의 그 애정이야.

恩美　전 나가 봐야겠어요.

喆　　안 돼.

恩美　지금 바뻐요.

喆　　바뻐두 좋아.

恩美　아이 저리 비켜 주세요.

喆　　은미!

恩美　오빠 정…정……아이 미치괭이.

喆　　뭐라구? (이윽고 쎈치해지며 자신에게 말하듯) 좋아. 난 확실히 미
친놈이야. 난 환장했어. 자 맘껏 조롱허구 맘껏 욕설을 퍼부어다
오. 허지만…허지만 난 널 잊을 수는 절대루 없어. (목메인 소리로
애원하듯) 은미야, 날 도와다구, 날 가엾이 여겨다구. 어렸을적 그
때처럼…그때 넌 날 무척 좋아했어…내게 광명을 주었어…난 그때
솟구쳐 오르는 생의 희망에 가득 차 있었어. 그러나 지금은…아,
지금은?

恩美　그래서 저더러 어쩌란 말예요? 어디까지나 동생된 순종으루서 오
빠에게 대해왔을 따름인데두 저더러 글쎄… (울상이 된다)

喆　　동생된 순종? 오, 그말…날 언제나 괴롭히는 그말…자 은미 내말
좀 들어봐. 너와 나 새가 뭐란 말이냐? 우리 둘은 남과 남이야. 남
과 남으루서 애초 알게됐구, 남과 남으루서 미래를 꿈꾸어 온 사
람들이야. 남매란 그 연분은 훨씬 나중에야 울에게 굴러든 저주의
올개미야. 두분이 자기네 끼리 멋대루 조작해낸 증오에 찬 망령의
그림자야. 인제 넌 나의 동생이 아니구 난 너의 오빠가 아냐. 저주
의 올개미는 아버지의 그림자와 더부러 영영 바셔지구 말았어. 자
은미, 날 이 절망의 구렁텅에서 꺼내달란 말이다. 꺼내줄 사람은
바루 너야. 너 밖엔 없어. 은미야.

恩美　제발 절 괴롭히지 말아 주세요. 어디까지나 깨끗허게 살구 싶은

절 왜 괴롭히려 이 모양이세요. 제발… (하며 훌적거린다)

喆   은미, 나허구 같이 이집을 뛰쳐나가자. 지금 당장. 이 어둠컴컴한
      굴레를 벗어 던지구 어디라두 좋아. 여느 두멧골, 어느 섬이라두
      가릴것 없어. 행복이란 이쪽에서 덤비구 찾아야만 돌아오는 것이
      야. 자 어서.

恩美   (자아로 돌아가 몸을 떨며) 그말…난 그말을 끝내 듣구야 말었어.
      아이 가슴팍이 떨려서…난 어떡함 좋아…난…난… …아— (얼굴
      을 싸고 퇴장)

喆   은미, 은미야 (허청거리며) 오, 내 갈길이…내 갈길이 어디란 말이
      냐? 끝없는 암흑의 수렁창에다가 나의 청춘을 영영 묻어 버리란
      그 말이냐? 오, 산다는것이…산다는것이 무서워 졌구나—아—
      (그대로 퇴장)

귀뚜라미 소리가 일시에 들볶는다.

사이—.

聖姬   (정원에 나타나며) 완전히 어두워졌어요.

榮洙   (하늘을 우러러보며) 별두 안 뵈구…꼴이 비가 오시려나?

聖姬   (들어서며) 비가 오시구나면 추위가 닥쳐오겠구…아—또 두더지
      마냥 동면생활이 시작되긴가?

榮洙   (뒤따라 들어서며) 은백의 세계, 겨울장군 만세! 자, 이만허면 어떻
      시죠?

聖姬   공연헌 기셀 다 부리구 야단이셔. 자 좀 앉으세요. (의자에 걸터
      앉는다)

榮洙   (맞은 편에 자리잡으며) 어쨌든 회계원 노릇이란 그닥 석연치 못한걸.

聖姬　그야 영수씨가 싫다시면 하는수 없지만.

榮洙　싫을것 까지야 있겠읍니까만 사실인즉 돈허군 좀 인연이 먼 사람

　　　이 돼서… 그러구 또…

聖姬　알겠어요. 주인의 추도전 말이죠?

榮洙　네, 시일이 시일인것만큼…

聖姬　시일?

榮洙　그렇습니다.

聖姬　그건 두어 주일 늦춰두 되잖아요?

榮洙　두어 주일? (혼잣말모양) 늦춘다―.

聖姬　(일어서며) 요량껏 허실 사.

榮洙　암, 무조건 근로동원에 응할 사라.

聖姬　애개 근로동원이 뭐예요? 그 동안 보순 보수대루 다 드릴텐데.

榮洙　보수요? 제발 수입의 일할만.

聖姬　일할만이 아니라 전액이라두 서슴치 않구.

榮洙　여, 멋지다. 그리만 되면 우선 집한채 사가지구…

聖姬　사가지구…당장 결혼이시죠?

榮洙　그러구 또 아담한 아트리에 하나 마련해야겠구…

聖姬　아깃자깃한 인생의 낭만에두 파묻쳐야겠구…

榮洙　(일어서며) 얼씨구, 그러구 보니까 이번 기회에 톡톡히 속셈을 챙겨

　　　둬야겠는데, 허허허…

聖姬　허지만 영수씨 뒤꼬린 내 손아귀에 꼬옥 잡히구 있다는걸 아셔야

　　　할걸…

榮洙　호, 어떻게요?

聖姬　(책장쪽으로 거닐며) 흐흐흥, 행운의 열쇠란 말 아세요?

榮洙　행운의 열쇠?

聖姬　자, 이거나 들어 보세요. 내일 저의 독무때 쓸 곡이랍니다. 비오는

성좌에서요.

榮洙　(천천히 걷는다. 걷다가 문득) 저어―(그 순간 음악이 튀어나온다)

聖姬　(몸으로 가벼운 리듬을 잡으며) 어뜨세요? 이곡 맘에 드세요?

榮洙　(말없이 거닐기만 한다)

聖姬　안 드세요?

榮洙　글쎄요, 북쩍거리는 소리가 들리긴 하지만.

聖姬　(잘 들리지 않아 음량을 낮춰 놓고) 뭐라구요?

榮洙　아―니, 혹시 내 가슴팍에 뛰노는 심장의 고동소릴런지 모르겠어요.

聖姬　왜, 혈압이 높으시던가?

榮洙　네, 가끔 가다간.

聖姬　가끔 가다? (자기 가슴에 손을 얹어보고) 이것봐, 나 역시. 왜 이닥
울렁거리고 야단이람?

榮洙　저 환상적인 리듬에 맞춰 심장꺼지 함께 스텦을 밟아가는 모양이
겠군.

聖姬　오―라 생각나세요? 그이의 말씀이…하늘의 별과 땅위 구름이 하
나의 환상에 부대껴서 밤을 노래하는가…오 눈부셔라… 눈부신
생의 충동이…아름다운 전설의 샘이…자꾸만 자꾸만…좁디 좁은
내 가슴에 솟구쳐 오르노니…

榮洙　그건 저 그림을 그렸을때 선생님께서 하신 말씀이었어요.

聖姬　(불처럼 타올라) 오, 눈부셔라…눈부신 생의 충동이…아름다운
전설의 샘이…자꾸만, 자꾸만… (더욱 크게 움직이다가 갑재기 현
기증을 이르켜 비틀거린다)

榮洙　아, 웬일이세요? (하고 쓰러지려는 것을 부축하여 안는다)

이때 은미가 등장. 이 모양을 보고 찔끔하여 멎어선다.

聖姬　　(제정신이 들며) 그만 눈앞이 아찔해서. (하고 영수의 품에 넌지시 몸을 던진다)

榮洙　　(두눈을 껌벅거린다. 그 다음 순간) 조심허세요, 제발. (하며 떨어진다)

　　　　은미 놀라움에 질린 얼굴로 사라진다.

聖姬　　(발을 옮기며) 아, 목이 말라라.

榮洙　　가만 계세요. 포도주 갖다 드리께. (또어 쪽으로 간다)

恩美　　(또어를 열어 머리만 내밀고) 포도주 갖다 드릴까요?

榮洙　　(어리벙벙해서 은미의 얼굴만 바라본다)

恩美　　왜요? 때로는 포도주도 좋은거랍니다. (하고 사라진다)

聖姬　　(전축에 기대어 눈을 지긋이 감고 섰다)

恩美　　(장반에다가 포도주 따른 컵을 얹어가지고 등장)포도주 가져왔어요, 자, 이건 어머니…영수씨두 한잔…그러구 은미두 한 몫.

榮洙　　저런? 은미가 벌써.

恩美　　세기는 이십세기 후반기.

榮洙　　나이는 이십세 후반.

恩美　　얼마든지 (단꺼번에 쭉 드리킨다)

榮洙　　(입을 대었다가) 이크, 이건 포도주가 아니라 찡을 탔네그려.

聖姬　　아이 독해.

恩美　　싫으시걸랑 이리 주세요. 두개 다.

聖姬　　아니 앨봐. 너 미쳤니? 그러구 얼굴엔 저게 뭐람? (얼굴을 드려다 보고나서) 너 울었니?

恩美　　울긴요.

榮洙　　아궁지가 내서 그러허다죠.

恩美	(체경쪽으로 가며 영수의 목소리로) 내구 말구요.
聖姬	에그 입버릇이란. 그저 언제꺼지나 어린애라니까.
恩美	(얼굴을 닦고나서) 비오는 성좌렸다. (전축 음량을 높여 놓고는 율동을 붙여서 눈부시게 춘다. 두 사람 정신 없이 바라다만 보고… 이윽고) 아, 근사한 엄마. 가을 호수마냥 시원스런 저 눈…영원의 꿈을 담은 저 입술…
聖姬	아이 망칙스려.
恩美	크레오파트라의 코…정열에 굼틀거리는 검은 머리카락…
聖姬	에유 청성맞은 계집애 같으니, 까질르긴 원. (하고 전축 스윗치를 툭 꺼버린다)
榮洙	앵콜…다시 앵콜…
恩美	아—하, 은민 왜 요모냥 못생겨 먹었드람? 나 술이나 더.
榮洙	가만 있자. 내방에 좀 다녀와야겠군. (이층으로 퇴장)
恩美	간 뒤야지. (들었던 컵을 도루 놓고 쏘파로 간다)

말없는 긴—사이.
밖에서 비가 내리기 시작한다.

聖姬	너 오늘 웬일이냐? (동시에)
恩美	멀—리 가버리구 싶어 (동시에)
聖姬	멀리 어떻게?
恩美	아—뇨. 아무말두 안했어요. (옆에 있는 신문에 눈이 가서) 또 자살사건인가? (신문을 잡아들며) 사인은 가정의 갈등…(읽다가 말고) 가정의 갈등? 지랄, 애정의 갈등이겠지. (내팽가친다)
聖姬	글쎄 너 웬일이냐 말이다. 어서 말해보렴.
恩美	(벼란간 얼굴을 싸고 어깨를 들먹거리며 소리없이 운다)

聖姬   아—니 얘가?

이때 철이 자그마한 트렁크를 들고 등장.

때를 같이하여 영수가—역시 자기 짐 같은 것을 꾸려가지고 이층에서

내려온다.

성희 영문을 몰라 말문이 막힌채.

영수와 철이는 이 우연의 일치에 서로 눈으로 놀라고.

빗줄기 더욱 심해간다.

이윽고 철이 무대 앞을 스쳐 현관쪽으로 간다.

聖姬   아니 철아. 너 어딜 가는거냐?

喆   참 잊었구료. (주머니에서 쪽지 하나 꺼내어 테블에 놓으며) 제가
       떠나간 후로 천천히 읽어주세요.

榮洙   그럼 이것두 함께. (하고 역시 쪽지를 꺼내 테블에 놓으려다 다시
       생각하고) 아—니, 이건 간두겠어요. 역시 드리지 않는 것이 무난
       허겠게. (도루 집어 넣는다.)

聖姬   이게 웬일들이람? 다따가 영수씨마저.

榮洙   나중에 자세한 사연 다시 알려드리기루 하겠어요.

喆   때가 오면 다시 만나뵐 길이 열리리라 믿습니다. 아니 열리지 않어
       두 하는수 없구…그럼 안녕히들. (돌아서는 순간 그림에 눈이 가서
       사뭇 동요를 이르키다가 다시 용기를 얻어 횡허니 퇴장)

聖姬   재가 환장허질……?

榮洙   (은미에게) 아무때건 은미를 모델삼아 나의 여인상 하나 그려보구
       싶어. (성희에게) 그러구 아주머니, 이번 선생님 추도전만은 그예
       예정대루 가져볼 작정입니다. 따는 어데꺼지나 고인의 훌륭한 제
       자로 자처하구 싶기 때문에. 그럼 철이와 동행이 아니기에 저는 저

뒷문으루⋯안녕히. (정원으로 퇴장)

聖姬　(영수의 그림자가 사라진후 벼란간 앗!하고 날카로운 비명을 지르
　　　더니 머리를 끌어안고 주저 앉는다. 이윽고) 뭐가 뭔지 난 모르겠어.

恩美　(지금까지 목석처럼 섰다가)잠간만—영수씨—. (웨치며 정원으로
　　　퇴장)

聖姬　아—니!? (삽시 번개에 치인 사람모양 굳어졌다가) 은미야. (뒤좇아
　　　퇴장)

빗소리에 섞여서 멀리 우룃소리.

聖姬　(비에 젖어 허청거리며 등장)가 버리구 말었어⋯죄⋯(우두커니 섰
　　　다가 천천히 전축쪽으로⋯. 스윗치를 넣은후 고요히 눈을 감는다)

빗발이 한껏 사나워지고——.　　　　　　　　　　　　　　　　(幕)

爆音 (1막)

『現代文學』36號, 1957. 12

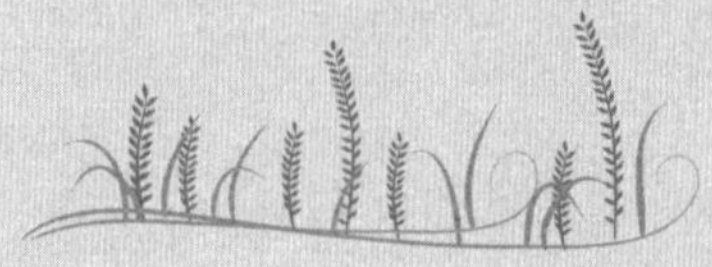

仁秀, 仙女, 아내, 下女.

1953년 還都하던 해 가을—.

事變前까지 仁秀의 書齋로 쓰이던 房.

激甚한 戰禍가 한 눈에 歷然하다.

無數한 彈痕. 검게 끄슬려서 무너져 내린 壁.

게다가 臨時로 못질해 붙인 板子 쪼각.

그러한 가운데 舞臺 中央으로 圓卓 하나. 圓卓을 둘러싸고 椅子 두어

개. 上手 구석으로 테불.

그 위에 몇 卷의 册과 用紙類. 하이얀 들菊花가 꽂힌 소담스런 꽃항이

유달리 눈에 띤다. 下手 구석으로 쇠 寢臺 하나.

上下手에 各各 또어.

正面 中央에 넓직한 窓.

窓 너머로 내려다 보이는 市街地.

그 끝으로 언덕바지. 언덕바지 한 모퉁이에 聖堂 尖塔이 오뚝 솟아 있다.

때는 어느 날 下午.

젯트機의 날카로운 爆音과 함께 幕이 오른다.

仁秀와 仙女 下手로부터 登場.

仁秀   자 자 어서 들오슈. 기다리고 있었읍니다.

仙女   죄송합니다. 전차가 정전되는 바람에 늦어졌어요.

仁秀   원 그놈의 정정이야 하루에도 몇 번이라구. 자 이리.. (코트를 받아
       서 못에 걸며) 그래 그 동안 어데 계셨죠, 피난은?

仙女   목포쪽이었어요, 줄곧.

仁秀   목포에? 어이구 멀찌감치 숨어 있었구만.

仙女   역시 부산이셨나요 선생님은?

仁秀   아─니 난 대구였어. 대구에 있으면서 자주 부산쪽으로 오르내렸
       지, 학교 일 땜에… 자 앉으슈.

仙女   네. (걸터앉아 방안을 휘 둘러 본다) 어머나 이렇게스리 몹씨? 천성
       이구 벽이구 말끔 손이 가야겠는데요. 예전 모습이라군 통 없어요.

仁秀   저 구멍꼴 좀 보슈. 펑펑 뚫려진 것이 저게 꼭 쉰다섯 군데나 된다
       니까. 저쯤되고 보니 난 아주 벌집에 버티고 앉았는 꼬라지거던.

仙女   정말 숭하네요. 아무데건 마뚜루 대구 사격질 한게 아닐까요?

仁秀   어디 그럴리야 있을라구. 참 저걸… 저기 못질한 자죽이 보이잖아
       요? 저게 바루 놈들의 붉은 초상이 걸렸던 자죽이 아닌가 싶어…
       그러구 보니 이 방에두 놈들의 무슨 본분가 쯤이 버티고 있었던게
       사실인상 싶어….

仙女   최인수 선생님의 서재치구선 어마어마하던 시절이었네… 축복 드

　　　 　 립니다, 호호…

仁秀　　원 벼락맞을 인사의 말씀을…. 어이 그렇지, 놈들의 시체가 궁글고
　　　 있을꺼야. 그 의자 밑이던가?

仙女　　네?! (벌떡 일어선다. 의자 밑을 들어다 본다) 아유 밉살스려… 사
　　　 람 그만 진땀 빼게 하시네.

仁秀　　하하… 인사에 보답하는 감사의 선물이요. 맛이 어떠시지?

仙女　　아이 소름이 끼쳐.

仁秀　　아닌게 아니라 뒷채 정통바지에 한 돈짜리 폭탄이 떨어졌는지라
　　　 이제라두 구뎅이나 파면 썩은 시체가 수두룩 내밀지 누가 아나
　　　 요?

仙女　　그럼 뒷챈 완전히 없어졌나요?

仁秀　　기둥 하나 남은거 없죠. 남은거라군 죄 타버린 재떼미 뿐이라오.
　　　 허지만 하는수 있어야지. 이 정도 남은것두 다행이라 여기구 침실
　　　 에다가 식당, 식당에다가 서재 응접실꺼정 마구 겸해서 뒤죽박죽
　　　 되는대로 써 먹을 수 바께야….

仙女　　(다시 둘러보며) 정말 그렇게 쓰시나 봐. 그런데 저어, 사모님께서
　　　 돌아가셨단 말 정말이세요?

仁秀　　아, 네, 그리 되었어요.

仙女　　아이 역시 그러시구만. 사실은 신문에서 봤댔어요. 보구나서두 당
　　　 최 믿어지질 않아서 반신반의로 지내왔잖아요. 그래 무슨 병환으
　　　 루 그리 되셨나요?

仁秀　　뭐 그닥잖은 병이었었지. 시초는 몸살이었으니까. 내버려 두면 저
　　　 절로 낫겠지허구 한번 거들떠 보기나 했었다구? 그랬더니 눈지 나
　　　 흘만이든가 갑자기 열이 오르면서 숨결이 가빠지구 오한이 심해지
　　　 구… 그러더니 그만 심장마비를 이르켜서 그리 되었죠. 그렇지…그
　　　 때두 정전이었구면… 부엌에 불 달러 갔는 새에 숨을 거뒀으니….

仙女　그럼 운명하시는 것두 못 보셨나요?

仁秀　못봤다우. 바루 저기 저 자리에 누워 있었어….

仙女　한번 뵙구 싶었어요. 뵙구서 깊이 사과두 드릴랴구 그랬는데….

仁秀　(회고에 잠기며) 만일 아내에게 행복한 시절이 있었다면 건 바루
　　　대구 피난살이 시절이었을거야. 물론 경제적으루야 타격이 없은게
　　　아니지만 그러나 그런대로 마음의 평정(平靜) 만은 누릴수가 있었
　　　으니까. 전쟁이 주는 공포 속에서 자연 두 사람의 마음이 접근해
　　　졌다할까…서로 동정으루 기울어졌다할까… 아무턴 그러저런 평
　　　온 가운데서 아내는 잃었던 웃음을 되찾을수가 있었고, 더우기 환
　　　도에 대해서는 남다른 희망을 품었는지라 새벽부터 밤 어둡게까
　　　지 망가진 집손질 하노라 바쁘게 서둘렀지….저기 저 벽, 저 천장,
　　　이 창, 저 문…어느 하나 아내의 손길이 안간 곳은 없으니까….

仙女　(눈을 감으며) 사모님의 모습이 눈 앞에 선합니다.

仁秀　그런데두 난 나대루 끝내 옛꿈을 버릴수가 없어서 종일토록 거리
　　　바닥이나 헤매고 다녔으니… (仙女 눈을 뜨고 놀라움을 보이나
　　　곧 감아버린다) 그만 생각할수록 가엾은 죽음…과로에 시달려서
　　　지칠대로 지쳐 핼쑥 여윈 얼굴… 숨을 거두고 처염하게 누웠는 마
　　　지막 그 자태… 그런것들이 요새 와서 자꾸만 되살아 오는구려….

仙女　(눈을 뜨고) 그후 자제분은…?

仁秀　하나 있었지 피난중에…. 허지만 돐도 전에 없어졌다오.

仙女　그럼 이젠 한 분도?

仁秀　자 그런 얘긴 싹 걷어치구 뭐 다른 화제로 돌립시다. (기분이나 바
　　　꾸려는듯 성큼 걸어가서 창을 열어제친다) 목포라— 오, 이제야
　　　생각났어. 선녀씨의 본고향이 그쪽이라했지 아마?

仙女　네 그래요.

仁秀　그럼 환도는 언제 했나요?

仙女　　아직은 아주 올라온게 아니래요. 우선은 형편두 불겸해서 며칠 다니러 왔어요.

仁秀　　오 그러셨구만. (조금 사이) 거 참 신통한 일이었어. 어저께 그 모퉁이에서 선녀씰 만나게 될줄이야….

仙女　　참 뜻밖이었어요. 너무나 갑작스럽구 보니 전 처음 순간에는 선생님이신줄 몰랐어요. 수염이 텁수룩허구 주름살이 깊숙 패인 분이 길앞을 딱 막아서면서 선녀씨―허구 부르시는덴 전 그만 뒤로 나자빠질번 했어요.

仁秀　　허, 내꼴이 그닥 변했던가요?

仙女　　변하구 말구요. 무척 늙으셨어요. 같이 가던 친구말이 선생님 연셀 한 오십줄루 봤다는데요.

仁秀　　어이구 그렇게꺼정? 이거 섭섭한 말이여. 더더구나 선녀씨마저 그렇게 보다니 원. 허지만… 수염이 자랐구 주름살이 잽혔대두 내 마음만은 언제나 청정 푸르다는걸 알아 두셔야 해. 나대로 피어나는 꿈이 있고 야심마저 만만 살아 있거든. 간혹 가다가 선녀씨같이 이쁜 여잘 만나면 약간 유괴해 보구픈 충동도 느낄줄 알고….

仙女　　어머나 이거 잘못 들어섰나 봐, 위험지대에….

仁秀　　정신을 바짝 채려야헐걸. 넘어가면 그만이니까….

仙女　　허잖아두 지금 저의 머리 속에는 태풍이 일고 있는걸요, 호호…

仁秀　　태풍이? 여 멋지구만. 화백 이선녀 여사가 태풍에 떨고 앉았는 그림―. 어때? 작품치구선 특선감이겠지?

仙女　　차라리 악전고투의 그림이라 부쳐 주시죠.

仁秀　　저런, 악전고투꺼지? 허지만 그닥 떨것없어. 정 급할 땐 급한대로 또 좋은수가 있으니까. 자 봐요. (구석에서 손종을 잡아 마구 흔든다)

仙女　　(눈이 휘둥그래지며) 어머나.

仁秀 이건 구원의 종소리요. 구원의 천사를 부르는 희망의 종소리요.
   이제 보라지, 곧 구원의 손길이 뻗칠테니까….

   또어 녹크소리.
   下女 上手로부터 登場.

下女 (흰 에푸론에 말쑥히 채린 少女) 부르셨어요 절?

仁秀 어때? 과연 천사렸다….

仙女 아유 선생님두…여전 익살이 살아 있으시네, 호호……

下女 저어, 절 부르신게 아니던가요?

仁秀 아니긴 왜 아녀? 커피가루 남은거 있지?

下女 없는데요.

仁秀 없어?

下女 네, 다 떠러졌어요.

仁秀 떠러졌어? 그럼 홍차나 밀큰?

下女 것두 없어요.

仁秀 그것두? 어이크 이거 사람 살리는 천산줄 알았더니 사람 개망신
   주는 천사였구먼… 어서 퇴장허시죠.

下女 네. (퇴장)

仙女 호호…거 보세요. 그런 따위 종소리쯤에 구원의 천사가 나타날게
   어딨어요.

仁秀 허 모르는 말씀. 이래뵈두 이 종은 역사 깊은 종이라나. 처참한 포
   화를 뚫고서 저 구석까지 굴러들어 왔으니… 참 이것 땜에두 난
   아내허구 적잖이 옥신각신 부렸구먼….

仙女 건 왜요?

仁秀 아내 말이 이건 틀림없이 놈들이 쓰던거니까 소름이 끼쳐서두 내

버리자 허잖겠어요? 허지만 난…

仙女　또 공연한 고집 부리셨단 말씀이시죠?

仁秀　아니…. 사실인즉 이 소리가 나에겐 한낱 종소리로만 들린게 아니라 지난날 우리집 현관에 달렸던 초인종 소리로 들렸더란 그말이오.

仙女　초인종?

仁秀　그렇소. 선녀씨가 찾아올 때마다 울려주던 그리운 그 소리가 아니겠어? 그렇게 되고보니 아내에겐 이 소리가 정말 소름끼치는 소릴 수밖엔… 서로 버티고 댕기고 하다가 난 끝내 주먹다짐으로 이기고 말았지만….

仙女　아이 대단한 승리 하셨네요.

仁秀　…응?

仙女　(일어서서 거닐며) 그처럼 위대한 전리품을 이렇게 소홀히 굴어서야 쓰겠어요? 이만큼 천정에다가 달아놓시구 딸랑딸랑 울려대면 더욱 좋잖을까요?

仁秀　그게 좋을까? 소원이슈? 소원이시람 당장 달아드리죠, 선녀씰 위해서….

仙女　아니 절 위하다뇨?

仁秀　그럴 까닭이 있지.

仙女　까닭이? 무슨 까닭인데요?

仁秀　여태 그걸 모르슈?

仙女　모르겠는데요 전 통….

仁秀　그럼 말해야할까?

仙女　네 어서.

仁秀　이방 주인공으루 선녀씰 채용한다는것…. 어떻수?

仙女　어머나 세상에…. 아니 언제부터 그런 맘 잡수셨나요?

仁秀　벌—써부터.

仙女　　벌—써?

仁秀　　건 이미 하늘이 작정해놓은 우리 두사람의 운명이라고….

仙女　　두 사람의 운명? 허지만 너누나 간단스럽네요.

仁秀　　인생은 본시가 간단스런 것이요. 뭐 복잡하게 생각헌대서 좋은 수
　　　　가 생기는줄 아슈?

仙女　　허지만 이런 경운… 하여튼 어려운 숙젠데요.

仁秀　　그 이유는?

仙女　　이유요? 그 이윤… 아직 더 두고 봐야 안다는것.

仁秀　　두고 봐? 그래 기한은?

仙女　　글쎄요…. 며칠이 될는지… 몇달이 될는지… 아님 몇년이…

仁秀　　어이구 그렇게꺼정 오래도록?

仙女　　그러다가 또 모르죠. 오늘 중에라도 당장 가부간 결판이 날는지
　　　　도….

仁秀　　오 아깃자깃한 나의 꿈이여, 부디 복된 소식 내려주소서… 당장
　　　　이 자리에서….

仙女　　호호… 그 소식은 누가 갖다 주는게 아니구요, 바루 선생님 가슴
　　　　속에 움터 있는 거예요.

仁秀　　내 가슴에? 건 어이 그럴꼬?

仙女　　어쩌면 열겹 스무겹으루 고이 간직되어 있을지도 모르고 또 어쩌
　　　　면 벌써 도망갔는지도 모르죠.

仁秀　　거 대단한 수수꺼낀데…?

仙女　　(이윽고) 선생님 저어—

仁秀　　(딴 생각에 잠겼다가) 응?

仙女　　저어… 태풍의 의미 아세요?

仁秀　　태풍의 의미?

仙女　　지금 저의 가슴속엔 태풍과 같은 혼란이 몰아치고 있답니다.

仁秀　　태풍과 같은 혼란? 건…?

仙女　　뭐랬음 좋을까요? 물론 착각이겠죠. (조금 사이) 지금 선생님과
　　　　말을 주고 받는 이 순간이 그냥 그대로 지난날의 어느 한때의 한
　　　　토막인것 같은… 그런 착각속에 비쳐지는 선생님… 창… 거리…
　　　　그리고 저—기, 저 노 같이 거닐던 언덕바지… (몸을 으쓱 떨고 눈
　　　　을 딱 감아버린다) 오, 무서운 추억의 역습!

仁秀　　추억의 역습? 그래서? 그래서 선녀씬 괴롭단 그 말이요?

仙女　　아—니, 추억은 아름다운거래요.

仁秀　　그렇다면?

仙女　　안타까운 초조…공허한 몸부림… 그러한 것들이 낱낱이 되살아와
　　　　서 쏟아붓는 우박이나처럼 저의 가슴을 마구 두드려주고 있어요.

仁秀　　(생각나듯 책들 사이에서 낡은 편지 한통 꺼내어 선녀에게 내민
　　　　다) 자 보우.

仙女　　(받아 들고) 이건…?

仁秀　　그것이 선녀씨의 마지막 편지였어….

仙女　　(피봉날짜를 읽는다) 1950년 6월 1일….

仁秀　　말허잠 선녀씨의 최후 통고문이었지….

仙女　　서울역에서….

仁秀　　그 편지와 더불어 선녀씬 내 앞에서 사라지고 말았어. 행방도 모
　　　　르게….

仙女　　(편지를 꼬옥 움켜잡고 눈을 내리 감는다)

仁秀　　(천천히 거닐다. 거닐면서 편지 구절을 내리 외인다) 이제 저희들의
　　　　절망적인 하루하루도 그 마지막 판가리에 닥다드린것 같습니다.
　　　　오늘의 이 상태가 얼마 더 계속되는 그 때엔 선생님의 가정은 물
　　　　론이려니와 저 자신에게도 무서운 파멸의 최후가 닥쳐오리라 그저
　　　　떨리기만 합니다. (잠시 끊었다가) 떠나는 마음, 선생님의 가슴에

영영 못을 박을가봐 그것만이 두려워집니다…. 그리고 맨 끝 구절
은 이렇게 맺혀 있어… 스스로의 구원을 찾으려는 저의 서글픈 소
원을 널리 용서해 주세요. 선생님의 품에서 떠나면서….

仙女　(눈을 뜨고 조용하게) 하는수가 없었어요. 그 당시 저의 괴로움이
란 누구헌테 하소연 할곳두 없었구, 결국은 저 자신이 저의 앞길
을 찾아 떠나는수 바껜 딴도리가 없었어요. (사이) 생각나세요?
사모님이 교회에 나가신 틈을 타서는 숨어서 이 방에 찾아들군
하던 저의 모습이….

仁秀　나구 말구. 아침 때면 열시, 저녁 때면 일곱시… 어느 한번 빠치는
일 없이 찾아 주었어. 그럴때면 현관에서 초인종 소리가 두어번 울
려왔구, 곧 이어서 재빠른 발 소리와 함께 저 문을 똑똑 두드려 주
었지.

仙女　그러다가 하루는… 그날은 유달리 달이 밝았어요. 그렇죠… 오월
도 마지막 가는 싱싱한 밤이었어요. 그 때 선생님은 저기 저 창턱
에 걸터 앉으시구 전 저만치에 기댄채 전축에서 울리는 전원(田園)
교향곡에 취해서 환상을 그리고 있었어요.

仁秀　그것이 우리 두사람의 마지막 밤이었을거야….

音樂이 일어나면서 舞臺照明 溶暗─. 다시 溶明되며는 달밤─. 열어제
친 窓 밖으로 新綠. 불빛이 깜박어리는 市街地. 간간이 드려오는 거리
의 騷音이 부드럽다. 仁秀는 窓턱에 걸터앉아 素月詩「서울밤」을 중얼거
리고 仙女는 壁쪽으로 기댄채 눈을 감고 섰다.

仁秀　(몸을 돌리며) 선녀씨, 내 선녀씨네 집스불 가리켜 닐까?
仙女　…….
仁秀　웬 일이여? 뭘 그렇게 심각해? 응?

仙女　　(눈을 감은채) 아무것두….

仁秀　　(턱을 떠바치며) 또 그 지랄같은 아무데구 줏자놓구 싶단 그 생각
　　　　을 하는게 아냐?

仙女　　아—니래두….

仁秀　　(다시 생각다가) 오—라, 전원 전원 하더니만 오늘은 아주 저 전원
　　　　곡에 녹아버린 셈이로군.

仙女　　(살며시 눈을 뜨고 황홀한 표정을 지어보이며) 자 알아 마치세요.
　　　　그 새 제가 뭘 생각했겠어요?

仁秀　　뭘 생각했겠어요? 가만 있자, 이거 또 아웅감이 아닐까?

仙女　　아주 건사한 장면이에요. 그림처럼 아름답고 무지개처럼 황홀하고
　　　　달빛처럼 나긋한 그런 장면이에요.

仁秀　　호 그렇게두 멋진 장면을? 그게 도대체 무슨 장면이 그럴까? (생각
　　　　다가) 오 알았어. 선녀씨가 첫달 월급봉투 타는 장면….

仙女　　으—ㅇ….

仁秀　　그럼… 달밤에 죽었다는 어느 공주 아가씨의 얘기?

仙女　　으—ㅇ….

仁秀　　것두 아니라… 그럼 오—라 국전에 특선으루 입선됐단 소식이구
　　　　만….

仙女　　으—ㅇ….

仁秀　　이거 야단났네. 혹시 저 곡에 나오는 저런 아름다운 자연속으로
　　　　여행한거나 아닐까?

仙女　　오, 약간 근처예요. 이제 한 걸음 더 비약허세요.

仁秀　　한 걸음 비약? 허 이거 까딱 잘못 비약하다간 그 한걸음 땜에 아
　　　　웅해얄라.

仙女　　기차를 타세요.

仁秀　　기차를?

仙女　담은 자동차를.

仁秀　다시 자동차를?

仙女　이번엔 비행기, 그리고 마지막으로 배….

仁秀　비행기에다가 배꺼정? 어이구 이러다간 먼 남쪽나라 어느 무인도
　　　에라도 내릴것만 같은데.

仙女　자 내렸어요.

仁秀　내렸어?

仙女　뭐가 보이세요?

仁秀　뵈는거? 에—달이 뵈. 그리고 뜰악엔 나무, 저—쪽엔 거리의 붉은
　　　전등 푸른 전등… 넓다란 거리며는 푸른 전등, 막다른 골목이면
　　　붉은 전등…

仙女　호호… 딴청을 부리지 마시구 자 어서 아웅—.

仁秀　하는수 없구만. 자 아우—ㅇ….

仙女　또 한번.

仁秀　아우—ㅇ….

仙女　마지막으로.

仁秀　아우—ㅇ… (하면서 仙女의 손을 잡아 힘껏 나꿔챈다)

仙女　아유머나.

仁秀　오 나의 정밀기계.

仙女　(나직히) 이거 노세요.

仁秀　놓을수가 없어.

仙女　아이 누가 와요.

仁秀　와두 좋아. (와락 끌어 안는다) 선녀! 날 사랑하지? 진정 날 사랑
　　　하지? 오 나의 선녀… (두사람 열정적인 포옹—. 달빛이 暴雨처럼
　　　들이친다. 이윽고 仙女를 얼싸안고 窓가로 가서 나란히 걸터앉는
　　　다) 자 이제 그 아름답고 황홀하고 나긋하고 멋지단 그 장면일랑

나헌테 얘기해 줘야지.

仙女 저어… 아이 그만 잊어버렸네

仁秀 잊어 버려? 아니 그렇게 쉬?

仙女 지금 숨쉬는 일꺼정 잊어버릴 지경이에요.

仁秀 그럼 숨을 돌려야지. 자 숨을 크게 들이키구 저걸 보우. 저 달빛…
입사귀나 가지나 저—쪽 거리의 지붕위나 할것없이 온통 은가루
같은 달빛에 젖어 춤들 추고 있잖우? 자 가슴을 펴고 달빛을 마셔
야해. 어때? 생각이 나? 무인도 장면이야….

仙女 아, 생각났어요. 제목은… 제목은 행복의 집이에요.

仁秀 행복의 집?

仙女 행복의 집이라고 문께에 새겨져 있는거예요.

仁秀 그런데 잠간… 그 집이란 말이 꼭 붙어야 하나? 저번엔 피신의 집,
탈출의 집, 또 심지어는 죽음의 집, 무슨집 무슨 집하더니만 이번
에두 또 그 집인가?

仙女 아니에요. 이번 집은 그런 집이 아니에요. 이제 들어 보시면 아실거
예요.

仁秀 어디.

仙女 어느 넓다란 예식장이었어요. 축하객들이 초만원을 이룬 가운데
신랑 신부의 예식은 끝났어요. 웅장허게 울려오는 웨딩 마—취에
맞춰 두사람은 밖으로 나섰어요.

仁秀 (쓸쓸하게) 최인수군과 이선녀양의 결혼식장이 부질없는 환상…
꿈과 같은 얘기…

仁秀 꿈? (이윽고 몸을 돌이키며) 꿈… 꿈과 현실… 현실과 꿈— 거기
뭐가 다를까?

仙女 다르겠죠. 다르다 마다요. 꿈에서 깨어나면 희망없는 현실에 울어
야하고 울다가 몸부림치고 몸부림치다가 쓰러져야니까요. (얼굴

을 싸안고 괴로워한다)

仁秀　(잠시 말없다가) 선녀씨, 내 한가지 묻고 싶어. 우리네 겨우에 있어 꿈이 그대로 현실이 될수 있는 조건은? 길은? 그게 뭘까?

仙女　(뚫어지게 쳐다본다. 그리고는 무서운 虛脫에 사로잡히며) 건… 건… 현실의 번민을 말끔 고백하고 용서를 비는것…

仁秀　고백? 아내에게? 아내에게 용설 빌어?

仙女　아니면 꿈을 파괴해 버리든지…

仁秀　꿈을 파괴? 그건 더욱 생각못할 비극이야.

仙女　그 담은 전 저대로 아무데구 사라져 가야죠.

仁秀　뭐라구? 사라져 가? 아, 또 그 말…. 아니 이것 봐. 그 사라진단 그 따윗 말은 아예 두번 다시 않기로 벌써 약속하지 않았어? 그걸 왜 잊었나?

仙女　했어요. 약속을 했어요. 허지만… 허지만 이제 저에게 남은길이 그 길 아니구 또 어데 있단 말예요? 있거들랑 가리켜 주세요. 네 어서! 대관절 전 어떻거면 좋단 말이예요? 어떻거면 이 절망 속에서 벗어날수 있단 말예요? (히스테리컬하게 몸부림친다)

仁秀　(달래듯 어깨를 쓰다듬어주며) 흥분해서 될일이 아니요. 희망이 없고 괴로울수록 우리네 행복은 더 뼈저린 것이라고, 이건 선녀씨 자신이 말하지 않았어? 우리는 갖은 괴로움을 뚫고 나가야 하오. 자 진정허구….

이때 또어 녹크소리.
아내 上手로부터 登場.

아내　(들어서자 눈을 크게 뜨고 두사람을 번갈아 본다) 실례했어요. 선 녀씨가 와 있는줄 모르구 그만…

仁秀   와 있음 어때? 뭐 당신헌테 안될거 있어?

아내   (뭐라고 말을 부치려다가 다시 생각하고) 아―뇨, 안될거야 없지
      만두… (짐짓 망서리다가) 호호… 달빛이 하도 밝고해서 바누질이
      래두 해볼랴구… (하며 빼랍에서 가위를 찾아들고 퇴장)

仁秀   이상헌데. 벌써 교회가 파했을린 만무헌데….

仙女   전 그만 돌아가야겠어요.

仁秀   아냐. 갑작스레 돌아갈건 없어.

      아내 다시 登場.

아내   바눌귀라구 뵈야죠. 밝은 것 같으면서두 역시 달밤이네요.

仁秀   왜 불을 켜두 안뵈던가?

아내   그럴거면 차라리 내일 밝은때 할랴구요. 불을 끄고 있어야 달밤
      기분이 나잖겠어요? (두사람 저으기 질린다)

仙女   저어, 불을 켜는게 좋으시다면 켜드리겠어요.

아내   아녜요. 그대루 좋아요. 전 곧 나가얄 사람이니까…. 참 축하드립
      니다 선녀씨에게….

仙女   ……?

아내   저번 전시회가 대성공이었다면서요? 한번 구경허러 간다 간다 하
      면서두 이럭저럭 못가고 말았어요. 허지만 안가길 잘 했지요. 서뿔
      리 그런델 들어섰다가 남들의 웃음꺼리가 돼두 곤난하니까요. 저
      시골뚜기가 광대구경허러나 잘못 찾아드는게 아니냐구요. 실은 저
      의 친정 아버지가 고태긴 한학자래요. 그 어른이 지금은 돌아가셨
      지만두 생존때는 전 통 문밖이라구 얼씬두 못했대요. 아마 그 때
      문인가 보죠. 제가 이렇게 응달네기가 되어버린 것이 말예요. 그러
      구 또 나이 어린 저 양반헌테 시집오게 된 것두 다 그 어른 탓이였

어요. 그 어른이 조금치래두… 어머나 내가 왜 이런 말꺼지 죄 꼬
집구 야단이람? 호호… 그럼 천천히들 얘기허세요. (하고 나가다가
다시 문께서 머뭇거린다)

仁秀   왜? 또 뭐 남은거 있어? 어디 씨부릴대로 죄 늘어놓아 보지 그래.

아내   (입술을 꼭 깨물었다가 몸을 돌이켜 퇴장)

仁秀   온 세상에. 저런 수다스런 넋두리가 또 어딨어?

仙女   정말 가봐야겠어요 가슴이 마구 떨려 와요.

仁秀   (길을 막아서며) 가기만허면 문제가 해결되는 줄 알어? 왜 자꾸 버
티는거요?

仙女   인제 더 견딜수가 없어요. 제발 이대루… 이길루….

仁秀   (와락 끌어 안는다) 선녀씨, 내 얼굴 좀 봐. 자 어서. 그러구 웃우.
그 눈동자에 서려있는 불안의 그림자를 죄 몰아내게 어서.

仙女   (빤히 쳐다본다. 이윽고 와락 울음을 터뜨리고 仁秀의 가슴에 파
고든다) 선생님 전 어떻검 좋아요? 전 어떻검…

仁秀   아— 이럴때 뭔가가 벌어지지 않나? 이 저주스런 운명의 사슬을
쪼각쪼각 바셔버리구 낡아빠진 타성의 찌꺽지를 몽땅 불살라 버
리는 그 무슨 기적같은 것이 벌어지지 않나?

　　音樂 높아지면서 照明 溶暗—.
　　다시 溶明되며는 먼저 位置대로의 仁秀와 仙女.

仁秀   기다리던 기적이 오구야 말았지… 전쟁이라는 기적이… 그리고 또
아내의 죽음이라는 기적이… 동시에 아내라는 여성에 대한 나의
새로운 발견이라는 기적이… (이윽고 벌덕 일어서서 창가로 가며)
아, 그날밤 아내의 그 넋두리 속에 애끓는 오열(嗚咽)의 몸부림이
숨어 있었다는걸 난 왜 진작 몰랐을까? 진작 알았던들 아내는 죽

　　　지 않았을 것을…

仙女　무서운 항거의 몸부림이었어요. 말 한마디 웃음 한마디에 이르기
　　　까지 저의 가슴을 사정없이 찔러주는 날카로운 항거의 칼날이 번
　　　쩍이고 있었어요. 그 칼날은 그 후 제가 가는곳 마다, 선생님의 그
　　　림자가 떠오르는 순간 마다, 어느때구 어느 곳에구 없는일이 없었
　　　어요. 전 그걸 피해서 자꾸만 달음질 쳐야 했어요. 어쩌면 여직껏
　　　저의 생활이 그 달음박질의 연속이었는지도 모르죠.

仁秀　알구 있어, 선녀씨의 심정을…. 그러길래 난 아예 선녀씨가 떠나간
　　　후로 다시는 선녀씰 생각지 말자 이를 악물고 버티어 왔어. 그러는
　　　게 선녀씨의 괴로움을 덜어주는 길이라고 생각했게…. 그 대신…대
　　　신이란 말이 좀 우수운 말이지만 여하튼 아내에 대한 사랑… 아니
　　　사랑이라기 보다는 관심이랄까… 호감이랄까… 그런 것을 가져볼
　　　랴구 무던히도 억지를 부려왔지…. 그러한 나의 태도가 아내에겐
　　　놀라운 일이었든지 그는 이렇게 적어 뒀더군. (꽃항옆에서 일기장
　　　을 찾아든다) 이건 아내가 죽은뒤에 발견한 일기장이라오. (책을
　　　열어) 오해였음을 후회한다. 선녀씨와 주인의 경우…. (넘기고) 주
　　　인은 오늘도 웃는 얼굴이다. 그이는 피난 내려 온 뒤로 가정에 대
　　　해 관심을 보여주기 시작했다. 결혼후 처음 보는 일이다. 전쟁 때
　　　문에 풀이 꺾여진게 아닐까…. (다시 넘기고) 어린것이 죽은 뒤로
　　　가끔마다 검은 그림자 같은 것이 눈앞을 스쳐가군 한다. 그럴때
　　　면 난 그것이 죽음의 그림자나 아닐까 여겨진다. 이것도 전쟁탓일
　　　까…. (또 넘기고) 선녀씨의 행방은 주인도 모르는 모양이다. 만나
　　　게 되면 지난날을 사과드리겠다. 질투를 없애자. 맑고 깊은 사랑—
　　　그것이 믿음의 마음씨다.

仙女　맑고 깊은 사랑…. 아— 인제와서 전 뭐라 용서를 빌어야 할지….

仁秀　(다음을 넘기고) 환도—. 오늘부터 새 생활이 시작된다. 전쟁이 남

기고 간 재떼미라 할지라도 정성껏 가꾸어서 희망의 씨를 뿌려야지… 알뜰한 내일의 열매를 그려 보면서…. 아 얼마나 절실하고 안타까운 기대였을까? 고독속에서 목메어 불러본 내일의 열매… (일기장을 덮는다) 그러나 이젠 끝났어. 알뜰한 내일은 허무로 돌아갔어… 꿈은 깨어졌어… 과로에 시달려서 창백하게 여윈 그림자만을 남겨 놓고… (꽃항에 눈이 가서 그리로 간다. 꽃항을 끌어안는다) 자 보슈. 아내의 무덤 앞에는 이닥도 소담스런 들국화가 담뿍이 피어 있다우. 허허… 우스운 애길지 모르나 아내는 죽어서 나허구 결혼한 사람이요…. 죽어서 비로소 내 가슴속에 피어나기 시작한 여인이라오.

仙女　(꽃항에 눈을 준채 억양도 없는 말로) 알겠어요…. 선생님의 심정을 잘 알겠어요. 이 가슴이 저려나도록 잘 알겠어요.

仁秀　(흥분에서 깨어나며) 이것이 그다지도 바래고 기다리던 나의 그 무엇이었을까? 타오를듯 타오를듯 초조만 던져주던 나의 불길이었을까? 저주스런 운명을 몽땅 불살라 버리라던 불길이 과연 이것이었을까?

仙女　동시에 선생님과 저와에 내려진 마지막 기적이기도 하겠지요.

仁秀　마지막 기적…?

仙女　희망이 없고 괴로울수록 우리네 행복은 더욱 뼈저리단 말… 건 예나 지금이나 변함없는 행복의 진리였어요. (눈을 감는다) 새하얀 모래언덕에 맑은 물결이 부서지는 섬… 그 섬 한복판으로 푸른 숲이 우거지고 그 새에 오두마니 섰는 행복의 집… (눈을 뜬다) 그건 찾을 길 없는 환멸의 집이었어요. 전쟁과 더불어 허물어져간 꿈의 집이었어요.

仁秀　(괴로움에 잡히며) 선녀씨, 내 가슴팍에 도사리고 앉았는 이 창백한 그림자가 과연 무엇이길래 막상 선녀씰 만난 이 자리에서까지

맘껏 포옹하구 미래를 맹서할 힘을 나에게 주지 않을까? 그옛날 타오르던 그 정열은 죄 어디로 갔을까?

仙女　숙젠 죄 풀린 셈이에요. 그럼 전… (코트를 잡는다)

仁秀　(뼈저린 현실로 돌아와) 아—니?! 가실랴구? 선녀씨가 날 버리구 가버릴랴구?

仙女　(절망에 떨면서) 선생님의 가슴속 깊이 잠드른 사모님의 행복을 빌어야죠.

仁秀　선녀씨! (앞을 막아선다) 안돼. 가면 안돼. 날… 날… 아니 나와 함께… (와락 끌어안고 애원이나 하듯) 선녀씨 나와 함께 새 출발을 해 주구려… 응? 아리따운 새 출발이 기다리구 있어…자.

仙女　(폭발하는 정열에 휩쓸려 들며) 선생님— (하고 仁秀의 품에 몸을 던지고 느껴운다)

仁秀　(仙女의 몸을 마구 쓰다듬으며) 난 기다렸소. 난 오늘이 오길 무척 기다렸소. 행복의 집은 바루 여기, 이 방이 그것이 되리라고 난 믿어왔어….

仙女　(삽시 휘돌아치는 착잡에 사로잡힌다. 다음 순간) 아녜요. 선생님 안됩니다.

仁秀　안돼?

仙女　행복의 집은… 그건 벌써 재가 된지 오랬어요.

仁秀　재? 그 재떼미 위에다가 다시금 세운다면?

仙女　그건… 그건 도저히 불가능한 일이예요.

仁秀　불가능?

仙女　(안타까이) 선생님….

仁秀　(억눌렸던 정욕이 일시에 폭발한다) 선녀! 내가 기다리던 선녀! 나… 나에게… 오 나의 선녀! (하고 입술을 더듬는다)

仙女　아— (순간 손종에 손이 간다)

仁秀   아니?

仙女   (몸을 빼고 꽃항을 가리키며) 사모님이… 저기 사모님이 보고 계시
        잖아요?

仁秀   아내가? 아— (비틀거린다)

仙女   도저히 파고 들 구멍조차 없는 선생님의 가슴… 안됩니다. 안돼 안
        돼— (얼굴을 싸고 二로 간다) 부디… 아— (몸을 돌이켜 그대로
        퇴장)

仁秀   선녀— (비틀거리다가 푹 주저앉아서 머리를 싸안는다)

젯트機의 날카로운 爆音이 머리위를 스쳐간다—.

仁秀 激情을 再調整하기에 애를 쓴다.

(幕)

饗宴의 밤 (一幕 喜劇)

『現代文學』40號, 1958. 4

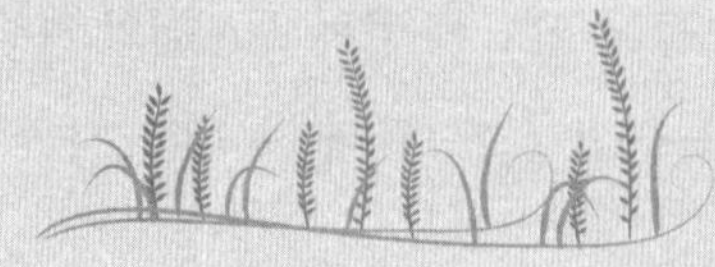

〈나오는 사람〉

東一(12세)

玉子(下女, 11세)

永石(菊花의 아들, 13세)

吉男(玉子의 동생, 8세)

菊花(東一이 繼母, 39세)

崔(自稱 詩人, 32세)

菊花와 同年輩의 婦人네 1, 2, 3

〈때〉 한 여름철 어느날 밤.

<곳> 東一이네 집.

舞臺는 마치맞게 나뉘어서 洋屋과 그 庭園의 一部로 되는데, 洋屋 쪽은 食堂이 主舞臺가 되어 이에 永石이 生日잔치가 마련중에 있다.

幕이 오르면 玉子와 菊花.
玉子는 커다란 꽃다발을 안았고, 그 앞으로 菊花가 편지 한장 들고 섰는데—

菊花   (편지를 읽고 나서 꼬옥 웅켜잡으며) 밑도 바닥도 없는 깊으디 깊은 물의 마음과도 같은, 또는 하늘 가는 구름마저 허영청 휘어잡고 일어선 산봉우리의 높음과도 같은…아아 난 어쩜 좋으냐…… 밑도 바닥도 없는 깊으디 깊은 물의 마음, 허영청 흰구름 휘어잡은 높디 높은 산봉우리의 마음…… 그것이 바루 우리 영석이 마음이 라는구나. 암 그렇구 말구. 고마워요 최선생님, 이제 곧 모시러 가께요. (편지에다 쪽쪽) 그 댐은 뭐드라…… (편지를 보며) 실존주의적 저항의식의 대결기록을 초과적으로 보유하는…… 오오 이 또한 얼마나 심오적절한 지적이람! 실존주의적 저항의식……모든 이 세상 악한 무리들과 늠늠스리 맞서서 대결하는 그 저항의식…… 더군다나 그 대결기록을 초과적으로 보유했다고하니…… 난 그만……난……(눈물마저 짜가며) 옥자야 들었니? 글쎄 우리 영석이더러 깊고 높으고 또 저항의식이 초과한애라 그러는구나……이럴때 난 도시 뭐라 그럼 좋으냐 (꽃다발 앞에 썩 꿇어앉으며)존경해요 최선생님, 해가 달이 되고 달이 해가 될지언정 이 마음 변할리야 있겠나이까? (꽃에다가 쪽쪽. 일어서며) 어서 영석일 불러라, 같이 나가쟨다구.

玉子 (꽃다발을 내려놓고 부르로 가려는데)

菊花 잠간. 영석이 부를제 어떻게 부르지?

玉子 저두 알구 있어요.

菊花 어떻게? 어디 해봐.

玉子 영석이 되련님— 영석이 되련님—이렇게요.

菊花 노, 노— 노꾸지 하나 있어.

玉子 ……………?

菊花 온 계집애두. 생각 안나?

玉子 참, 입을 가려야해요.

菊花 인제사? 내가 할게 잘 봐. (계단밑으로 가서 시범한다) 입을 요롷
     게 바른손으루 반쯤 가리고 고개는 살짝이 이층으로 돌려서, 발
     은 요쯤에 자리잡고…… 영석이 되련님— 영석이 되련님—자 연습!
     그만 두랄 때까지.

玉子 (菊花의 포—즈를 본따가며 자꾸만 불러댄다)

菊花 스톱! 인제 진짜루. 게서부터 걸어오문서…

玉子 (그렇게 하려는데)

菊花 잠간 동일이에겐? 영석이와 같으게?

玉子 아녜요. 입을 가릴것 없이 그냥 동일아— 동일아—이래요.

菊花 아이 어쩜! (흡족에 겨워) 당년 몇이지 너?

玉子 네?

菊花 당년 연령이 하우 맞춰냐 말이다.

玉子 (얼굴빛으로 알아채고) 열두살이예요.

菊花 만으루?

玉子 네?

菊花 서양식인가 말이다.

玉子 서양식이라뇨?

菊花　　온 무식두 해라. 서양식으루선 네 나이에서 하나 짤라야 네 나이
　　　　가 되는거야.

玉子　　그럼 열한살 되네요.

菊花　　우리 집 온진?

玉子　　네?

菊花　　며칠째지?

玉子　　저어, 엿새째에요.

菊花　　뭐, 엿새?

玉子　　참, 하나 틀렸어요. 닷새에요.

菊花　　그새 늬 집서 온 사람은?

玉子　　네?

菊花　　밥은 몇번이나 날라 갔지?

玉子　　없어요. 아주머니가 아무두 들여놓지 말랬어요.

菊花　　동일이와 영석이 관곈?

玉子　　네?

菊花　　누가 맏이지?

玉子　　되련님이 한살 위에요.

菊花　　그러니까?

玉子　　그러니까 되련님이 이집 쾬에요.

菊花　　이 음식은?

玉子　　오늘이 되련님 생일날이래서 채린거에요.

菊花　　난?

玉子　　네?

菊花　　내가 수하냐?

玉子　　수하라뇨?

菊花　　내가 누구냐 말이다.

玉子　네 저어, 국화여사에요. 그러구 또 되련님과 동일이 엄마두 되구요.

菊花　동일이?

玉子　아니 저어, 동일이 친 엄만 사변때 돌아가셨어요.…… 그러구나서
　　　아주머니께서……

菊花　그런건 괜찮아. 내가 그것뿐이냐?

玉子　네?

菊花　(유도하는 셈) 현, 대, 시……연……연……

玉子　네, 현대시 연구 구락부라는데 부회장 되세요.

菊花　아이 영리두 해라. 거기 회장은 누구시드라?

玉子　실존주의 최선생이에요.

菊花　뭐?

玉子　아니 저어, 실존주의적 서정시인 최차차, 찬찬 선생이에요.

菊花　됐어. 오늘거 잘 외 둬. 댐엔 슬슬 나오게스리.

玉子　근데, 동일이 아버님이 작년 가을께 돌아가신건 왜 안물으세요?

菊花　돌아가셨으니 어찌 됐다구?

玉子　아주머니께서 이집……이집……저어……

菊花　관……관……

玉子　네, 관리인이라구요.

菊花　것두 외 둬. 댐에 낼께. 그럼 어서 되련님 불러줘.

玉子　(조심조심 포―즈를 가누며) 영석이 되련님―영석이 되련님―
　　　영……

永石　(저쪽 복도 서 나타난다. 변소에서 나오는 길이라 바지춤을 웅켜
　　　잡았다) 뭐―야! 되련님이 똥 싸는데 왜 이리 자꾸만 불러대? 맘
　　　놓구 힘을 줄수가 있어야지.

菊花　앨 봐. 되련님이 뭐라 그러시는데 누깔만 맬뚱거리구 섰어?

永石　(기세를 얻어) 엉, 이년!

이때 東一이가 개똥벌레를 좇아 정원에 나타난다.

菊花　어서 죄송하다거나 유감 천만이라거나 뭐라 여쭙지 못해!

玉子　전 그냥 시키는대루 했는데요.

菊花　애그 요게! 요게 바루 인자 까난 병아리든가? 주동아리만 살아있
　　　게. 고따위가 되련님 모시는 종년 시집살이냐? 이 주릴할 년아.

永石　(발을 땅땅거리며) 엉, 이년! 되련님이, 그래 되련님이 똥을 싸시는
　　　데 너 이년 아까 까난 병아리마냥 쫑쫑 불러대야 옳아! 엉! 이 주
　　　릴할 년아!

東一　(정원에서) 만세! 우리 영석이 되련님이 넘버원이다.

菊花　조건 또 웬거야? 울치 동일이 녀석이 거덜거리구 섰구나. 너 이녀석
　　　이 뭐가 어짜구 어째! 다시 한번 씨부렁거려봐, 아가리 찢어 놀라.

東一　엉, 이년! 되련님이 똥을 싸시는데 그래 너 이년 쫑쫑 불러대야 옳
　　　아! 엉 이년!

菊花　아유 조게? 너 그리 섰거라. 오늘은 간 안둘테니……이 메주대가
　　　리 같은 녀석!

東一　에구 개똥벌레 손해 볼라. (집뒤로 사라진다)

菊花　조걸 그저……조걸 글쎄 어쩜 좋으냐? 영석아 가자, 다들 다방에
　　　서 기다리겠다. 어서 가서 모셔 오자. 아이, 요년이? 뭘 그리 누깔
　　　을 고추세구 쳐다 봐! 서둘러서 소제나 말짱이 하지 못해!

玉子　네, 하겠어요. (복도로 사라진다)

菊花　(상보를 들어 음식에 눈을 준다. 만면 희색)

永石　엄마, 금붕어 사 줘, 으응?

菊花　오냐 사주구 말구. 가다가 들리자꾸나. (상위에서 사과 하나 집어
　　　준다)였다, 차에서 먹게스리…… (둘이 퇴장)

玉子　(바께쓰를 들고 들어와 바닥을 닦는다) 아유 인제사 집안이 조용

해졌구만.

東一이 집뒤에서 나온다. 눈까풀에 개똥불이 파아랗고 풀피리를 불고
있다.

玉子　　(어둠을 더듬어 보며) 동일이냐? 거 뭐니, 삐삐 하는거?

東一　　이거? 이거 풀피리야. 난초 이파리 짤라서 내가 맹글었어. (한동안
　　　　삐삐―삐삐―) 참 되련님들 갔니?

玉子　　응, 벌써들 갔어. 근데 너 저 꽃다발 봤니? 굉장히 크구 이뻐. 백합
　　　　이랑 찔레꽃이랑 창푸에다가 모라서컨 다 꺼있어. 실존주의 최선
　　　　생이 보낸거래.

東一　　볼것 없어 그 까짓거. 저희끼리 맘대루 벌려놓구 채리구 수선을 떨
　　　　라해. 난 그 최창챙인가 뭔가한 작잔 보기만해두 구역질이 나쌋드
　　　　라. (하늘을 우럴어보며) 야아 멋지구나. 은하수가 뵌다. 콸, 콸, 콸,
　　　　콸, 잘도 흘러가네.

玉子　　(부지런히 닦으며) 그먼데서 들리니 흐르는 소리가?

東一　　들리는것 같기두 하구 안들리는것 같기두 해. 하늘에는 별이 총총
　　　　내 가슴에는 뭐가 어떻다드라…… 에이 싱거워. 하나 주런 이거?

玉子　　싫여. 난 벌레가 무서.

東一　　이까짓게? 원 애가 겁쟁인가봐. 그러니까 저것들이 널 깔보는거야.
　　　　날처럼 우락부락 대들어봐. 저따위가 꼼짝이나 해! 앞상을 한대
　　　　멕이문 애구엄마! 하문서 지엄마 치마밑으루 기어들 자식이……

玉子　　그말 무시무시 하구나. 너 쌈쟁이니?

東一　　쌈두 꽤 해. 그렇지만 쓸데 없인 안해. 너 미국 남북전쟁 알어? 노
　　　　예해방 전쟁 말야. 내가 만약 그때 살아있었더람 링컨편이 한 사람
　　　　더 늘었을거야. 뭐야, 남부지방것들! 그래 자기네만 사람이었던가?

같은 사람부구 개, 돼지취급을 허게…

玉子　나 걱정이 하나 있어 애.

東一　벼란간 왜?

玉子　거시키야. 영석이보군 되련님이라 부르문서 너더러는 마구 불러서
　　　고르지가 못하잖어?

東一　너 참 답답하구나. 애, 못된 송아지가 어서부터 뿔이 나느지 너 아
　　　니?

玉子　궁둥이서 부터지 뭐.

東一　그렇지? 바루 그거야. 그 녀석은 말야, 지엄마 따라서 들온 애니까,
　　　괜히 덩달아서 남들이 낮추 볼가봐 별에별 작전을 다 꾸미구 그러
　　　는거야. (식탁을 턱질하며) 이걸 아니? 이게 연극이란걸……

玉子　왜?

東一　그 녀석의 생일날은 벌써 지났는걸, 저달에.

玉子　지났어? 그럼 왜 그때 채릴게지 오늘 이러니?

東一　궁둥이서 뿔이 돋혀서 그런다니까. 알겠니! 그때 채림 말야, 나허
　　　구 한상에 채리게 되는거야. 왜냐구? 튓, 더럽게스리 그 녀석 생일
　　　날이 나허구 꼭 같은 저달 그믐날이란다.

玉子　어머나 한달 한 날이냐? 신통두 하구나.

東一　아버지가 살아계실 적만 해두 해마다 같은 상에 채려줬어. 그러던
　　　것이 올부터는 헌법이 달라진거야. 음력이니 양력이니 해가지구
　　　그 녀석 생일날만 오늘루 독립해 버렸단 말야.

玉子　오라 인제 알었어. 그러니까 너허구 맞상 채리기 싫어서 그러는거
　　　구나.

東一　그뿐이 아냐. 냇건 행방불명이야.

玉子　뭐라구?

東一　냇건 없어졌단 말야. 생일날이 무효가 됐어.

玉子   그럼 채리지두 않았단 말이냐?

東一   그렇단다. (한동안 말없다가) 옥자야.

玉子   엉?

東一   동생 있니 너?

玉子   하나 있어, 길남이란 애야. 아홉살 났어 아주 개구쟁이란다.

東一   넌 좋겠구나, 외롭지가 않아서. 지금 뭣 하니?

玉子   집에서 개똥벌레 잡을거야.

東一   뭐?

玉子   아냐, 학교 댕기다가 간 뒀어.

東一   퇴학 맞았니?

玉子   그런게 아냐……

東一   그럼 뭐니?

玉子   엄마 땜이야. 엄마가 앓구 누웠어, 벌써 삼년째야.

東一   아버진 뭘 허구?

玉子   아버진……

東一   납치 당했니?

玉子   죽었어. 약 먹구……

東一   약? 약 먹음 낫아야지 왜 죽어?

玉子   독약이래……

東一   독약? 그럼 저거냐?

玉子   응……

東一   안 됐다. 쯧 쯧.

玉子   양키 시장에서 옷장수 했어. 그러다가 불이 나서 말짱 태버리구 빚
        쟁이들헌테 몰려서 하는 수 없이 죽은거야. 엄만 자꾸만 울고 있어.

현관쪽에서 벨소리.

玉子　에구 되련님들 오나부다. (나간다)

東一　엄마 얼굴이라군 통이 생각이 안나⋯⋯⋯⋯(주머니서 사진을 꺼
　　　내어 들여다보다) 역시 미인이거든, 울 엄만⋯⋯

玉子　(금붕어가 들은 어항을 안고 등장) 금붕어야. 아주머니가 주문하
　　　셨대. (내려놓고) 참 귀엽지! 하나, 둘, 셋, 넷, 다섯⋯⋯⋯⋯모두 다섯
　　　마리야. 다섯 마리가 즈끼리 헤염치구 있어. 너 왜 얼굴을 찌프리
　　　니? 뭐가 기분 나쁘니?

東一　에이 비러먹을것들! 생일은 어느 놈의 생일잔치야! 돈은 누굿건데?
　　　아잇 분해! (어항을 둘러멘다)

玉子　애, 거 망그문 안돼. 망그문 금붕어가 죽어 버려!

東一　일이 이렇게 됐는데 난 바보던가? 에이 더러운 것들!

玉子　(매달리며) 동일아 그러지마. 금붕어가 불쌍치 않어? 그러구⋯⋯⋯⋯
　　　그걸 망그문 내가 지도구니 맞게 돼. 난 울어버릴래. (얼굴을 싸고
　　　돌아선다)

東一　(망서리다가) 내가 참아야지. (도루 내려놓고) 우니 옥자야?

玉子　내려 놨니?

東一　두손이 이렇게 비였잖어? (하면서 玉子의 어깨에 손을 얹는다)

玉子　(그제서야 돌아서며) 깨지는 소리가 나문 울랴구 했어. 가끔 이러
　　　니 너?

東一　(뒷통수를 긁적거리며) 아냐, 그리 자주는 안해. 꼭 한번을 했어.
　　　내 생일날이야⋯⋯ 돈두 없는데 뭘 어떻게 채려! 영석인 잠잠인데
　　　요게 왜 투덜거려! 엄마라는 년이 바루 이식이 아냐? 난 그만 숟갈
　　　을 들다말구 찌게냄비를 들어다가 구정물통에 통째루 쳐박았어.
　　　그러구는 이불을 푹 둘러쓰구 코를 냅다 골았지.

玉子　끼니두 굶었게 생일날에?

東一　굶긴! 밤중에 찾아 먹었지.

玉子   너 혼자서?

東一   뭐라구?

玉子   누가 채려 줬니?

東一   내손으루 채렸어. 식모 할머닌 자구 있었거든.

玉子   내람 깨났을거야.

東一   걱정 마. 너 같음 깨우지 않구설랑 그냥 둘 줄이나 알어?

玉子   깨워두 좋아. 동일이가 그런다문.

東一   정말?

玉子   정말이 아니구. 난 말야, 난 요새 이런 생각이 들어. 어쩌다가 장작 불이 세가지구 밥이 타거나 하지 않겠니……

東一   애개 난 밥탄게 젤 싫단다. 탈랑말랑해서 누룽개가 약간 붙은게 구수허구 꼭 좋아. 그전 할머니가 늘 탰어. 그 할머닌 코가 어떻게 된 모양야, 밥타는 냄새라군 아주 깜깜이었어.

玉子   난 말야. 밥이 타문 내가 먹을래. 며칠이래두 두고두고 나혼차서 먹어낼래.

東一   난 어떻거구?

玉子   새루 지어줌 되잖니?

東一   참 그렇구나. 아냐, 그럴 필요 없어. 나두 같이 먹어.

玉子   넌 탄게 싫다문서?

東一   저어 말야…… 할머니가 탠게 싫디는거야………넷건 아냐.

玉子   즈런 거짓부리.

東一   거짓부린 왜 해? 두고 봄 알거 아냐? (하다가 먼 하늘에 정신을 판다)

玉子   왜 그러니?

東一   난 또 비행접시라구. 별이 똥을 깔겼어.

玉子   난 들어갈란다. 별이 저러문 어른네가 돌아온다는데. (바께쓰랑 들 고 퇴장)

東—   메리 밥이나 줄가? (삐삐거리며 정원을 돌아 집뒤로 퇴장)

풀벌레들이 요란스레 울어댄다. 길—게 꼬리를 달고 흐르는 별의 움직임— 이윽고 정원 한 모퉁이에 吉男이가 나타난다. 기웃 기웃 집쪽을 살피다가 호화스런 식탁에 눈이 가자 군침을 다신다. 벼란간 집뒤에서 개가 짖기 시작한다.

東—   (소리) 메리, 메리, 메리야……

吉男이 깜짝 놀라 숨을 곳을 찾다가 언뜻 식당으로 뛰어들어 식탁커버 밑으로 기여든다. 그러자 사납게 짖어대는 메리를 앞세우고 東—이 등장.

東—   왜 그러니? 웅? 도둑놈 냄새가 나디? 어딨어 도둑놈이? 얼른 뛰어 가서 그 놈의 다리갱이 꽉 물어줘. (하면 정원을 휘 돌아 저쪽으로 사라졌다가 다시 나타난다) 그것 봐. 쥐새끼 하나 없잖어? 괜시리 주는 밥이나 받아 먹을 노릇이지………… 참 메리야, 저 옥자년이 말야…… 저년이 날보구 거짓부리 한다 그런다누. 너 들어봐. 밥이 누르문 말야…… 나두 같이 먹어 준댔거든. 그래두 저게 내말 곧이 안듣는대. 참 딱허지. 어쩌문 좋으냐? 옳지! 존 꾀가 있어. 메리야 어서 가자. (퇴장)

吉男이가 이 까리를 엿봐서 밖으로 내빼려는데 저 쪽에서 콧노래 소리가 가까워 온다. 吉男이 다시 숨는다. 이어서 玉子가 음식그릇을 들고 들어선다.

玉子   (그릇을 내려놓고 어항에 정신을 판다) 싯, 싯, 아이 요것들이! 싯, 싯, 올—치. 한 마리가 돌새루 도망갔다. 조건 겁쟁이니까…… 겁

쟁인 나야, 날거야. 그러구 요 거품을 뻐끔 뻐끔 물고 있는게 국화여사 아주머니구……아주머니 옆으루 나란히 붙었는게 조게 실존주의 최선생이구……고 뒤에 바라지게 따르는게 높고 깊은 도련님이구…… 그러구 저 구석에 외져서 떠러진게 조게 링컨 아저씨네 동일이구…… (손짓하며) 동일아 어서 이리 온. 돌새가 아늑해서 좋아. 애개 내가 나오네. 자아, 어디루 갈가해서 두눈을 껌뻑껌벅…… 오라 오라 동일이 옆으루, 옆으루…… 동일아, 우리네두 나란히 서련? (東—이 목소리로)그래 그래 나란히 재맥질 하자쿠나. 호호…… (웃음 꼬리가 가벼운 노래로) 나란히 나란히 나란히, 밥 상위에 젓가락이……아냐, 밥상위에 금붕어가 나란히 나란히 나란히……댓돌위에 신발들이 나란히 나란히 나란히……댓돌위에 신발들이 나란히 나란히 나란히……? 그 댐이 뭐였지?

吉男 (상 밑에서 받아서 노래) 짐수레의 바퀴들이 나란히 나란히 나란히…….

玉子 누굴가? (四方을 둘러본다)

吉男 (머리만 내밀고)나야,

玉子 길남이 소리 아냐?

吉男 (기어나오며) 밥 좀 줘. 배 고파서 왔어.

玉子 아—니 너 언제 왔니?

吉男 얼른 줘. 뱃속이 텅텅 볐어.

玉子 (사방에 주의를 기우리며) 저녁 굶었니?

吉男 서에서 와.

玉子 서란게 뭐냐?

吉男 서두 몰라? 경찰서 말야. 지난 밤 한숨두 못잤어.

玉子 경찰서는 왜? 나쁜 짓 했니?

吉男 아냐, 여럿이야. 낼 아침에 머언데루 실어간대. 나 뺑소니쳤어.

玉子　　너 남윗걸 쌔비기래두 했니? 만년필? 시계?

吉男　　아니라는데 웬 성화야 성화가. 밥 안 줄래? (상보를 들어보고) 여, 굉장히 채려먹는 집이로구나. 송편에다가 인절미………바람떡두 있구……… 헤, 닭 한마리가 통채루 올라 앉았네. 옥자야, 여깄는 거 아무거나 줘. 바람떡이문 더욱 좋아.

玉子　　안돼. 이건 말야, 이건 손님들이 오셔서 잡수실거야. 오늘 이집 도련님 생일이거든. 다들 곧 오실거야. 너 어서 가야해. 여깄다가 들킴 지도구니 맞어. 나두 쫓겨나구.

吉男　　(주머니 서 돈을 꺼내 뵈며) 돈 있어. 생일돈 내문 되잖어?

玉子　　그돈 어서 났니?

吉男　　사람들이 줬어.

玉子　　누가?

吉男　　줬으니까 줬다는데 왜 자꾸 꼬치꼬치야? 배고파서 죽겠대두……….

玉子　　요게 거짓부리만 늘어놓구 솔랑대는구나. 간둘줄 알구! 너 그돈 쌔볐지? (하고 멱살을 틀 쥔다)

吉男　　애개개………놔 이거………

玉子　　바른대루 대. 어서!

吉男　　뭘 대?

玉子　　그래두 시치미야? 요게! (한대 갈긴다)

吉男　　이게 때려?

玉子　　때리지 않구! 이 도둑놈아………에잇!

吉男　　(글성 글성해지며) 아퍼. 거기 때리지 마. 순경이 때려서 멍들었어. 다른데 때려.

玉子　　(손을 걷우고 자기도 울먹어린다)

吉男　　커다란게 우네. 꾀 바칠래 엄마헌테.

玉子   네가 나쁜 짓 해서 우는거야.

吉男   그런게 아니래두. 이거 벌은거야. 심부름해주구 내가 떳떳이 벌은
      거야.

玉子   심부름? 어떤걸?

吉男   아저씨 놀다 가세요. 깨끗허구 조용한 방 있어요. 이쁜 색씨 있어
      요. 할아버지 담배 한대 피다 가세요. 이러는거야. 알았니?

玉子   애개, 게 뭔데?

吉男   또 낮에는 이쁜 색씨네 담배 심부름 드는거야. 너, 이쁜 색씨가 무
      슨 담배 피는지 아니? 그만이야. 양담배 아님 안 피워. 공군담배랑
      쿨이랑 모리쓰랑 쎄렘이랑 그런것만 피워. 너모냥 머리꼬리 딴건
      쿨이나 쎄렘이구, 푸시시 대가리 찌진건 모리쓰 아님 공군담배야.
      멋두 꽤짜야. 콧구멍으루 연기가 몰캉몰캉하거든. 허지만 가끔은
      목이 걸려가지구 꼴롱꼴롱 눈물을 쥐어짜는 일도 있어.

玉子   말이 어째 이상하네. 그런데 어디 있니?

吉男   너 제각 말해 봐. 형사가 어떤거야?

玉子   형사? 권총 찼지 뭐.

吉男   피— 형사는 말야……카키군복 바지에다가 나까오리 맥꼬모자 빼
      끔 눌러 쓴거야. 얼굴에는 검은테 공갈앤경 바라지게 썼구. 눈알이
      팽이마냥 팽팽허구, 흰 자위가 번개마냥 왔다리 갔다리 하는거야.
      나 인젠 보기만함 당장 알어. 이쁜 색씨가 가리켜 줬어. 나두 커서
      형사노릇 해먹을래. 막무가내야, 할아버지구 뭐구 찍 소리 하나 못
      해. 애개 무슨 냄새야? 밥 타는게 아냐?

玉子   에구 정말………근데 이상하다 얘. 불을 싹 끄구 재를 덮어놨는데.

東一   (정원에 나타나서 벙글거리고 섰다) 내가 못먹을줄 알어?

玉子   나 들가 보구 오께. (퇴장)

吉男   바람떡 안주구? 배때길 쪼개 빌까?

東一   아니? 저게 누구네 꼬마야?

吉男   제길, 내멋대루 한판 칠가봐. (하고 상보를 들어친다)

東一   오—라, 옥자네 꼬마로구나. (식당으로 들어간다) 얘, 네가 길남이
       란 애지.

吉男   (그만 겁을 집어 먹고 식탁을 끼고 슬슬 피한다)

東一   괜찮어, 이리 와, 나헌테루 와.

吉男   (밖으로 도망치려다가 東一이에게 붙잡혀서 버둥거린다) 아야야
       야………

東一   배고프댔지 바람떡 줄가?

吉男   (그럴수록 더욱 겁이 들어서) 배고프지 않어. 이거 놔. 나 갈래. 놔.

東一   어서 이리 와.

吉男   엄마— (하고 울어버린다)

東一   (얼싸안아다가 의자에 앉힌다) 자 먹어. 설탕두 있어. 이건 스끼야
       끼 잡채구, 소고기, 돼지고기, 이건 꼭감, 이건 약식, 이건 식케……
       여기 사과두 있어, 어서 먹어. (하면서 음식 그릇을 하나하나 길남
       이 앞으로 들여댄다)

吉男   (그럴때마다 그릇과 東一이 얼굴을 분주스레 번갈아 보다가 나중
       에는 얼굴에서 눈을 떼지 않는다. 아까의 돈을 꺼낸다) 생일돈이
       야………

東一   생일돈? 그런건 필요 없어. 집어너.

吉男   날 때릴랴구?

東一   때리긴 누가 때려? 너 꽤 사람을 의심하는구나. 자 내가 집어 줄께,
       받어.

吉男   (받아들고 망서린다)

東一   허리끈 끌러 주련? (하고 띠를 풀어준다)

吉男   싫여, 싫여………

東―　　애그, 너 빤쓰 안 입었구나.

吉男　　(한손으로 바지춤을 웅켜잡고 저만치 물러가서 벽에 붙어선다)

東―　　골났니?

吉男　　……………·.

東―　　자지 봤다구?

吉男　　안 먹을래 이거………

東―　　안먹어? 왜 그러니?

吉男　　엄마 갖다 줄래.

東―　　엄마?

吉男　　엄마가 배고파 해. 엄마는 피를 게웠어, 두 차례나………

東―　　(뭉쿨해지며)…(잠시 생각다가) 알았어. 걱정 마. 내 뉘 집까지 같이 가주께. 떡이랑 고기랑 싸들구 너허구 같이 가께. 정말이야, 정말 가구말구. 나 절대루 거짓부리 하는 사람 아니다 (하면서 손을 끈다) 이리 와.

吉男　　개아들이지? 東·개아들? 吉·거짓부리하문.

東―　　아이 우서 죽겠네. 얘가 꼭 옥자를 닮았구나. 남의말 곧이 안듣네………그래 개아들이야. 지금 당장 보재기 가주옴 알거 아냐? (이층으로 뛰어 올라간다. 중간쯤에서) 길남아 나 좀 봐. 너 링컨이란 사람 아니?

吉男　　링컨? 몰라………

東―　　내가 좋아하는 사람이야. 나두 커서 링컨처럼 훌륭하게 될랴는거야.

吉男　　훌륭하게? 나두 시켜 줘.

東―　　암 주구말구. 그러니까 어서 배가 땡땡 부르도록 먹어야 하는거야. (사라진다)

吉男　　(그쪽에 눈을 둔채) 애가 나허구 통할거야. (그 담은 불이나케 먹는 일)

玉子가 밥그릇을 들고 등장. 이 모양을 보고 질겁을 한다.

玉子　　아—니? 이게 웬 짓이냐?

吉男　　가만 있어. 나 링컨 될랴는거야.

玉子　　뭐라구?

吉男　　배가 띵띵 불러야 된대. 너두 같이 먹어.

玉子　　(울상이 되어) 넌 그걸 먹을 채례가 아냐. 여기 밥이 있어. 덮어 놔.

吉男　　(목이 메서 식케를 드리킨다)

玉子　　즈런, 식케꺼정?

吉男　　아직 멀었어.

玉子　　난 몰라. 난 쫓겨나게 돼, 난 어떻거니? (하고 운다)

吉男　　우지 마. 이집 언니가 날 먹으라 했어. 그러구 또 떡이랑 사과랑 싸
　　　　가지구 우리 집에 같이 가준댔어.

玉子　　우리 집에?

吉男　　이제 보재기 갖구 올꺼야. 어이구 자알 먹었다. 막 졸리네. (하품을
　　　　하고나서 잠을 청한다)

玉子　　(잡아흔들며) 자문 안돼. 정신 채려!

吉男　　나 링컨되는 꿈을 꿀랴구 그래.

東一이가 보재기와 종이를 들고 계단을 내려오는데, 때를 같이하여 永
　　石이가 밖에서 돌아온다.

永石　　앞바퀴 뒷바퀴 자동차 바퀴……

東一　　(찔끔하나) 벌써 오니, 되련님아?

永石　　나만 먼저 와, 금붕어 볼랴구. 엄만 차 마시구 온대.

東一　　잘 왔다. 이층에 말야, 괭이만한 쥐가 나왔어.

永石　쥐? 이층에?

東一　책을 디리썰구 있어.

永石　냇걸?

東一　아마두 그럴거야. 난 겁이 나서 들어두 못갔어.

永石　그까짓게? 에잇 고놈의 쥘 잡아서 쇠꼬챙이루 두 누깔 옴싹 후벼
　　　낼란다. (급히 이층으로 사라진다)

東一　저녀석이 내려오기 전으루 얼른 줏어 싸야지. (주섬주섬 걷어 싼다)

　　　永石이 이층에서 내려온다. 손에 쇠꼬챙이를 들었다.

永石　내가 무선게지? 온데간데 없어. 게서 뭣들허니? 내 생일떡 축내는
　　　게 아냐?

東一　그런게 아냐. 상을 바꾸자는거야,…

永石　다른걸루? 왜?

東一　새것이 왔어. 제법 널직허구 반질반질 칠꺼정 한거야. 저방에 있어.
　　　어서 가 구경이나 해.

永石　칠이문 에나멜 칠 말이냐?

東一　암 그렇구말구. 꼭 네 손톱에 칠한것과 같은 빛갈이야. 유리알 같애.

永石　(손톱을 내 뵈며) 이만치?

東一　그것보다 더할지두 몰라. 시 쓰는 늬 최선생이 기마이 쓰는거래.

永石　뭐? 우리 최 차, 차, 차, 찬찬선생이? 오―라, 그래서 아까 날보구 왼
　　　쪽눈을 이렇게 쭝긋 했구나. (하고 왼눈을 쭝긋해 보인다) 아니 바
　　　른 쪽이든가? (다시 바른쪽을 그렇게 한다)

東一　어서 가봐. 폭신한 회전의자까지 껴 있어.

永石　회전의자? 앉은채루 빙빙 도는 거? 야 멋지다. 참 요전에 엄마가
　　　사준다구했어, 그날밤 최선생이 자구 갔잖어? 그래서 엄마헌테서

그애길 들었든가 봐. 아이 좋아라. 그게 다 냇거란말이지?

東一 너두 꼭 뻥새 같구나. 널 줄랴구 일부러 사보낸거 아니겠니?

永石 그러니까 두개 다 냇거란 말이지? 아이구 신난다. 상판에다가 라뒤오두 올려놓구 그림책이랑 꽃병이랑………(하다가 말고) 참 금붕어?

東一 저기 있잖어?

永石 얼씨구 좋구나. 금붕어두 올려놓구 아령두 올려놓구 씽씽이랑 경대랑 죄다 올려 놀란다. 그러구 폭신폭신한 회전의자에다가 몸을 쭈욱 뻗구서는 빙그르르 돌기두허구 낮잠두 자구 수수깽이 앤경두 맹글어 쓰구 놀란다. 네까짓건 국물두 없게스리 당장 뛰어가서 내 이름짜 빡빡 새길란다. (하면서 퇴장)

東一 그래 그래. 통채루 생켜버려.

玉子 난 팔다리가 이렇게 오들오들 떨려서!

東一 그러길래 너같은걸 계집애라 그러는거야.

吉男 (꿈에 놀래서) 엄마, 엄마야—

東一 얘가 왜 이러니?

玉子 꿈을 꾸는가부다.

吉男 (벌덕 일어서며) 엄마야—나허구 같이 가. 엄마야— (몇걸음 내뛰다가 기운없이 쓰러져 다시 잠이 들어버린다)

東一
玉子 } (달려 들어) 길남아, 정신 채려! 얘 길남아!

永石이 나타난다. 험악한 얼굴에 손에는 아령을 들었다.

永石 요 주릴할 것들아. 요 새끼들이 되련님을 놀려! 내떡 훔쳐먹을라구? 내가 속아넘을줄 알어? 야이 에미 애비없는 거지새끼야! 거짓말하다가 헷바닥이 싹 썩어 빠질 쪼, 쪼, 쫄맹이 새끼야! 그러구 아

까 까난 병아리 새끼야! 메주 대가리야! 똥개 새끼야!

東一   아니 저게? 이새끼 뭐라구? (둘이 맞붙어서 쌈이 벌어진다. 玉子는
        옆에서 질질 매기만 한다. 그러는중 꽃다발이 둘의 몸밑으로 깔려
        든다)

玉子   애들아, 꽃다발이 납작해져. 몸을 옆으로 틀어. 이거 놓구설랑 다
        시 붙으려무나. (간신히 빼낸다)

東一   (永石이 손에서 아령을 뺏어 들었다) 어떻거런? 내리 갈기런?

永石   엄마— (언뜻 꽃다발을 잡아서 몸을 막으며 구석에 옴츠라진다)

    이때 현관쪽이 떠들석해지며—

菊花   (소리)자 어서들 들어와. 최선생님 그걸 이리 주세요.

玉子   어떻거니 난?

東一   걱정 말구 나를 따러. 상보는 이렇게 덮어 두는게 좋아. (永石에게)
        입을 열기만하문 알지, 있다가? (아령을 둘러멘다)

永石   안 열게 안 열게………

東一   (吉男이를 들쳐업고) 밖에서 보구 있는다.

永石   안 열게 안 열게………

東一   (정원을 빠지면서) 금붕어 뿌수기보담 훨씬 신난다 얘.

    그들이 사라지자 菊花를 선두로해서 婦人네 1, 2, 3과 崔가 등장.

菊花   (등장. 崔의 파나마 모자와 코드를 들었다) 웰컴 웰컴. 이제부터
        올나이트가 시작되는 판야.

婦人1   (등장. 벽을 만지작거리며) 칠꺼정 말짱 새루했구나. 아이 어쩌
        문………

婦人2　(등장. 건뎅거리며) 미끄러질까 봐서 겁이 난다 얘.

婦人3　(등장. 근시에다가 말더듬이. 돋보기 안경을 벗었다 걸었다 하며) 어, 어련헐라구? 우, 우리 구, 국화여사께서 외아들 새, 생일 잔치 맞이합시는데………그, 그렇죠 최, 최선생님?

崔　(등장. 새하얀 장갑을 벗으며) 에―저는 이렇게 언급코자하는 바이올시다. 즉 현관에서부터서 예까지의 온갖 채림새가 보유하는 이 실존적 제 상황이야말로 우리들 인류사회가 몸부림치는 절망과 허무와 권태와 그리고 부조리등등에 대한 성스럽고도 아릿다운 모성애적 대결정신의 극한적 표현이라 그럴수 밖에 더 말이 없는 바이올시다.

婦人3　그나저나 이 사, 상보밑에 마, 맛존 으, 음식이 시, 실존한다구 새, 생각하니 난 버, 벌써부터 뱃속의 거, 거시허구 대, 대결해야 한다는구나. 에그 요, 요놈의 애, 앤경알이 자꾸만 빠, 빠질라카네.

菊花　어서들 앉거라, 앉어. 최선생님은 이리 시타운 하시구……… (의자를 권하노라 바삐 서둘며) 노래에다가 춤, 스캇치에다가 시……… 신나게 놀아 보자꾸나.

婦人1　근데 되련님께선 이층에 실존하시냐?

菊花　갠 요새 공부에 미쳐서 야단이란다. 경기나 서울 아님 시시하다문서. 내 데불구 올께.

永石　나 여기 있어.

一同　어머? 어럽쇼?

菊花　뭘 했니 게서? 꽃구경?

永石　아냐, 냄샐 맡았어.

婦人2　오 어쩌문 저렇게도 시적이실가? 미스터 영석, 친애하는 나의 벗이여, 나에게 악수를 허용하시옵소서. (닥아가서 손을 잡아 흔든다)

婦人3　저, 저것들이 아, 아일 라브 유―유, 율 라브 미냐?

婦人2   예—쓰, 예—쓰, 아일 라브 율 라브 쩝쩝 쪽 쪽. (一同 간드러지게
         웃어댄다)

崔   여러분, 이 자리에서 여러분 앞에 질문의 화살을 하나 던지려 하는
         데 좋겠읍니까?

一同   어머 뭘까?

婦人2   시에 대해설거야. 서정시 말야.

婦人1   아냐, 요전마냥 또 샹송 애길지두 몰라.

菊花   애, 샹송과 데리라 지금 어서 한다니?

婦人3   쉿!새, 새, 새, 새새대지들마 좀.

崔   에—제가 묻고자 하는것은 다름이 아니오라 우리 인류에게 있어
         서 연애라는 사실이 실존할수 있겠느냐하는 바루 그 문제올시다.

婦人2   그야 단연 있읍죠. 오오 사랑없는 천국보다는 차라리 사랑있는
         지옥으로 날 보내다오! 그러지들 않어요?

婦人1   사실이야. 총각 색씨네들이 나무밑에서 쏘근대는거나 요 금붕어
         족속들이 조렇게 몸을 비비작거리는거나 모두가 다 연애지 뭐에요?

崔   아니올시다. 절대루 실존할수가 없는 것이올시다. 왜냐구요? 왜냐
         면 에—우리 인류는 그 어느 누구를 막론하고 이 세상에 생을 받
         는 그 순간으로부터서 벌써 유달리 완전고립된 그야말로 이방인
         으로서의 독수 공방에 들어백히게 실존적으로 낙인을 받았기 때
         문이올시다.

一同   (그런것 같기도하고 아닌것 같기도 하고‥그런 표정)

婦人1   약간 이상하지?

婦人2   그럼 너허구 나허구 지금 얘기하는건 어찌 되는거냐? 할수 있는거
         냐? 없는거냐?

菊花   그거야 없을 때가 많지. 어디 그리 자주 만나게들 되니?

婦人3   나, 난 그저 빠, 빨리 요, 요것(음식) 허구 나 대, 대결시켜 줌 제, 젤

좋겠다.

菊花　　그렇게 허자꾸나. 영석아 어서 앉거라.

永石　　싫여.

菊花　　싫다니? 생기두 머리속에서 공부생각이 뱅뱅 도니?

永石　　(밖을 눈짓하며) 아냐, 저기야 저기.

菊花　　저기라니?

永石　　아, 아냐, 땀이 나서 그래.

菊花　　아유 정말. 웬 땀이 이러니? (의자에 앉히고 땀을 닦아준다)

婦人3　　그, 그럼 이, 이제부터 째, 쨈쨈이냐? 허, 허리끈부터 느, 느춰야
　　　　지………．

菊花　　채린게 없어서 부끄럽구나．………

崔　　　잠간 스톱. 어떻습니까 여러분? 에— 만약 저의 계산에 차오가 없다
　　　　치면 오늘 우리 영석군이야말로 확실히 햇수로 쳐서 십삼년, 달수
　　　　로 쳐서 일백오십 육개월, 일수로 쳐서 사천칠백 사십오일 그리고 시
　　　　간수로 쳐서 에— 십일만 삼천하고도 팔백 팔십시간이라는 엄청난
　　　　실존 기록을 수립해 놓았던 것입니다. 그나 그뿐이겠읍니까? 이를
　　　　다시 분으로, 초로 따져 나간다면 그 천문학적 숫자야 말로 인간의
　　　　좁은 식견으로 도저히 주체못할 바로 사료되는 바이올시다. 따라서
　　　　영석군의 이 가장 황홀하고도 찬란무쌍한 대결기록에 우리는 다같
　　　　이 박수로써 축하하는 것이 어떠할가 감히 제안하는 바이올시다.

一同　　좋습니다. 그렇구 말구요.

婦人3　　기, 기, 긴급 도, 동의가 있읍니다.

崔　　　뭡니까?

婦人3　　바, 박수질 하기전에 우선 우, 우리 혀, 현대시 연구 구, 구락부의
　　　　노, 노래를 구, 구창하는게 조, 좋다고 봅니다.

一同　　것두 좋습니다.

婦人3　그, 그럼 제, 제가 서, 선창하겠읍니다. 우 우, 우리들의 노, 노래.

一同　꽃같이 아름다운 마음, 꽃같이 향기로운 우리들의 속삭임, 꽃같이 순결하고 꽃같이 다정하고 꽃같이 성스러운, 송이송이 꽃송이……

崔　영석군의 십삼회 탄신일을 축하해서 박수! (一同 열렬한 박수)

菊花　(쫄딱 감동되어) 고맙습니다. 정말 고마워요. 이 어둡고도 캄캄하고 의지할 곳조차 없는 고독과 절망과 권태등등 속에서 이거 하나 키울랴구 갖은 부조리와 대결한 결과 오늘이 왔으리라 봅니다. (흠흠 느낀다. 永石이를 꼬옥 껴안으며) 영석아 내 아들 영석아. 네가 벌써 이렇게 훌륭하게 되다니………흠 흠………오냐 사주마, 네가 늘 사달라던 피아노 한대 당장 사주마………흠 흠…사주구 말구…………

婦人3　대, 대결해두 조, 좋으냐?

菊花　(눈물을 걷우며) 정말 채린게 없다만… (보를 걷어제긴다) 아—니?!

婦人1　어머 아직 채리지 않았구나.

婦人2　먼첫 손님들이 홀랑 먹구간 빈접씨가 아냐? (빈접씨를 들고본다)

婦人3　채, 채린게 어, 없다 없다 하드니 끄, 끝내수, 수제만 놓구설랑 고, 고사를 지냈구나. 난 바, 밥이래두 머, 먹을한다. (뚜껑을 열드니) 에, 에유— 무, 무던히두 누렀구나, 쿵, 쿵……

菊花　영석아…………… (졸도한다)

崔　(기다리기나 했다는듯이 덤썩 받아 안으며) 오오 국화여사께서………(은근히 좋아라 애무한다) 이방인은 이렇게 말했답니다………나는 지금까지 행복했고 지금도 또한 행복하오이다.

婦人1　즈런 즈런!

婦人2　맞았지 뭐냐 번지수가?

永石　(정원 한모퉁이를 내다보며) 조것들이? 나무밑에 앉아서 먹구 있

을거야. 야이! 아까 까난 병아리새끼야! 똥개 새끼야! 메주대가리
야!

婦人3　어, 어머 끄, 끝내 아, 알이 빠졌구나!

(幕)

벼랑에 선 집 (一幕 二場)

『現代文學』48號, 1958. 12

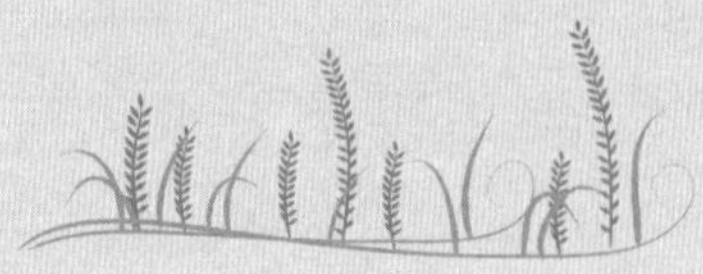

나오는 사람

羅明宣 (老敎授)

旭 (그의 아들, 美國留學生)

英 (그의 딸, 女高生)

朴蓮玉(英이 피아노敎師 兼 家政婦)

미친 女人

때

盛夏.

해질 녘과 해진 後.

곳

港都.

벼랑을 깎아세운 육중한 二層 벽돌 建物이 저만치 내려다 보이는 언덕
에 우거진 숲이 있어 그 숲 새로 亭子가 섰고 거기에 藤橋子 圓卓等이
놓여져서 마치맞은 休息處로 꾸며진다.
멀리 하늘과 맞닿은 水平線이 아련히 드러나 보이는 가운데 가끔씩 港
都의 騷音이 밀려온다.

〈一 場〉

바람 한점 없는 해지기 前 한때. 舞臺는 숲의 푸른 것과 建物의 붉은 것
과 水平線 위에 서성거리는 구름의 흰 것들이 용케 얼려서 화사한 바탕
을 이루는 가운데 한나절에 머금어 들인 熱氣를 徐徐히 放散하고 있다.
黃昏을 재촉하듯 한가닥 뱃고동 소리가 툭하게 울려오는 가운데 幕—

旭   (언덕을 올라오며) 영아—영이 게 있니? 이거 이런데서 늘어져 자
      고 있어. 땀을 빨빨 흘리문서—일나. 더위 먹어. 어서!

英   아이고 깜짝야. 뭐요, 오빠?

旭   저기 벼랑턱을 쳐다 봐. 해가 지글지글 끓고 있잖어! 바람 한점 부
      는 줄 알어? 나무 잎새꺼정 추욱 늘어져서 꼼짝을 못하는 판야.

英   그래서!

旭   내 수영복 찾아내란 말야. 네가 어따가 거둔게지? 아무리 찾아두
      없어.

英   엄마 꿈 신나게 꾸는 판에 잠만 깨놓았네. 이게 뭘까……? 내 귓구
      멍 좀 봐주. 무엔지 잉잉 우는것 같어.

旭   이런데서 늘어져 자니까 더위란 놈이 기어든게지 뭐야. 귓구멍으루
      해서 콧구멍 목구멍 그리고 가슴통을 슬슬 기어 내리감 나중엔

입에서 진거품이 부글부글 피어나는 거야. 그리되면 어떻게 되는 줄 아니? 영이가 여엉 자버리는 거야.

英　점점 커지네.

旭　어디 봐. 어이구 이런거야.

英　애그머니! 이게 뭐 이런게 있어. 다리갱이가 석자나 되는 벌러지가—아이 징그러.

旭　너 엄마 꿈 어떤 걸 꿨니? 죽은 사람 꿈은 불길이라는데.

英　오빠가 미국유학하는 것꺼정 죄 알구 계셨어. 한번 만나 봤으면 그러시든데. 그 동안 집에 와 있다가 내일 떠나는거라구 그랬드니—그럼 오늘밤 꿈으루 찾아가마, 다른꿈 꾸지말구 기다리라구 그래—그러셨어.

旭　미친것허구 얘기허다가 나마저 미쳐버리겠다. 내 수영복 말야. 글쎄 어따가 뒀니?

英　박선생님더러 내랄 노릇이지 나보구 왜 이러실까? 내가 그래 젊은 사내들 수영복이나 차구 다니는 사람인가?

旭　요게 못까는 소리가 없네. (팔을 잡아 비튼다)

英　애개개……아이고 사람 살려—

旭　다시 그런 소리……

英　안할께. 여엉 안할께……

朴蓮玉 二層 베란다에 나타나서 英이를 찾는다.

蓮玉　영아—영이 나 좀 봐.

英　(구원이나 얻은듯이) 여깄어요. 예서 오빠허구 이러구 있어요.

旭　(놓아주며) 두고 봐.

英　우리 선생님이 그만이라니까. 선생님 앞에선 뛰도 옴츠리도 못하

는 욱이씨거든. 왜 그러세요 선생님?

蓮玉　악보책이 없어져서 그래. 쑈팡 말야. 피아노 위에 얹어뒀는데—

英　제방 책상 빼랍에 보세요. 우에서 두번쩰거에요.

蓮玉　알았어. (사라진다)

英　사랑스런 그대의 출발을 눈물로 보내노라—라는듯이 쑈팡의 이별곡이 시작된답니다. (하고는 두손으로 건반치는 시늉을 하며 곡을 흥흥거린다)

피아노 曲 은은히 흐르기 시작한다. 그러나 「離別의 曲」은 아니다.

英　선생님두! 당신 기분은 저리 싹 젖혀 놓으시구 딴청이나 부리구 저러시네. 저러니까 늙었달수 밖에 없는거야. 속으루선 끙끙 앓으문서—

旭　끙끙 앓는건지 멀쩡해서 아무렇지도 않는건지 네가 박선생 속엘 들어가 봤어?

英　겉으루 봐서 그걸 몰라! 안절부절 들떠가지고 가계부 하나 제대로 매시겠나 피아노 공부 알차게 가르쳐 주시겠나—아마도 그런지가 오빠가 돌아오자 마잘걸. 아 참 새로운 소식 하나 있어……

旭　뭐니?

英　이런 얘긴 덮어두어야 하는건데……어떡헌다—……?

英　하얀 꽃봉투에 또록또록 박아쓴 글씨가 아주 제법이든데.

旭　요런! 요 촐랭이 넌이 남의 편지꺼정 뒤적어리구 다녔구나.

英　알맹이 꺼내보지 않은것만해두 고마워해야할걸.

旭　아무튼 요새 계집애들이란 학교공부 하는게 아니라 엉뚱한데다가 머릴 쓰구 솔랑거린다니까.

英　애개, 숨길게 뭐 있어요? 남들이 다 하는 짓인데—오라! 나이가 네

댓살 손위래서……? 허지만 까짓거야 뭐 어떨라구? 되려 구수허구
삼삼허구……

旭　　오냐 오냐. 네멋대로 지꺼리고 있거라. 난 좀 누우련다.

英　　오빠, 수영은 어찌 됐우?

旭　　거더쳤어. 여기가 시원허구 괜찮어. 하늘 빛갈이 푸르다 못해 연보
라 오랑캐꽃 빛으로 물들어 가는구나—

사이—피아노 소리만이 고요히 흐른다.

英　　오빠.

旭　　왜?

英　　인제 감 언제 오우?

旭　　영창에 달이 밝고 뒤뜨락 오동나무 이파리가 우수수 떨어져두 올
까말까야.

英　　아이 진정인데 그러네. 정말 언제 쯤이우? 기다려져서 그래. 집안이
쓸쓸해서 견딜수가 있어야지.

旭　　오긴 뭣 허러? 여긴 도무지 시시꺼분해서 올 재미라구 없어. 뭐 하
나 새로운게 있어야지. 고태가 잘잘 흐르는 수신 교과서 얘기나
조석으루 귀담고 앉았으려니 후질근한 하품밖에 나오는게 없어.
여긴 권태만이 씨글거리고 있어. (짜장 긴 하품을 하며) 아—하, 지
루하던 나날, 너하구도 오늘로 빠이빠이다.

英　　아닐것 같은데……오빠, 내 맞춰 봐요? 떠나기가 약간 싫으시지?
며칠 더 있었으문—그런 꿍꿍이시지? 허지만 그렇겐 안될걸. 아버
지가 오케 하실라구……

旭　　하시건 안하시건 꺼릴것 하나 없어. 내멋대로 눌러 있음 그만이니
까. 인자 나도 당신 꼭두각씨가 아니라는것쯤 본땔 보여드려야겠

어. 지금 당신 방에 계신가?

英　　아까 저 마루턱을 올라가셨어. 기분이 아주 좋으신 모양이던데.

旭　　오늘은 웬 일이셔? 바깥 출입을 다 하시구……나미끄러진 논문쪼
　　　박이나 새삼 매만지실 작정인가? 도대체 그게 뭐야? 뭐, 〈혈족상으
　　　로 본 우리나라 해안문화사〉? 그런 논문으로 박사홀 타?

英　　쉿 저기 오세요.

羅明宣 마루턱을 내려온다.
파리하게 여윈 얼굴이 사뭇 不安에 떤다.

明宣　　(중얼거리며) 빌어먹을—오랜만에 벼랑갈 좀 거닐었드니 다리가
　　　후들후들 떨려서 어쩔수가 있어야지.

英　　여기 앉으세요, 아버지.

明宣　　내 나이에 벌써 이게 무슨 꼴이람? (藤橋子에 푹 주저앉는다) 엉
　　　성한 일야……

피아노 소리 느린 强打.

明宣　　(그 소리에 언뜻 눈을 치킨다)박선생이지?

英　　네.

明宣　　(視線을 떨어뜨리고 자기 생각에 잠긴다) 아아 무덥구나.

英　　아버지 그게 뭐예요, 손에 드신거?

明宣　　엉—?

英　　손에 드신거 뭐냐구요.

明宣　　이거? 음……뭐 같으니?

英　　글쎄요. (손에 잡아보고) 전복 껍대기 아녜요? 여기저기 굴러다니

는―

明宣　너희들은 몰라. 그저 조개 껍질이거니 그렇게만 생각할거야. 모서
리가 반질반질 손때 묻은거라든가 가셍이에 구멍이 뚫린거라든가
아무두 그 물건의 숨은 역사를 모를거야.

英　그람 여게두 숨은 역사가 있나요? 제가 보기엔 오랫동안 해변갈
굴러다녔으니 그러는 동안에 구멍이 생기구 모서리도 깎인게 아닌
가 그러는데요.

明宣　모르는 소리! 이건 그냥 조개껍질이 아니라 조개 껍질루서 만든
보시기란 말야―알겠니? 그 옛날 해녀들이 쓰던 보시기야. 이 구멍
에다가 노끈을 꿰서 허리에 차구 다녔다 그 말야. 그러구 해녀들
이 바다에 잠겨간 동안을 나뭇그늘에 홀로 남은 어린것들이 장난
감 삼아 이걸 잡고 요리조리 만지작 거리며 놀았을게라 그 말야.

旭　허지만 이건 보시기두 아니구 아무것두 아니잖어요? 벼랑갈 내려
가면 이런것 쯤 얼마든지 발에 채게 마련인데요.

明宣　(그말에는 귀도 기우리지 않고) 그러나 그네들도 이젠 다 고인이
됐을거야……살아 있었다는 자취라군 이거 하나 남겨놓고……이
제는 모두가 바다의 애수요 바다의 전설로 돌아갔어……

英　아닌게 아니라 어린애 손 냄새같은 닉닉한 냄새가 나요.

明宣　무엇이? 어린애라구? 그래, 너에게두 어린애란 말여? 백년 이백년
전 선조벌 되는 웃어른들이―? 네가 그럼 공중에서나 땅속에서
불쑥 생겨났단 말이냐? 돼지못하게스리 유구한 역사의 흐름을 깨
뭉개지 말란 말야. 선조들의 고귀한 창업정신을 낮추 평가하면 못
써. 허지만 좋다. 너희들은 이미 내버려진 미아(迷兒)들이니까. 올
데 갈데 없는 가엾은 것들―

旭　아버진 언제나 저희들 보고 미아 미아 그러시지만, 대관절 자기 앞
에 닥쳐오는 그날그날을 가누재두 손발이 모자랄 처지에 무슨 경

황이 있어서 이미 버려진 옛날까지 더듬고 앉았으란 말씀이세요?
전 반대에요. 저흰 저희대로 올데 갈데도 있고 불행하지도 않으니
까요. 저흰 자유로워요. 아무것에나 얽매어 살길 원치않거든요.

英　저두 오빠 생각이 옳다고 봐요. 요새 세상에 눈을 뒤에 팔고다니
다간 로─타리 하나 제대로 건느지 못할거에요.

明宣　에끼 철부지 허무주의자들! 너희들은 뿌리를 박아야 할 터전을
상실했어. 건공중에 떠있단 말야. 너희들은 구름이야. 물방울과 같
어. 강렬한 태양열에 백여낼 힘이라군 없는놈들야. 있는거라군 허
울좋은 껍대기 뿐야. 눈속임으로 겉면만 반질하게 칠해놓은 간판
조각만 같은것들이 우쭐대고 야단이란 말야.

旭　아버지, 그건 그렇다 치시구 저어……

英　참 아버지, 저어 오빠가요……낼 출발할것을 며칠 더 연기한대요.

明宣　무엇이?

英　떠날 경황이 내키지 않는대요. 그래서 저두 아까 안떠나는게 나을
게라구 그랬어요. 괜이 내키지 않는 길을 떠났다가 운수 사납게스
리……

旭　아버지 말씀대로 일직암치 건너가서 신학기 준빌 하는것두 좋긴
하겠읍니다만 아직 방학일자가 더 남아 있구 게다가 아직두 날씨
가 이렇게……

明宣　안될 말─세상 놈들이 모주리 뼈없구 줏대없는 무골충들이라 하
더래두 내 자식새끼들 만은 그렇게는 내버려두지 않을걸! 않구 말
구!

英　너머 간섭하지 마세요. 오빠가 어디 철부지 어린앤가요? 오빠깔엔
속궁리가 따로 있어서 그러는건데 뭘 자꾸 그러세요?

明宣　(개탄을 금치 못하며) 아아 너희들마자 제멋대로구나. 내 말이 먼
산에 개짖는 소리만도 못한 모양이지? 좋아, 난 모든 일에 실패만

을 거듭한 사람야. 너희들에게 남겨놓을 업적이라군 하나 없는 놈
야. 허지만 난 아직 너희들한테까지 꿀려살 사람은 아냐! 내눈이
시퍼렇게 살아 있는 한 내 자식새끼들을 내뜻대로 키우는건 내 권
리자 내 조상에 대한 나의 의무야. 좋아, 좋구 말구…… (후들후들
떨면서 집으로 사라진다)

英　또 사골세. 수영하러 간다던 사람이 괜이 이런데서 서성거리니까
이럴수 밖에—

朴蓮玉 언덕을 올라온다

蓮玉　무슨 얘기들 도란도란 이러실까, 남매지간에—

英　어서 오세요. 실은 선생님 피아노 치는걸 듣고 있었어요.

蓮玉　이걸 어쩌나? 엉터리로 줏어 댔는데—

英　그렇잖아도 지금 오빠가 템포가 어떠니 텃치가 어떠니하고 전연
돼먹지 않았다고 비웃고 있는 중이래요.

旭　저게!

英　아주 거더치랬어요.

蓮玉　맘에 들구 안드는건 저마다 자윤데 어쩔수가 있나—?

英　허지만 너무 비감하지 마세요. 우리 오빠 맘뻔 물방울이나 구름처
럼 꺼떡하면 변하기가 일수니까 그러다가 돌아설지도 몰라요.

旭　요런 참새가 세상에 어딨어! (주먹을 둘러멘다)

英　아야야……어련히 피해주리라구…… (한달음쳐 집으로 사라진다)

蓮玉　호호호…… 재미있는 애예요. 꾸김살 없는 성격이 부러워 죽겠어요.

旭　자 앉으시죠. 보기보담 덥지가 않답니다.

蓮玉　그럼 잠간 앉았다 갈까요? (앉아서 하늘을 우러러 본다) 오늘 천
기예보엔 오후 한때 소낙비라드니 아무렇지도 않네요. 어쩌면 하

늘 빛갈이 저렇게 고울까?

旭　　　파도소리 하나 없구……꼭 태풍의 전야 같은 기분이에요.

이때 멀직암치서 풀피리 소리가 들려온다.

蓮玉　　미친여인이 부는거에요. 한동안 뜸하더니 다시 나타났구료. 머리
　　　　에 꽃으루 단장하구 언제나 새하얀 옷을 걸치고는 저렇게 피리를
　　　　불면서 바닷갈 돌아다닌다나요.

旭　　　그 무슨 전설 같은데……

蓮玉　　뜬 소문으로는 온 가족을 바다에 잃고나서 저리 됐다나 봐요.

旭　　　우리 아버지더러 말씀하시라면 저야말로 바다의 애수요 바다의
　　　　전설이 되겠는데, 허허허… 참, 저어 제가 드린 편지 읽으셨나요?

蓮玉　　네―.

旭　　　회답은……안 주시나요?

蓮玉　　안드리는게 좋을것 같아서……

旭　　　눈이 빠져라 고대하구 있어두……?

蓮玉　　언젠가 한번은 드릴때가 있겠지요. 저쪽으로 건너가신 후라도……
　　　　역시 널 떠나시나요?

旭　　　연기했어요. 월말께나 떠날가 그럽니다. (조금 사이) 무엇때문인지
　　　　아시겠어요?

蓮玉　　……, 알것 같아요.

旭　　　짐이 되신다면 그만 두죠. (반응을 기다리는)

蓮玉　　지난 한달 동안은 정말 즐거웠어요. 저두 모르게 동심(童心)으로
　　　　돌아가서 보람있는 나날을 보낼 수가 있었어요.

旭　　　(약간 실망하며) 이렇게 말씀 드려서 어떨른지 모르겠읍니다만 연
　　　　옥씨의 말씀은 언제나 잽힐듯 말듯한 안갯발 같은 감이 들어요.

전 연옥씨의 침묵을 어떻게 해석해얄지 모르겠어요. 어떤 땐 희망을 주는가 하면 어떤 땐 실망을 뿌리고 또 어떤 땐 초조에 몰아넣기만 하니 결국은 이제꺼정 변한것이 하나 없고 알려진 거라군 하나 없읍니다.

蓮玉　　………………

旭　　무에라고 대답해 주서야죠. 저의 이 사무쳐 오르는 심정이 그다지도 허술하단 말씀인가요? 아님 색여서 들을만한 상대가 못된단 말씀인가요?

蓮玉　　………………

旭　　가끔은 이런 생각도 들어요. 손아랫것이 얌치 없이 이런다고 주체스럽게 여기시는거나 아닌가고—그러시다면 사양할 것 없어요. 제 얼굴에다가 침을 뱉아 주세요. 지금 이 자리에서—차라리 그 쪽이 몇 갑절 가슴이 후련할지 모르겠어요.

蓮玉　　욱이씨의 미래는 꿈이 있어야 해요. 한때 타오르는 감정 때메 전도를 망쳐서는 안되는거에요. 감정이란 때가 지나면 허무하기 짝이 없는 것이니까요. 전 늘 그렇게 생각하고 있어요.

旭　　한때 감정이라구요? 무슨 말씀이신지…혹시 우는 애기 달래듯 또 닥거리자는 건 아니겠지요? 차라리 없는 애정이라면 없는대로 털어놔 주세요. 사실 말이지 연옥씬 지나치게 공리적이에요. 열 손구락을 새삼 꼽아봐야 열개라구 그러실거에요. 주판알을 튕기지 말아 주세요. 전 정말 질식할것 같습니다.

蓮玉　　실상은 제쪽이 몇 갑절 더할지도 몰라요. 어데로 갈것인지 가야할 방향조차 모르구 있으니까요. 어쩌면 저라는 여잔 주판알처럼 튕기는 대로 굴러다니는 여잔지도 모르죠. 낼을 기약할 수 없는 공포와 불안 속에서—

旭　　연옥씨—제발 절 이 안타까움의 구렁에서 끌어내 주세요. 연옥씨

말 한마디에 달렸는거에요. 연옥씨—아아, 그래도 한마디도 없으
십니까?

蓮玉   (고요히) 널 떠나야 하는거에요, 욱이씬—

旭   아니?! 저더러 떠나라구요? 연옥씨 본심에서 나온젭니까? 진정 그
렇게 생각하신단 말씀인가요?

蓮玉   네 진정입니다.

旭   아닙니다! 거짓말입니다! 속없는 조롱의 말씀입니다. 조롱이구 말
구요! 전 다 알구 있어요. 연옥씬 자기 스스로를 기만하구 있어
요—자학에 빠져서 그러시는거에요—자신의 지난날에 얽매어서
현재의 자기 자신을 붙잡지 못하고 그러는 거에요. 연옥씬 비겁한
여자에요!

蓮玉   (뜨끔 질려서 旭이를 쳐다본다)

旭   왜, 제가 모르는줄 아셨나요? 말해 볼까요? 연옥씬 동란의 혜택을
뭣으로 받아 드렸더란 말씀인가요?

蓮玉   그만—제발 그만 하세요. 그말을 그만 해주세요. (격한 감정을 애
써 눌러간다. 이윽고 고요히) 그렇구 말구요. 저같은 여잔 한 평생
을 두고두고 스스로를 저주나 하며 살아서 마땅한 여자에요……

旭   제가 지나쳤나 봅니다. 용서하세요. 연옥씰 너무나 사랑하기 때문
입니다.

피리 소리가 다시 들리기 시작한다. 아까보다 더 가깝게—. 동시에 파도
소리가 차츰 설레기 시작한다.

蓮玉   (서름에 겨워) 자학이 아니면 자멸의 길밖에 없을 땐 차라리 자학
을 취하는게 옳은거에요. 것두 아니면 미쳐버리든지……

旭   (벌덕 일어서며) 이러다간 정말 미쳐버리겠어! (벼랑가로 사라진다)

羅明宣 언덕을 올라온다.

明宣   박선생이 예 계셨구려.

蓮玉   (순간 當惑의 빛을 감추려 애쓴다)

明宣   잠간 예기 해도 되될까?

蓮玉   (눈을 떨어뜨린채) 더 하실 말씀이 남으셨던가요?

明宣   (무어라고 말을 꺼내려다가) 그렇지…… 내가 할말은 이미 끝났었

       지……

蓮玉   실례해도 좋겠읍니까?

明宣   박선생—

蓮玉   ……………?

明宣   ……아니오, 내려가 보슈— (蓮玉 집으로 사라진다)

明宣 힘없는 視線을 蓮玉의 뒷모습에 보낸다. 女人의 피리소리가 한껏
가까와지고 저녁 어둠이 舞臺에 번져 가면서 暗轉—

⟨二 場⟩

해진 後.

달밤.

劇이 進展함에 따라 차츰 쪼각구름이 뭉게돌면서 나중에는 電光과 더
불어 굵은 빗방울이 뚝뚝 뿌리게 된다.

파도소리 설레는 가운데 明轉.

불이 켜진 집에서 피아노 소리가 흘러온다.

旭이 바다에서 헤엄치고 돌아온다.

旭　　인자 좀 살것 같다. 영인가……영이 피아노치구 있니? 영— (피아
　　　노 소리 멎고 英이 베란다에 나타난다)

英　　오빠요? 어델 갔었댔우? 미역 감았우? 날씨가 험상궂은데—

旭　　물이 어찌나 찬지 몸이 오싹 오그라드는것 같드라. 물결두 여간 거
　　　칠지않구—그런데두 난 언덕에서 줄바우꺼정 헤엄쳐 갔댔어. 나로
　　　선 난생 첨 건너보는거야.

英　　아이 즈런! 그러다가 물결에 휩쓸리기나 하면 어쩔라구 그런짓
　　　을—그래 단숨에 되돌아왔우?

旭　　그야 이를 말이니? 인자 자신이 생겼어. 여지껏 벼르기만하구 엄도
　　　못낸게 부끄럴 지경야. 까짓거 생살 걸구 덤비니까 아무것두 아니
　　　데. 뭘 좀 갖구 와. 자축이래두 해야겠어.

英　　그러세요. (사라진다)

어느 틈엔가 미친女人이 뒤에 나타나서 까닭 모를 웃음을 뿌리고 섰다. 머
리에 장식한 꽃송이가 창백한 달빛을받아 女人의 자태를 더욱 요염스럽게
보여준다.

미친女人 영감—

旭　　　　……………?!

미친女人 나……나 모루?

旭　　재수 없게스리—저리 가지 못해!

미친女人 영감—내 얼굴 좀 봐주. 내 머리엔 바다에서 보내준 꽃관을 썼구
　　　　　내 손톱엔 진주알을 갈아서 짜낸 빨간 물감을 칠했다우. 나 영감
　　　　　손을 좀 빌려구 이래.

旭　　가! 어서—

미친女人 골내지 마 영감—잠깐이면 될 일야…날 좀 도와줘—난 그놈을 꼭

잡아야 겠어—

旭　　에이 빌어먹을! (卓子를 둘러멘다)

미친女人 하는수 없어……그럼 또 가봐야지……… (하고는 돌아서서 피리를 불어댄다. 짜릿한 妖氣가 잦아드는 가운데 파도소리만이 유난히 설렌다) 저봐. 바다가 허옇게 대가리 쳐들었어. 빌릴리……빌릴리……빌릴리……바다가 춤추노라고 저래……빌릴리……빌릴리……빌릴리……흰 머리면 할머니고 깜정 머린 아들각씨 손주각씨들야…… (손짓 몸짓을 부려가며) 흰머리 깜정 머리 손잡고서 빌릴리, 앞스려고 빌릴리……흰머리 엎어지면 깜정머리 뛰어넘고 깜정머리 쓰러지면 흰머리 앞장서서, 빌릴리……빌릴리……빌릴리…… (그대로 사라진다)

旭　　어이구 추워! (재치기)

英　　(언덕을 올라온다) 집안이 부산해서 갈피를 못잡겠네. 도깨비 한테나 홀린것 같아.

旭　　얼른 한잔 따러. 도깨비구 뭐구……

英　　선생님보구 이리 오시랬는데 막무가내에요. 훌쩍훌쩍 눈물이나 쥐어짜문서—

旭　　박선생이 울어?

英　　겉으루선 아닌척 하지만 속으루선 우는게 뻔해요. 거울 앞에 앉아서 당신 그림자나 멍허니 바라보구 계시문서—어쩌면 아버지허구 무슨 다따부따라도 있었는지 몰라. 아까 아버지가 선생님 방엘 들어가셨었거든.

旭　　아버지가—?

英　　어느 쪽 드시려우?

旭　　난 위스키야.

英　　그럼 난 사이다로군. 위스키 한방울 떨어뜨려 볼까? 맛이 괜찮은데.

旭　　　아버진 지금 어디 계시니?

英　　　당신 방에 계세요. 창가에 붙어서서 먼 바다만 바라보시구―

旭　　　무슨 얘기가 있었길래 피차에 그러실까? 내 얘길까? 아니, 그건 아실리가 없는데……

英　　　세상에서들 벼랑집 벼랑집 그러더니 짜장 벼랑에서 떨어져 죽은 물귀신이 옮았는지도 몰라.

旭　　　한잔 더 쳐라.

英　　　(조금 사이) 오빠.

旭　　　엉?

英　　　어머니 모습이 기억 나우? 오빤 여덟살 때라문서―?

旭　　　응―어렴풋이……

英　　　사진엔 오빠허구 비슷하든데. 눈 언저리랑―

旭　　　(문득) 너 나한테 무엔가 숨기는거 있지?

英　　　숨기다니?

旭　　　말하기가 거북스럽다든가 해서―

英　　　없는데 오빠에 관계되는 일이우?

旭　　　나한테두 관계되지만……

英　　　또 선생님한테……?

旭　　　그래. 그러구 또 아버지한테두……

英　　　세분에게? 그게 뭘까?

旭　　　박선생이 뭣 때메 울고 그런다지? 내 말이 언짢게 들렸던가? 아님 아버지가 잔소리라도 하셨나? 잔소리면 뭐라고? 집안일 처사가 나쁘다고―?

英　　　그럴린 없을거에요. 아버진 늘 선생님 칭찬을 하시거든. 절대적인데 뭐.

旭　　　어떤 의미루서?

英   어떤 의미라뇨? 잘하시니까 그러시지……

旭   동냇집 아낙네 칭찬하듯?

英   그 점두 있겠지만 그래서만두 아닐거야. 무엇보담도 나이 문제가
      아닐까시퍼. 나이로 봐서 당신 딸자식이나 다를배 없잖어요?

旭   그럼 귀여워서? 귀여운데도 종류가 있지.

英   그럼 뭐 두분이 연애나 하구 계시단 말씀인가요?

旭   나도 몰라. 모르면서두 그게 아니라구두 못하겠어. 세상엔 그런 일
      이 하나 둘이 아니잖어? 참 너, 이런 공상을 해본적이 없니? 만약
      에 말야……만약에 박선생이 우리 어머니가 된다면 어떨까구……

英   어머나, 선생님이 우리 어머니가 되어요?

旭   난 지금 퍼뜩 그런 생각이 들었어. 돌아간 어머니 그림자가 눈앞을
      스쳐가는 순간 박선생 그림자가 그 월 천천히 덮어 줬어. 아주 선
      명한 그림자야.

英   온 세상에 점잖지 못한 공상을……딸하구 부부지간이 되구 애인
      끼리 모자지간이 되구 그게 무슨 꼴이에요?

旭   짜장 그렇다면 어떡헐 셈이냐?

英   그렇다면—그대로 안두죠. 아버지한테 따지고 들테니까. 당신께서
      선생님이 첨 오시든 날 하신 말씀이 있거든. 「박선생이 뭐 외로운
      분이라거나 있을곳 없는 분이라거나 그래서 하는 말이 아니라 앞
      으로 내집을 자기집처럼 여기구 아버지나 딸 새거니 그렇게 생각
      해 준다면 고맙겠오」—이렇게 말씀하신 아버지에요. 아시겠어요?

旭   난 모르겠다. 바웃돌에다가 내 머리통을 산산조각이 나도록 부딪
      쳐 버리구 싶어.

英   지금 아버지한테 쫓아가 볼까요? 쫓아가서 사실 여부를 따져 보
      죠. 오빠하구 관계도 툭 털어 놓구요.

旭   가만—지금은 우리네끼리 억측이지 짜장 그렇다는건 아니잖아?

(다시 생각하고) 아냐. 더 두고볼 일이 아냐. 진행중에 있는지도 몰라. 두분 새가 그렇지 않다고 뭣으로 단언할 수 있단 말이냐? 나로선 단언할 건덕지가 없어. 오히려 그 반대야. 숭늉에 냉수 탄 듯 미지근하기 짝이 없는 박선생 태도가 뭣을 말해줬는지 이제야 알것 같아.

　　　朴蓮玉 언덕을 올라온다.

蓮玉　자살미수 자축회라니 무슨 얘기에요?

英　제가 설명해 드리죠. 다름 아니라 우리 오빠께서 기분상 관계상 자살을 강행코저 줄바우꺼정 헤염쳐 갔다온 자축회란 말예요.

蓮玉　아이 난 또……호호호,

英　문젠 그게 아니라 오빠가 왜 그런짓을 하게끔 되었느냐―하는 그 점에 있는거에요 그것 꺼정 제가 말씀 드리죠. 다름 아니라―엄마가 그리워서.

蓮玉　엄마라?

英　우리 엄마가 까딱 잘못하다간 생사람 잡을지도 몰라.

蓮玉　도무지 무슨 얘긴지. (旭에게) 대관절 무슨 얘기예요?

英　나머지나 비우고……그럼 오빠, 모를게 있거들랑 우리 엄마더러 깐깐히 물어 보세요. (집으로 사라진다)

蓮玉　쟤가 무슨 말을 저렇게……?

旭　(잔을 기우리다가) 좀 드실까요? 고까운 생각을 꾸욱 눌러 줄겝니다.

蓮玉　(흥크러진 상념을 모아가며) 정말 그런짓을 하셨나요? 줄바우꺼정……

旭　나로선 마음 내키는 일을 했을 따름이지 별다른 이유가 있어서 한 짓이 아니니까요.

蓮玉　무모한 짓이에요. 자중하셔야죠.

旭　　낼 아침께면 떠날 사람이고 보니 다신 그런 걱정이 없어서 졸겝니다. 방심하시죠.

蓮玉　(잠자코 입술을 꼭 깨물드니) 좋아요. 저도 한잔 들겠어요.

旭　　독한걸루 드려야지—(위스키를 따라준다)

蓮玉　고마워요. 건배하실까?

旭　　(잔을 치켜 들고) 한마디 있어야 하나요?

蓮玉　욱이씨의 만리붕정과 대성을 축원해서……

旭　　그럼 전 연옥씨의 행운을 빌어서……

蓮玉　어머니더러 연옥씬 개운치가 않은데요.

旭　　아들보고 욱이씬 어떻게 봅니까?

蓮玉　좋아요. 피차에 마지막으루 부른거라 쳐둡시다. 그럼 자……(두사람 들이킨다)

旭　　한잔 더?

蓮玉　분에 넘치는 대접인데요.

旭　　영이나 저에겐 훌륭하고 인자스런 어머니가 되실 분이니까……

蓮玉　기대에 어그러지지 않을겝니다.

旭　　아버지에겐 정숙한 아내가 될것이고……

蓮玉　그럴 땐 더 그럴사하게 한쌍의 원앙새란 멋진 말이 있는 거에요.

旭　　남겨 두었다가 축전칠 때 써먹지요.

蓮玉　문젠 차츰 흥미있게 전개되는데요. 엄청나게 비약적이구……

旭　　사실무근이란 말씀인가요?

蓮玉　아무렇게 생각하시든 자율겝니다.

旭　　그런 생각을 해본 일조차 없단 말씀인가요?

蓮玉　……있었어요.

旭　　지금도?

蓮玉	그럴른지 모르죠.

旭	알겠읍니다.

蓮玉	아닌지도 모르죠.

旭	모르겠읍니다.

蓮玉	(고요히 감정을 눌러가며) 아기에요. 욱이씬 나이가 든 큰 아기에요. 파르스럼한 베일을 드리워놓고 그 속에서 바깥 세상을 내다보는 귀여운 아기에요. 자장가나 불러주면 금방 새근새근 잠이 들어버릴 아기에요.

旭	그 말씀은 어머니로서 하시는 말씀인가요?

蓮玉	좋도록……아무렇게라도 좋아요. 그런 문제가 그닥 중요한건 아니니까요.

蓮玉	욱이씨, 제 얘길 진정으루 들어주세요. 빈정거리는 말이 아녜요. 전 욱이씰…… (말을 푹 낮추어) 진정으루 사랑하고 있어요. 진정이에요.

旭	네—? (다가와서 와락 끌어안는다) 연옥씨— 지금 말씀이 거짓이 아니죠? 본심에서 나온 말씀이겠죠?

蓮玉	네, 본심에서—

旭	아, 연옥씨! 연옥씬 내 생명야. 내 피야. 내 심장야. 내 과거와 내 미래의 온갖것이 오로지 연옥씰 위해서 마련되었고 또 마련될것이야. 연옥씨—(두사람 뜨거운 포옹) 인자 난 아무것도 몰라. 이 자리에서 꺼져 가도 좋아. 이 모양대로 바우가 되어도 좋아. 끝없는 나날을 영겁(永劫)이라는 무한대 속에다가 녹여버리고만 싶어— 자 이 자리에서 약속해 주세요. 인젠 하루 한시라도 절 잊어버리는 일이 없겠다고—바람이 불면 그것이 연옥씨에게 보내는 저의 속삭임으로 들릴 것이요 별이 반짝이면 그것이 연옥씰 그려하는 저의 눈동자로 보일것이라고—

蓮玉　　바람이 불거나 별이 반짝이는 밤이면 밤새 지켜보고 있겠어요. 찬
　　　　서리가 깔리고 새벽별이 쏟아져 내리기 까지……

旭　　　고마워. 연옥씨 고마워! (다시 포옹)

이때 羅明宣 현관을 나오다가 이 모양을 보고 주춤 멎어선다.

明宣　　(손으로 눈을 가리고 그누구에게 애원이나 하듯) 날 좀 가게 해
　　　　줘. 해필 그 고장에서—내 갈길을 막지 말어줘—(허청거리며 도루
　　　　사라진다)

旭　　　자 그럼 지금 당장 아버지한테로 뛰쳐가서 우리 둘의 사랑을 고백
　　　　하고 승낙을 받읍시다. 우린 약혼한 새라고요—

蓮玉　　안됩니다! 제발 그것만은 안됩니다. 그리 들어가심 안됩니다.

旭　　　네—? 무엇 때문인가요? 그 이율 말씀해 주실수 없겠읍니까? 이
　　　　율—

蓮玉　　그 이윤— (괴로워한다)

베란다에 英이 나타난다.

英　　　오빠. 나 좀 봐요. 급한 일이 생겨서 그래.

旭　　　급한 일이—?

英　　　글쎄 잠간 와 보세요. 얼른 오셔야 해. (도루 사라진다)

旭　　　뭘까—?

蓮玉　　어서 가보세요. 전 예서 바람을 쐬야겠어요.

旭　　　금새 다녀오죠. (집으로 사라진다)

蓮玉　　이게 무슨 꼴이람—? 내가 왜 이렇게 약해졌을까? 바람에 흔들리

는 갈대가 되어버렸으니……

파도소리 더욱 높아진다. 이윽고 明宣 얼빠진 사람모양 터벅터벅 언덕을
올라온다.

明宣 (한마디 한마디에 숨을 돌려가며) 박선생—용서허우. 늙은게 실례
      가 지나쳤나 보. 옹졸한 일이었소. 지나간 일을 싹 씻어버려주……
      난 어렸을쩍부터 성실과 명예를 최고의 미덕으로 섬겨온 사람이
      요. 내 생활의 보람이 게서 출발했고 게로 도루 흘러드는걸 영광
      으로 여겨 온 사람이요. 뚜벅뚜벅 곁눈도 팔지 않고 외곬을 걸
      어왔소. 인제 생각하니 난 사람이 아니라 황소였을지도 모르겠
      소……그것이 내 아버지가 나에게 남겨준 유산이었고 그 아버지
      가 다시 당신 아버지한테서 물려받은 보물단지였소. 그분네들이
      애껴서 간직한 덕분으로 내게까지 전해내려왔든가 보. 허지만……
      난……그 귀중한 유산을…… (고개를 푹 숙으려뜨리며) 깨뜨려버
      리고 말았소. 산산히 흔적도 없이……아니 내 손으루 깨뜨려 버린
      건지, 나 아닌 다른것이 깨뜨려준건지 나도 모르겠소. 이제 내 앞
      에 남은거라군 성실 대신에 기만과 방탕과 야욕이요, 명예 대신에
      추방과 조소와 비굴 뿐이라오. 슬픈 일이요……스스로도 놀라운
      일이요. (등을 꾸부리고 두손으로 얼굴을 싼다)
蓮玉 용서해 주세요. 저로서도 어쩔 수가 없었어요. 전 배은망덕한 여자
      에요.
明宣 상심 마오. 난 내길을 걸어왔을 따름이니까—미안하오만 날 잠간
      이 자리에 홀로 쉬게해줄 수 없겠소? 정말 쉬어야겠소. 쉬는 것만
      이 내가 할수있는 마지막 일인것 같으오.
蓮玉 자신을 갈갈이 찢어버리구 싶어졌어요.(얼굴을 싸고 집으로 사라

진다)

明宣　（걸터앉은 의자를 쓰다듬으며） 아버지, 제가 어려서 당신의 가르침을 받던 자리가 바루 여기였읍니다. 당신도 또한 예서였다구 말씀하셨지요. 그러나 이젠 그 말씀을 다시 이 자리에서 되풀이할 필요가 없게 됐읍니다. 용서하세요.

미친 女人이 웃음을 뿌리며 뒤에 나타난다.

미친女人 영감—

明宣　（찔끔 뒤를 돌아다 본다. 그 순간 電光이 번쩍인다）

미친女人 영감—나 영감 손 잠간 빌려구 찾아온거라우. 영감이면 넉근히 하고도 남을 일야. （다가와서 어깨에 손을 얹고） 나 영감이 좋아.

明宣　（홀린 사람처럼 女人의 앞으로 바싹 다가간다） 이름이 뭐지?

미친女人 비밀……그건 아무에게도 비밀야……이거라문 알아. 이렇게……（풀피리를 꺼내분다. 電光과 더불어 雷鳴이 인다）

明宣　（넋없이 듣고 있다가） 이거 봐. 내 진정으로 말하는걸세. 난 외로운 사람야. 난 일생을 덧없는 환상에 바쳐온 사람야. 이제와서 나 혼자만이 외톨로 버려져 있다는걸 깨달았어. 난 갈곳이 없어. 난 버려진 조개껍질야. 여보게! 날 사랑해줄 수 없겠나? 내 진정으로 말하는 걸세.

미친女人 날 도와준다면야—영감 손이 필요해서 그래.

明宣　어서 말해 주게나. 내가 할 수 있는 일이라면 서슴치 않고 돕겠네. 무슨 일인가?

미친女人 저걸 붙잡아 달란 말이요. 하늘에서 뻗어내리는 저 불줄기를……난 저 불이 딱 싫어서 그래……

明宣　어떡하면 딸수 있지?

미친女人 올라가야 한다우. 먼곳이 아냐. 저 벼랑 서슬까지면 돼. 그러면 꼬리라두 잡을수가 있을거야.

明宣 벼랑서슬에? (일순 生의 執着이 소용돌이친다. 그러나 그 다음 순간 고요히 눈을 내리감고 女人의 손을 나꿔다가 입술을 댄다) 그러게……붙잡아 주구 말구……내 당장 잡아주지……어서 같이 가세……

미친女人 아이 좋아라. 내뒬 따라옵슈. (피리를 불면서 벼랑쪽으로 사라진다)

明宣 가구 말구. 어데라두 간다니까. 아암 가구말구— (허리를 꾸부리고 마지막 힘을 다하여 걸음을 옮긴다)

英이와 旭이 허겁지겁 언덕을 올라온다.

英 여기두 안계시네.

旭 그래, 네가 방앞을 지나는데 아버지가 부르셨다지?

英 부르셨어요. 부르시드니 이것저것 차근차근 물으시겠지? 그래서 전 아는대로 죄 얘기드렸죠.

朴蓮玉 작으마한 트렁크 하나 들고 玄關에 나타난다. 두 사람의 말소리에 발을 멈춘다.

旭 나하구 박선생 관계두 말이냐?

英 서로 사랑하는 새라고 그랬어요.

旭 그러니까 뭐라구 그러시든?

英 두 손으로 얼굴을 가리시고—「조상을 대하기가 부끄럽구나」—그러시면서 소리없이 우시는거 아네요. (점차로 울먹이며) 사실 전

그때만치 아버지가 애처러워 뵌 땐 없었어요. 공연한 말을 했구나 후회가 치밀었지만 어쩔수가 없었어요. 아아, 내가 왜 아무것두 모른다구 딱잡아떼지 않았을가?

旭   울고 있을 때가 아냐. 어서 찾아 봐야지—

英   아버지—

旭   아버지—

마치 대답이나 하듯이 電光이 번쩍이드니 天地를 뒤흔드는 雷鳴이 벼랑에서 인다.

蓮玉   (들었던 트렁크를 떨어뜨리며) 어데로 가야한 단 말인가? 가야할 곳을 난 모르겠어—

굵은 빗방울이 뚝뚝 뿌리기 시작하면서 徐徐히 幕—

살구꽃 핀다 (全幕)

1959. 5. 韓國文學家協會 創立十週年記念 文學祝典上演文人劇

任熙宰·李保羅·金相民 合作

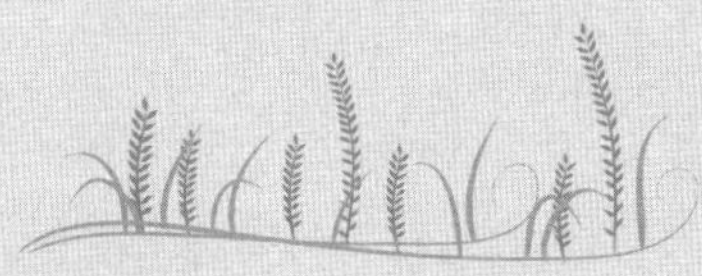

나오는 사람들

秋湜영감	방아간집 주인
朴琦遠	그의 長男, 다리 不具者
李鍾단	次男, 除隊軍人
趙演鉉	三男, 大學生
朴貞姬	그집 食母
嗚永壽	그집 일꾼
黃錦澯노인	酒幕집 主人
孫素熙	그의 長女, 올드 미스
韓戊淑	次女, 립致 未亡人
孫章純	四女
崔貞熙	술집 여자
黃順元	福德房 中老人
朴明星	그의 妻

郭鍾元　　劇場主

康信哉　　그의 딸, 精神異狀

李光來　　演出家

朴容九　　목욕탕집 영감

朴斗鎮　　韓方醫

李炳基　　新聞記者

姜小泉　　단벌紳士

李保羅　　技術工

韓末淑　　職工

李浩哲　　농군

金東里　　小說家

朴景利　　그의 아내, 俳優를 꿈꾸는 女人

其他　　　소풍객으로 千祥炳, 李鍾學, 朴在森, 金尙憶 等等

때와 곳

現代. 살구꽃이 무르익는 어느 和暢한 봄날. 서울 郊外.

舞臺

　서울 어느 郊外에 都市와 村落과 境界線을 이루고 있는 이곳 文化洞이라는 마을은 날로 팽창해 가는 市勢에 依하여 最近에 이르러 서울시로 編入된 마을이며 이곳은 앞으로 住宅地로서 또는 工場地帶로서 發展의 脚光을 받게되었다. 이러한 將來性에 대하여 누구보다도 先見之明이 있는 黃順元은 재빠르게 이곳에 福德房을 開業하여 한몫 단단히 보려고 벼르고 있으며, 한편 黃錦澯이라는 酒幕집 主人은 酒幕으로 날로 殷盛해 가고 있으나, 先祖代代로 繼承해 내려 오는 방아간 집 秋湜영감만은 이 마을의 土着民으로서 別天地가 없을 뿐더러 이러한 人間들의 약삭빠른 處身을 못마땅하게 여기고 있는터이다. 뿐만

아니라 黃錦溪老人과 秋湜영감은 그들의 子女들 問題로하여 寄宿으로 지내오
는 터이다.

이러한 마을 客席을 向하여 中央에 좀 뒤떨어져서 꽃이 피지 않는 古木 살구
나무 한 그루가 자리 잡고 이를 中心으로 왼편은 黃錦溪의 酒幕. 그리고 바른
편에는 방아간 집 秋湜영감의 집 大門과 문간房 一部가 보인다.

中央 살구나무를 지나 그 언덕으로 通하는 길을 따라 내려가면 거기 部落이
있고 將次는 그 一帶가 工場敷地로 마련되어 있다.

順元   좋다. 좋아요 좋아……. 조런 순 저놈의 기계방아는 고장두 안난
        단 말야.
貞熙   자꾸자꾸 돌려야 먹구 살게 아녜요?
順元   몰상식한 놈들 같으니……. 아무리 돈두 좋지만 남의 생각두 좀
        해줘야 될 게 아니야!
貞熙   술이 덜 취하신게로군요. 기분에 따라서는 저소리도 장단가락으
        로 들린다오. 자 한잔…….
順元   훗후후…… 고것 참 가야금만 잘 뜯는 줄 알았더니 말씀두 예쁘
        게 잘 한단 말야 훗후후……. (하며 貞熙의 볼을 꼬집어 흔든다)
貞熙   오늘 수지 좀 맞췄우?
順元   내가 과히 멍청한 놈은 아닌데 좀 수지가 뭐야? 두고 보라지. 이제
        얼마 안 있으면 판자집두 들어내구 남만 못지않게 시리 집한채 세
        울 밑천은 장만해놨거든! (이때에 방아간 발동기가 시컹시컹 멎는
        다) 옳지 그놈의 방아간 발동기도 내말은 알아듣는 모양이로군.
        이것봐, 정희!
貞熙   왜요?
順元   앞으루 서울시가 뻗어나갈 곳이라군 이곳 밖에 없거든. 그래서 공

장이 서고 주택이 설것을 미리 예상하구 재빨리 복덕방을 채려봤
더니 매일같이 웅성웅성 이 모양이란 말야…….

貞熙　홋홋호……. 그려기 약빠른 괭이 꿩을 잡는대지 않아요?

順元　고것 참 말 한마디 썩 잘했다. 그렇구 말구. 내 눈이 어디라구! 아
남의 관상은 말할것두 없거니와 평생 신수까지 보는 사람이 그까
짓 코앞의 일을 못볼라구 후후후……. 인제 두구 봐라. 이 근방 일
대 토지란 토지는 내손을 거치지 않군 한뼘인들 매매가 못되기루
돼있으니…….

貞熙　아저씨 그렇게 큰소리 하시는데 일년 신수나 봐주시구료.

順元　홋홋…… 신수를 봐달라구!

貞熙　좀 자상이 봐줘요.

順元　그래 그래, 봐는 주지만 오늘은 해가 저물어서 신수 보기는 틀렸
고 손금이나 봐주지. (은근히 손목을 잡는다)

貞熙　아이 아파. 손금을 보면 볼게지 남의 손목은 왜 이리 꼭 잡는 거에
요?

順元　천만에! 사람을 어떻게 보구 하는 소리야? 자 손을 펴봐.

貞熙　그럼 내가 손해는 보지만 그 대신 잘 좀 봐주세요.

順元　홋홋……봐주구 말구 . 그런데 우리 저리 들어가자우. 여기는 사
람들이 드나들어서 찹찹히 볼수가 있어야지. 자—(하고 손을 잡
아끌어 안으로 들어간다. 秋湜의 집 大門에서 小說家 金東里가
원고지와 펜을 들고나와 살구나무 있는 곳으로 간다)

東里　이사를 잘못해 왔거든. 내가 경솔했단 말야. 여편네 말만 듣고 조
용한 곳이라기에 방을 하나 얻어 들었더니 조용은 커녕 사람 미치
기에 알맞은 곳이란 말야. 흥! 이런 환경에서 소설을 써? 하필이면
예까지 나와서 방아간집 방을 얻을 것은 뭐람…….

景利　……(문간에서 입술을 그리다 말고 달려나서며) 뭐라구요! 당신은

내가 몇번 말해야 알아들어요? 내가 방을 얻으러 나왔던 그날은
기계방아 소리가 없었기 때문에 방아간이구 뭐구 몰랐었다구 말
하지 않았어요?

東里 그 귀가 진작 좀 밝았더라면!

景利 그러나 저러나 어디 가세요, 아시죠? 나 오늘 영화 촬영 있는
거……

東里 영화 촬영?

景利 나 곧 나가는데 당신이 아이 좀 봐줘야 될게 아냐요?

東里 해가 다 저물었는데 무슨 촬영이 있어? 도대체 난 여태까지 당신
이 출연한 영화라구 하나두 본일조차 없어. 남의 꽁무니나 질질
딸아다닐랴거던 아애 싹 걷어치우란 말야.

景利 아니 저이가 누굴 어떻게 보구 하는 소리야? (다시 손거울을 보며)
사람이란 항상 미래를 내다보구 살아야 하는법이라오. 당신은 밤
낮없이 방구석에서 소설 쓰느라구 소식불통이지만요, 요즘 내 인
기가 어떤지나 아세요? 정말 내 존재는 한국 영화계에 혹성과 같
은 존재라구 일대 센세이슌을 일으키고 있다니까 저이는 안믿는
단 말야.

東里 영화배우라면 영화배우답게 날때부터 그럴사허게 타고나야 하는
거야. 눈도 제대로 똑 바루 붙고!

景利 아니 그럼 내 눈이 찌그러지기나 했단 말야요? 이 서글서글한 눈
이? 하여튼 난 나갈테니까 아이는 당신이 책임져요. (하고 大門으
로 들어간다. 東里 어이없이 서있는데 鍾桓이가 인사를 건다)

鍾桓 동리 선생님, 제가 좋은 소설재료나 하나 제공해 드릴가요?

東里 자네 연애 경험담같은 것은 통속 작가에게나 필요할가 우리에겐
흥미 없네.

鍾桓 아닙니다. 이 살구나무를 보십시요. 이 살구나무가 왜 꽃이 안피

는줄 아십니까? 이 나무에는 애틋한 얘기가 전설처럼 새겨져 있는 것입니다. 살구나무의 비극 말입니다.

東里 　글쎄 그런 소재는 통속작가에게나 필요하지 우리에겐 필요치 않대두 그래. (하며 언덕 너머로 사라진다)

鍾桓 　아니꼬와서. 도대체 뭐가 순수구 뭐가 통속이란 말야. 사람이 사는 것 부터가 어디 순수란게 하나나 있어? 순수? 흥! 개나 먹어라. (혼자 중얼거리며 살구나무를 우러러 보는데 黃錦濚老人네 네째 딸 章純이가 집 뒤에서 살금 살금 걸어나와 그 옆에 머문다)

章純 　종환씨! 꽃두 피지 않는 살구나무 아래서 만날 무슨 생각을 하시는 거에요?

鍾桓 　장순이, 해마다 꽃이 피던 이 나무가 금년 따라 왜 꽃이 안필가?

章純 　그걸 몰라서 물으시는 거에요?

鍾桓 　그럼 장순이는 그 이유를 안단 말야?

章純 　죽은 언니의 넋이 붙어서 안피는 거라메요?

鍾桓 　언니의 넋이?

章純 　지금두 종환씨는 언니를 생각하구 계셨죠? 저두 알구 있어요. 허긴 두분은 열렬히 사랑하셨으니까요. 그러던 언니가 오죽했으면 이 나무에다 목을 매구 자살을 했겠어요? 아이 기분 나뻐. 저 아래루 산책이나 가요. 그러다간 종환씨마저 자살할 생각을 하시게될지 모르니까요. 어서요. (하며 손목을 잡아끈다. 이때 그 넘어에서 鍾桓의 아버지 秋湜영감이 올라오다 이 光景을 보고 매우 못마땅해 한다)

秋湜 　너 어디 가니?

章純 　산책 가는 길애요.

秋湜 　너한테 묻는게 아냐. 내 자식놈한테 묻는 거야. 온 버르장머리 없게스리 (鍾桓 말없이 내려간다. 章純 입을 빼죽거리며 鍾桓을 따

라 사라진다)

秋湜　조런 순! 어른 앞에 주둥이는 빼쭉거리며 헹! 제따위 종자들허구 상종을 하는 저놈이 정신이 돈 놈이지 온전한 놈은 아니거든. 도대체 이놈의 살구나무에 동티가 붙어서 꽃두 안피구 저놈두 저지경이란 말야. 처녀 죽은 귀신이 붙은게 적실하거든. (黃錦溪老人이 自己집 뒤에서 나오다가 투덜대는 秋湜영감을 보고 是非를 건다)

錦溪　뭣이 어짜구 어째! 내 딸이 어쨌어?

秋湜　이봐! 꼬수머리 고주백이 자네는 내 앞에서 큰 소리 못하게 돼있어. 무슨 낯으루 감히 뉘 앞에서.

錦溪　핫 요건 갈빗대만 남은 것이 그래두 주둥빠리는 살아서, 뭣이 어짜구 어째!

秋湜　어디서 굴러먹던 각설이 떨거지들이 떠돌아와서는 조용한 동네를 휘정그려놓구 또 남의 자식들까지 바람맞쳐 놓는단 말야.

錦溪　헛 이거! 넌 뭔데?

秋湜　난 추식이야. 추식이라는 적어두 이 지방 유지야. 사회적 지위로 보든지 우리가문으로 보든지 네놈 따위와 상종이나 할 처진줄 아느냐?

錦溪　홋홋…… 지방 유지라구?

秋湜　그렇지 유지 치구두 떳떳한 유지구말구. 이봐! 적어두 우리집에선 벌써 둘씩이나 일선에 나가 빨갱이들하구 싸웠단 말야. 둘씩이나……. 그러구 아직두 한놈이 기다리구 있어.

錦溪　아앗다! 나두 아들놈 만 있어 봐라……. 우리, 자식 이야기는 빼놓자.

秋湜　그래. 그러면 무슨 할말이 있니?

錦溪　있지 있어. 아 그 잘난 낡아 빠진 집간이나 지니구 방아간이나 뜯어 먹구 사는 것이 그리 장할가? 그게 지방 유지라는 거냐 말야?

秋湜　요런 청계천바닥에서 굴러나온 개 뼉다구 같은 녀석 좀 봐. 이봐

너에겐 자랑할 것이라군 코큰것 하나밖에 없어 이름자나 뻔질나
면 대순줄 아느냐? 뻑다구야 잘 들어. 네 딸년 때문에 내 자식놈
두 버리구 우리 선친께서 손수 심어주신 이 살구나무가 꽃두 안
피게 됐어, 세상이 막판이라드니 별아별 잡것들이 용을 치구 야단
이란 말야. 내가 입을 한번 여는 날이면 네놈은 돌루 가슴을 찧구
죽어두 시원치가 않으리란 이말야.

錦溪　아니 요 빨쥐같은 놈을 봐! 할말이 있거든 다 해봐라 이놈아. 내
딸년 때문에 네 자식놈을 버렸다구!

秋湜　암 버렸구 말구! 네 대가리가 아무리 동태 대가리기로서니 작년
봄에 무슨 일이 있었든지 벌써 깜깜이란 말이냐?

錦溪　이놈이 누가 할 소릴 누가 하는 거냐! 네 자식놈 때문에 내 딸년들
버린 생각을 못하느냐? 이놈―.

秋湜　이봐! 꼬수머리 고주백이! 귓구멍이나 소제하구 잘 들어. 이 살구
나무가 왜 꽃이 안피는지 알기나 해? 음?

錦溪　그야 (복덕방 포장을 가리키며) 저 따위 복덕방 간판을 부치느라
구 낭구 몸뎅이에다 못을 쳐박구 칼루 후벼파구 하니까 나무가
죽을 수 바께.

秋湜　잘한다. 그놈의 황순원이란 영감탱이에게 네 잘못을 뒤집어 씌울
라구? 이것봐. 네 딸년이 작년 봄에 저 가지에다 목을 매구 죽은
건 벌써 쓱싹이냐? 그 때문에 귀신이 붙어서 안피는거야, 음? 알
았어?

錦溪　(분이 머리 끝까지 치밀어서 공연히 입을 벌룩 거리기만 한다)

秋湜　남의 자식은 나라를 위해 일선에서 싸우고 있는 판에 네놈은 싫
다는 딸년을 딴놈한테 팔아 먹을라구 수다를 떨어댔으니 그게 인
두꺼비를 쓴 인간이 할 짓이여?

錦溪　내딸은 네놈이 죽였다. 네놈이 그때 그 우라질 가문이니 뭐니하구

혼인을 승낙하지 않았기 때문에 나두 화가 나서 홧김에 딴 곳으루 혼처를 정한거야. 내 딸을 죽인건 네놈야. 설사 낭구가 내 딸 년의 넋이 붙어서 저꼴이래두 잘못은 네 놈에게 있어.

秋湜　내게 있다구! 그럼 묻겠다. 나이 서른이 지나도록 시집두 못가는 그 소횐가 말인가 하는 네놈의 맏딸 노처녀 말이다. 고것이 밤낮 없이 대학에 다니는 우리 막내놈 연현이한테 색을 쓰구 앙달을 부리는건 어찌된 일이냐? 그뿐이냐? 네 네째딸 장순인가 뭔가하는 얼광냉이 년이 우리 두째 아들 종환이 꽁무니만 질질 따라다니는 건 일이 된일이냐 말이야! 딸년 네댓마리 쏟아놨으면 정신 바짝 채리구 단속이나 잘 하란 말야. 알겠어! (하며 自己집 大門으로 들어간다. 錦濼老人 분을 참지 못해서 근방을 서성 거리다가 살구나무를 우러러 보더니 거기걸려 있는 福德房 포장을 와닥 잡아 떼어 언덕 아래로 팡가친 후 自己집 뒤로 사라진다. 酒幕 안방에서 술집 여자 貞熙와 같이 나오는 黃順元)

順元　정말이래두 그래. 못믿겠거든 시청에 가서 내 민적등본을 찾아보란 말야. 내게 어디 마누라가 있다구?

貞熙　정말 부인이 안계시단 말예요? 도시 이북치들은 믿을수가 없어요.

順元　거짓말이면 내 모가지 따서 저 나무에 걸어놓구 침을 뱉아두 좋아. 아무러면 딸년같은 너헌테 거짓말을 할라구! 내말만 들어봐. 네게 으리으리한 화류장은 못사줄망정 요즘 신식으루 맨든 으거리 양복장에다 삼면경 쯤은 사주고 또 배부르고 등 따습게 해주면 그만 아니냐? 음? 그러니까 모든 것을 날 믿고 나 허구 한번 살아보잔 말야. 달밤이면 네가 좋아하는 가야금이나 뜯고 난 네 옆에서 아들딸 재롱부리는 거나 구경하면서 달적지근하게 살아보잔 말야. 아 그야 물론 젊은 사람이 좋기야 하겠지. 허지만 산전수전 세상맛 다 겪은 나 같은 늙으니 허구 살면 평생 속 안썩이구 귀엽

두 받을테니 사실 따지구 보면 그게 복이구 행복이지 뭐야? 안 그
래 정희?

貞熙　나 돈 오백환만 꿔줘요. 나중에 꼭 갚아드릴께, 크리무 살랴구 그
래요.

順元　암 주구말구. 까짓것 잠간만 기다리면 돈 천환쯤은 문제 없이 보
태줄 수 있어 (順元 밖으로 나오고 貞熙는 방으로 든다. 밖으로
나온 順元 나무를 쳐다보더니 포장이 없어졌음을 發見하고) 핫
바람두 안부는데 요놈의 쪼박이 어디로 날랐을가? (두루 눈을 주
며 언덕을 넘어간다. 방아간 일군 吳永壽가 옷에 묻은 겨를 털며
나오는데 그 집 食母 貞姬가 뒤 따른다)

貞姬　사람이 귀가 먹었나베. 내가 그리 불러두 못 들은척 하구.

永壽　엉? 정희가 날 불렀다꼬? 내사 밤낮 발동기 돌아가는 소리 때문에
귀가 먹었는지 모르겠다. 지금두 윙윙 발동기가 돌고 있다마.

貞姬　원 능청두! 발동기 소리야 제 혼자만 듣나? 진심이 없어서 그런게지.

永壽　그래 왜 불렀노?

貞姬　시골 우리 집에서 편지가 왔어. 나더러 집으루 내려 오라구. 그래서
낼쯤 떠날랴구그래.

永壽　안가는게 좋겠구만. 시골루 내려간들 니 같은 한참 나이에 배나
곯았지 별수 있을라구?

貞姬　나두 모르겠다. 어쩌면 좋을지.

永壽　그 편지 나 한번 뵈줘. 못내려 간다꼬 회답을 써주께.

貞姬　정말? 방에 놔뒀어 이리 와! (둘이 집뒤로 도루 사라진다)

順元　(간판 포장을 찾아들고 고래고래 소리지르며 나타난다) 어떤 시래
비 아들놈이 남의 집 밥줄을 떼 났노? 적어두 세금내고 관에서 허
가를 해준 이 간판을 엉? 내게 유감이 있는 놈은 다 나오너라 나
와! 나오기만 하면 단박에 요놈을 그저— (하면서 도루 나무에 달

아놓는다) 아니 저게 추식영감네 막내동이 연현이허구 주막집 딸 소희년이 아녀? 거참 봄 바람이 좋다드니 신도 나누마. 한줌도 못 되는 쨀쨀이 녀석허구 노체네가 붙어다니게. (하며 판자집으로 사라진다. 이어서 올드미스 素熙孃과 大學生 演鉉君이 언덕을 넘어 登場한다. 素熙孃은 손에 활짝 핀 살구나무 가지를 꺾어 들고 가냘픈 쏘푸라노를 뽑아낸다. 그들은 秋湜의 집 툇 마루에 앉는다)

演鉉 야! 정말 나는 소희씨를 다시 봐야겠는걸. 어디서 그런 목소리가 울려 나올가?

素熙 너무 놀리지 마세요 심장마비 일으키면 어떻걸라구?

演鉉 난 여태 그런줄 몰랐는데 오늘 따라 소희씬 정말 아름다워.

素熙 아이 놀리지 마시래두. 그런데 연현씬 문학치구도 평론을 공부하신다죠?

演鉉 딱딱해 보이죠? 허지만 내딴에는 노래도 곧잘 들을줄 알구 소희씨 같이 늙은 처녀들의 딱한 사정이나 하소연도 제법 동정 할줄 안다고 자부하죠. 사실 말이지 난 소희씨를 꼭 여성으로 태어났어야 할 남성이 있듯이 꼭 남성으로 태어났어야 할 여성이라구 그렇게 여겨왔어. 그러던 내가 오늘에 여성으로서의 소희씰 첨 발견 했으니 이제는 소희씰 십중팔구는 전적으로 사랑할 수 있는 정신적 자세가 갖추어 졌다구 생각해.

素熙 골치아프게스리 웬 말을 그렇게 유별나게 하세요. 그러시다간 오래 못살테니깐 억지루라도 레스링같은 운동 좀 하세요. 체격이 그렇게 빈약해서야 사랑인들 마음 놓구 하겠어요?

演鉉 근데 소희씬 그 나이에 왜 결혼을 안하십니까?

素熙 그걸 몰라서 물으세요?

演鉉 고독하시죠? 더욱이와 별이 총총한 밤이면?

素熙 아닌게 아니라 툇마루에 홀로 앉아 별이나 하나 둘 세다가는 나

도 모르게 잠들어 버리는 수가 많아요.

演鉉　아—이 토실토실한 손구락을 꺾어 가며 별을 세겠지요? 하나, 둘,
　　　셋, 넷…… 이렇게 (하며 손 구락은 만지작거린다. 이때 언덕 너머에
　　　서 鍾桓이와 章純이가 올라와 살구나무 아래에 앉는다)

章純　말하자면 제 눈이 죽은 언니의 눈과 꼭 같아서 그래서 제가 좋으
　　　시단 말씀이시죠?

鍾桓　오해하면 못써. 장순이는 대용품이 아냐. 어디까지나 어엿한 장순
　　　이라는 실존 인간야. 그러구 종환이란 인간도 이 살구나무가 말라
　　　죽던 그날부터 새 사람으로 태어난 종환이란 걸 알아줘야 해. 지
　　　금 장순이 앞에서 얘기하는 종환이는 제이의 새 종환이란 말야.
　　　물론 그 때는 나도 괴로웠어. 일선에서 돌아와 보니 언니는 이미
　　　세상을 버렸구 장순이 아버지마저 아니꼬운 눈으로 날대해 주지
　　　않겠어? 난 욱하고 치밀어 오르는 분노를 참을 수가 없었어. 그래
　　　서 난…….

章純　저두 다 알아요. 그때 종환씨는 언니의 뒤를 따라 자살할려구 그
　　　랬지요?

鍾桓　아냐. 내말이 그런 말이 아냐. 장순이, 이 살구나무가 왜 말라버린
　　　건지 알아? 내 과거를 이 뿌리에다가 묻어준 때문이야. 땅을 파헤
　　　치고 뿌리란 뿌리에마다 사정없이 내 과거를 부어넣었어. 며칠이
　　　지나자 가지란 가지가 까맣게 타버리기 시작하잖어? 나두 모르게
　　　호탕한 웃음이 터져 나왔어. 새로운 생명의 약동이었어. 말하자면
　　　나라는 실존이 그로부터 시작 됐단 말야. 그 이름은 종환이 아니
　　　라 뭣이래두 좋아.

章純　(鍾桓의 두눈을 말끄러미 쳐다보고나서 좋아라하며) 이제 알았어
　　　요. 종환씨의 두 눈동자엔 언니 아닌 저의 그림자가 또렷이 백혀
　　　있군요. 고마워라 종환씨! (하며 손목을 잡는다. 그러다가 무심결

에 演鉉이와 素熙의 존재를 발견하고 놀랜다)

鍾桓　왜 그래?

章純　(둘이 쪽으로 눈짓하며) 홋후…… 신나는데.

鍾桓　연현이 아냐? 저 녀석이 다 연앨할 줄 알구.

章純　올드 미스와 대학생의 사랑—좀 멋있어요? 축복해야죠. (한편 素
　　　熙와 演鉉이도 章純이와 鍾桓을 발견하고)

素熙　망할놈의 계집애가. 어린것이 주책이거든.

演鉉　우리 형님이야 말루 근자에는 완전히 광증이야.

素熙　기분 나뻐. 남의 얘기 할것 없이 우리들 얘기나 해요. (이때 酒幕집
　　　뒤에서 戊淑과 琦遠이 걸어 나오다가 이곳 저곳에서 러브 씬이 버
　　　러져 있음을 보고 저윽이 난처한 눈치다)

琦遠　우리 저 살구나무 언덕으루 거닐어 볼가요 무숙씨?

戊淑　아녜요. 이젠 들어가 봐야죠. 기원씨두 집으루 들어가세요.

琦遠　언제 또 뵐가요?

戊淑　글쎄요. 전 이제 제집으루 돌아갈가 해요.

琦遠　왜 갑자기?

戊淑　친정이라구 왔대야 맘은 더 설레구 저 혼자만이 고독한것 같아서
　　　서글퍼지는군요. 허긴 사변 때 남편을 납치당한 여자가 어디 저 하
　　　날가마는…… 이곳은 너무나 자극이 심해요. 집으루 돌아가서 스
　　　스로를 조용히 달래고 안정시키는 수밖에 없다구 생각했어요. 언
　　　젠가는 이 땅이 통일이 될거구 죽지 않으면 돌아오겠죠.

琦遠　비가 오려나? (하늘을 우러러 본다.)

戊淑　그럼 남의 눈도 있구하니 어서 들어가세요. (하며 집안으로 사라
　　　진다. 琦遠 중얼거리듯 「비가 오려나 눈이 오려나」노래를 흥얼거리
　　　며 살구나무 아래로 걸어간다. 章純이와 鍾桓 그리고 素熙와 演
　　　鉉은 어느샌지 눈치를 채고 자취를 감추어 버렸다)

琦遠　(살구나무를 어루만지며) 살구나무야! 말하여라. 내 어릴적 친구여! 목마여! 말하여라. 해마다 꽃이 피면 꽃 속에서 열매가 열리면 열매를 따먹으며 너와 애기하고 너와 같이 놀던 내 친구여 목마여! 왜 꽃을 피울줄 모르느냐? 기맥힐 노릇이로구나. 어느 놈이 네 몸둥이를 도끼로 찍었길래, 어느 몹쓸 놈이 네 뿌리에다 독약을 뿌렸길래 내 이 병든 몸뎅이처럼 너는 병들었느냐? 기맥힐 노릇이다. 기맥힐 노릇이다. (하며 집으로 들어간다. 舞臺는 잠시 空虛. 그 空虛한 舞臺를 왼편 길로부터 中央 살구나무 앞으로 하여 信哉가 스쳐간다. 공연히 웃기도 하고 좋아도 하며 한눈에 精神異狀이라는 것을 알 수 있다. 이윽고 한복 채림의 농군 浩哲이가 登場)

浩哲　(信哉를 돌아다보며) 거 뉘집딸년인지 낯작은 반질나게 생긴것이 실성해서 저러니 저를 어쩌누 쯧 쯧 (하고 섰는데 工場 職工으로 다니는 李保羅와 韓末淑이 이야기를 하며 登場한다)

保羅　이제 곧 완성이 될거야. 그것만 성공하는 날이면 나두 일개 기술공이 아니라 어엿한 기술자로 대우를 받게 돼거든!

末淑　기술자면 하루 품삯이 얼마씩이나 될고?

保羅　품삯이 뭐야? 월급이지. 적게 쳐두 팔만환은 넘거든…….

末淑　팔만환! 아이고 우리네보담은 다섯 갑절이나 되는구나.

浩哲　너희들 인자 돌아오니?

保羅
　　　호철 아저씨세요? (굽벅 인사를 한다.)
末淑

浩哲　오냐, 보라두 이젠 다 자랐구나…….

保羅　이젠 다 자랐다구요?

浩哲　그래. 하…… 그리구 여직공 말숙이두 이젠 말쑥하게 때를 벗었구…….

末淑　말숙이가 말쑥해졌다구요? 어머나 호철 아저씨도…… 호…….

浩哲　오냐 오냐…… 자, 재미들 보거라. (하며 사라진다)

末淑　팔만환이 아니라 그 절반만이라두 신바람이 날거야. 이건 하루 겨우…….

保羅　글쎄 찍 소리 말구 기다리구 있으라니까. 내가 기술자만 되는 날이면 알쪼라구 그러잖았어.

末淑　아이 좋아라! 참 이번 주일에 뭐 방송국에서 우리 공장으루 온다면서?

保羅　응 직장 노래자랑 공개 녹음 나온댔어. 나두 나가기루 됐는데.

末淑　어머나, 그 뽕 따러 가세 뽕 따러 가세 뒷집 후원에 뽕 따러가세 신방아 타령을 또 듣는거 아냐? 호…….

保羅　왜 아냐. 단벌 신사 옷 한벌이라더니 노래라군 그 하나가 몽땅인 걸…….

末淑　아무두 없는데 여기 앉아서 연습이나 해보지 그래. 뽑히면 무슨 상을 주노?

保羅　요런…… 이럭 저럭 한번 들어보자는 수작이로구나. 그래 한번 연습해볼가? (하며 앉더니 도루 선다) 앉아선 안되겠는걸……말숙이는 게 앉아서 들으라우. 어험 어험……. (뽕 따러 가세를 한절 부른다)

末淑　(노래 끝나자 새삼 정답게 손목을 잡으며) 정말이지 보라씬 노래가 그만야. 가수가 되면 졸꺼야.

保羅　해필 될랴면 그따위 건깽깽이가 돼? 요새 세상엔 뭐니뭐니해두 기술자가 젤야. 끼니 걱정은 없거든. 고놈의 비아링만 말을 들어주면 이번 기계는 다 돼는 건데…… 안 갈래?

末淑　(살구나무 밑을 지나치며) 나무가 꽃도 안피고 엉성하기 짝이 없네.

保羅　　에이 기분 나뻐. 쳐다두 보지마. (둘이 퇴장하고, 黃錦澯노인네 집
　　　　뒤로부터 목욕탕집주인 朴容九와 韓方醫 朴斗鎭이 어슬렁 어슬
　　　　렁 나타난다)

容九　　그야 물론이지. 그런데 저 젊은 놈들 나란히 걷는 것 좀 보란 말야.
　　　　하 제에기 우린 어느새…… (무어라구 대단한 漢詩 한수를 엮는
　　　　다) 어험! 그 그런데 자네네 그 의원이라는 작자들 말야. 사람이 병
　　　　이 들어서야 약 주고 침 주고 하거든. 여봐 두진이 내 말좀 들어봐!
　　　　우리네 목욕탕업자들은 말야. 말하자면 목욕탕은 병이 나기도 전
　　　　에 미리 예방하는 그 사회보건의 구실을 다하고 있단 말야. 적어
　　　　두 그래서 자네들 한테는 좀 못마땅 하겠지만 말아…….

斗鎭　　이봐 용구. 미안하지만 그런 거치장스런 소린 자네한테 얼리지가
　　　　않네. 자넨 그저 자네답게 백환짜리 푼돈이나 주물르구 계집들 퍼
　　　　진 궁둥이나 쳐다보구 있어야 젤 점잖아 뵈.

容九　　하기야 썩 잘하는 노릇이지. 골치가 아프다는 가시닐 아랫 배
　　　　를 주물르니 말야. 거참 앤경잽이가 얼굴도 제법 심각 하든데! 핫
　　　　핫…… (두 사람 얘기를 주고 받으며 그대로 스쳐가 버린다. 조금
　　　　전에 小說家 金東里가 언덕을 넘어와 엿듣고 있었다)

東里　　(작품제목이나 생각하듯) 목욕집 주인과 한방의사……? 찹쌀떡과
　　　　멥쌀떡…? 숭어와 메리치……? 에잇 통속이야 통속! (하면서 자기
　　　　집으로 들어간다. 바야흐로 서쪽 하늘에 노을이 빨갛게 피어오른
　　　　다. 이때 언덕을 넘어 이 마을로 소풍왔던 演出家 李光來, 新聞記
　　　　者 李炯基, 단벌 紳士 姜小泉, 其他 소풍객으로 金尙憶, 朴在森,
　　　　千祥炳, 李鍾學等이 거나하게 취해서 드리닥친다.

尙憶　　여 취한다. 문화동 살구나무 골(谷)이 세상없이 좋다드니 이제는
　　　　내 배때기 속에서 용트림을 하는구나. 핫핫하……! 자식이! 왜 시
　　　　비를 거는거냐!

祥炳　뭣이! 시비는 누가 시비란 말야 이 넉만장수같은 자식아!

尙憶　요게! 그래 내 발목을 걸어차지 않았단 말이냐? 한대 터지간?

鍾學　잘들 논다. 이것 봐! 뜸물을 켰으면 주둥이나 싹들닦고 곱게들 놀
　　　란 말야! 아직두 이맛배기에 피가 안마른 자식들아! (이번에는 尙
　　　憶이와 祥炳이가 鍾學이에게 대들 기세를 취한다)

在森　이거 와들 이라싸노? 성님이니 동생이니 해싸문서 의좋게 술을 나
　　　눠먹은 자식들이!

炯基　(어느새 캬메라를 대고 이 光景을 찰삭 박았다) 좋다 좋아. 내일
　　　조간 신문 뉴―스의 눈은 그만이로구나.

祥炳　뭣이! 뉴―스의 눈이라구? 이 자식이 신문에다가 냈다간 봐라! 내
　　　손아구에 뼉다구두 제대루 못찾을테니.

炯基　야이! 요 흙으로 빚어논 나무아미타불 지존보살아. 싫은건 네 자
　　　유지만 내는건 내 자유야! 네가 내정간섭을 한단 말이냐?

尙憶　좋다! 지와자 좋구나! 낼 아침 죽어두 자들 내될 따러라! 주머니
　　　두 두툼허겠다 색시들 엉덩이나 쓰다듬어 보자꾸나. (술집 여자
　　　貞熙가 짙은 化粧에 刺戟的인 옷으로 가라입고 생긋거리며 나타
　　　난다)

貞熙　어서들 오세요. 안방도 비어있고 건넌방도 하룻밤 지내기로 그만
　　　이랍니다.

光來　야 그 치마 멋지다. 피를 쏟아 빨갛더냐, 노을을 먹어 빨갛더냐?
　　　아니면 문화동에 살구꽃이 네치마 팔락이는 사타구니 바람에 저
　　　리 붉더냐?

貞熙　에그 깐디선생님두! 요전번에 제손으루 끊어주군 그러시네.

小泉　색시 나이 얼마요?

貞熙　(잔뜩 아양을 떨며) 이래 뵈두 실속은 아다라시래요.

鍾學　(어느새 酒幕 안에 들어섰다) 어서들 오십시오. 막걸리두 있구요,

불고기 냄비찌게 미역국도 다 있어요. 자, 자—

光來　그래 기분이다. 난 쇠주 주구이치들은 약주주슈. (一同 와짝 노래
　　를 부르며 쏠려든다. 貞熙는 술상을 채리노라 부산이 서드는데 이
　　때 秋湜영감의 집뒤에서 貞姬가 앞치마로 얼굴을 싸고 나타난다.
　　그 뒤로 吳永壽 急히 따른다)

永壽　글쎄 와 그라노? 니가 내려가기 싫다길래 안내려간다고 편지 쓴게
　　아니고? 그리고 니손으루 딱지 사부치고 니손으루 우체통에 집어
　　넣구서 가시내가 와 나하구 이라노? 응?

貞姬　시골루 내려 갈란다. 여기가 싫어졌다.

永壽　아니 니 칠면조가? 요랬다 조랬다 대체 어쩌자는 심뽀가?

貞姬　난두 아러! 난두 다 봤어.

永壽　난두 보다니? 니 무신 꿈이란두 꾼 거 아니가?

貞姬　난 몰라. 유자나무집 딸허구 니허구 같이 얘기하는거 난두 봤다.
　　(그대로 도루 들어가버린다)

永壽　즈, 즈런! 정희아이, 근 니 오해다. 그런게 아니라카이. 즈런! 정희아
　　이! (뒤따라 퇴장)

小泉　(貞熙의 손목을 잡아끌며) 이리 앉우 색시! 이래뵈두 숫총각이자
　　마음도 그만이라오. 돈 없는게 한이지.

貞熙　단벌신사는 속이 매섭다는데? 아이고 수염도 고순도치 수염이로
　　구마. 호호호…….

炯基　그 웃음소리가 보배로다. 기왕이면 그 웃음까지 술잔에다 담아서
　　한잔 주슈.

貞熙　네 네 홋홋호……. (이리하여 酒席에 詩歌가 벌어지기 시작하는
　　판에 左手로부터 劇場을 경영하는 郭鍾元이가 딸 信哉를 찾아
　　酒幕쪽을 기웃거린다)

鍾元　잠간 말 좀 묻겠는데 혹 스무나무살 먹어뵈는 실성한 처녀 돌아

다니는거 못 봤어요?

貞熙　　실성한 처네요?

鍾元　　실은 내 딸년인데. 사변때 폭격에 놀라구 나서부터 정신이상이 있
　　　　어 집을 나와 떠돌아다니는데 말을 듣자하니 이 동네서 그애를 보
　　　　았다는 사람이 있다길래 찾아왔는데…….

貞熙　　글쎄요. 그러구 보니 아까 그런 여자가 지나가는 것두 같던데…….

光來　　(鍾元을 發見하고) 옳지 너 잘만났다. (하며 다가 간다)

小泉　　저게 예술극장 쥔 곽종원이 아녀?

祥炳　　아니 낡아빠진 신파나 상연하는게 소위 예술극장야!

鍾元　　광래! 나한테 유감이 있나? 대체 뭣때문에 그러나?

光來　　에이 이 도야지 같은 놈의 새끼! TS·엘리옽의 시극 칵텔·파아티가
　　　　스토오리가 없어? 예이 이 도야지같은 놈의 새끼! (일시에 주막이
　　　　물을 끼얹은듯 조용해진다. 郭鍾元은 주기에다 노기를 실은 李光
　　　　來의 기백에 질끔하여 눌리인채 어안이 벙벙해서 섰다)

光來　　글쎄 이놈의 새끼야! TS·엘리옽의 칵텔·파아티가 스토오리가 없
　　　　어? 예이 이 새대가리 같은 놈의 새끼! (볼일 다 보았다는 듯 어슬
　　　　렁 어슬렁 그 앞을 떠나 술청으로 다가간다)

炯基　　아뿔사! 좋은 재료 하나 놓쳤구나!

光來　　(貞熙에게 새 잔을 하나 내밀면서) 저 새끼가 엘리옽의 칵텔·파아
　　　　티는 스토오리가 없어서 상연 안되겠다는거야……하 무식한 새
　　　　끼!

在森　　극장을 빌려줄수 없다는 말씀이죠?

光來　　그렇지…….

鍾學　　아 제 돈 디려 지은 제극장을 안 빌리겠다는데야…….

祥炳　　노오벨 문학상을 받은 엘리옽이 한국에 와서 멸시를 받았다……
　　　　것두 괜찮은데? 하…….

光來   (새 잔을 들고 서서는 다시 郭鍾元에게 욕이다) 얘 이 새끼 그 극
        장이 고대로 정말 네 것이냐? 고대로 정말 네것이라 할지라도 안되
        겠다. 내 놔라. 극장을 내놓든지? 네가 섰는 그 자리를 내놓든지?
        (하고는 술청켠으로 돌아서며 잔을 들이킨다. 때에 郭鍾元, 비로
        소 분심이 댕겨서 이를 가는 소리로)

鍾元   이놈의 자식! (술잔을 키고 있는 李光來를 뒷등으로 다가가 발길
        을 드높이 한껏든다. 옆에 있던 金尙憶이가 郭鍾元의 그 발길을
        날새게 채어잡는다)

尙憶   폭력이 이기는줄 아시오? 무식이 지성을 이길수는 없듯이 폭력이
        이성을 이길수는 없는 것이오! (하며 잡고 있던 발목을 던져서 놓
        아주는 바람에 「아이쿠!」하며 鍾元 나자빠진다. 코피가 난다)

光來   돌대가리도 스스로 터지는 수가 있나? (하며 잔을 술청에 놓는다)

貞熙   어마나 코피가 나십니다! (하며 술청에서 나와 鍾元을 달래 보낸
        다)

祥炳   예술극장 주라 달으구만 제 바람에 코피가 나구!(갑자기 잔을 드
        높이 들며) 코피두 예술이라! (말끝에 모두 폭소가 터진다. 盛裝
        을 한 朴景利가 집을 나오다 光來와 마주친다)

景利   어머나, 이선생님이 웬 일이세요?

光來   오늘은 날씨도 좋고해서 허파에 바람이나 집어 널라구 온거라오.

景利   진작 선생님을 찾아뵐랴구 그러던 참인데요. 선생님께서 이번에
        무슨 영화를 시작하신다죠?

光來   그래서요?

景利   저 혹시…….

光來   배역은 이미 찼소. 순 일류만으로서— 자 그만 감세. 뻐스停留場
        쪽으로 나간다)

小泉   (살구나무를 향해) 오 말랑개비 단벌 신사여! 날처럼 더우나 추우

나 까만 옷으로 통하기 상팔자로구나 굳바이! (朴景利 입술을 깨
물고 섰다가)

景利 에이 이 놈의 동네 와서 재수만 없네! (하고 걸었던 검은 안경을 후
닥벗어 핸드빽 속에 밀어넣고 앵돌아져서 집으로 든다. 뻐스 떠나
는 소리 이윽고 黃錦溪老人이 분통이 터져 가지고 씨끈덕거리며
나타난다)

錦溪 (秋湜영감네게 대고) 야이 이 혓바닥에 바늘이 돋칠 악질아! 이리
썩 나오지 못해! 요게 어디 새버렸나? 생전에 벼룩이 간을 빼먹을
이놈아! 어서 썩 이리 나와!

秋湜 (나오며) 그래 여기 나온다.

錦溪 이 날도둑놈아! 아가는 네놈이 함부루 아가리 놀리는 것을 꾹 참
고 견뎃다만 이제는 끝장을 보구야 말테다! 네가 죽든 내가 죽든
해보자.

秋湜 아니 이게 별안간 왜이리 누깔을 뒤집어까구 바라지게 대드는거
야?

錦溪 말해 봐 시원스리. 왜 내 앞에서 시원스리 말한마디 못하구 동네
는 돌아다니면서 뒤로 짖어대는거냐? 요오살할것아! 우리 무숙이
가 어짜구 어쨌어? 별을 쳐다보구 가슴을 치구 울드라구! 그래 살
구낭구 밑에서 별을 쳐다봤기로서니 또 설사 개가 바람이 좀 들었
기로서니 그러구 또 한숨을 땅이 꺼지게내 쉬었기로서니 너헌테
그게 무슨 상관이냐 말이다! 개가 네에미벌이나 되드란 말이냐?

秋湜 말 다 했니 뻑다구야? 생전에 달이나 쳐다보고 컹컹 짖어대는 똥
개새끼 같은 녀석아. 도대체 네 나이가 몇 살이냐? 넌 네 에미 배때
기 속에서부터 쪼록쪼록 주름살이 저가지구 이승에 떨어졌더란
말이냐? 이봐, 제발 나이값이나 하란 말야 나이값을……. 그래 네
놈이 이 고장에 온후로 이 동네가 잘된게 뭐 있누? 말 못하는 낭

구마저 기를 못쓰구 말라가구 있잖어? 너두 사람축에 들랴거든 어서 보따리나 싸 질머지구 청계천 다리밑으루 어슬렁 어슬렁 되돌아 가란 말야. 고약한 네놈의 냄새로 해서 이 동네 사람들이 코에 솜을 틀어막기 전에.

錦溪 뭣이! 내 이놈이 새끼를 단박에! (집으로 뛰어 들어가더니 도끼를 찾아들고 나온다)

秋湜 (앞으로 다가들며) 오냐 내리 쳐라. 어서.

錦溪 내가 못칠줄 아느냐? 요 까치대가릴 단차리에.

秋湜 글쎄 쳐라. 치라니간두.

錦溪 에잇! (허나 차마 내리찍지는 못하고 괜히 살구나무로 가서 찍는다. 여러사람들 놀란 얼굴로 모여든다. 쿵! 하는 소리와 함께 거꾸러지는 나무. 그 바람에 黃順元의 판자집이 볼품 없게 찌그러진다)

順元 (놀랜 토끼눈으로 뛰어나오며) 이게 웬일야? 세상에 남의 집 기둥을 부수는 수가 어딨어!

錦溪 (그 자리에 펄석 주저앉아 땅을 치며 대성통곡을 한다) 이 몹쓸년아 죽었으면 고이 죽을게지 산 애비 꺼정 못살게 굴게 뭐 있노? 에이 이 몹쓸년아!

素熙 아버지두 괜히 이러시네. 어서 집으루 들어가요. 쥐뿔두 아닌것을 가지구 다들 이러신다니까…….

秋湜 잘했다 이놈아. 썩 잘했다 이놈아. 육십년 동안이나 키워온 우리 살구나무를 네가 잡아먹었으니 이제 네 마음이 뿌듯하겠다 이놈아.

演鉉 아버지두 진정허세요. 괜히 앞 뒷집에서 밤낮 떠들썩하구 야단들이라니까. 자 소희씨 나허구 같이 아버질 모셔드려요. (둘이서 부축한다. 이때 琦遠이와 戊淑이도 눈이 마주치면서 無言中에 合勢하고 貞熙도 거드른다. 이 통에 상을 찡그리고 섰던 黃順元이마저

　　　　얼른 손을 도와 집으로 데리고 든다)

秋湜　(이러한 光景들에 새삼 놀라며) 핫 참! 요놈의 세상이 어떻게 돌아
　　　가는 셈인지 돌아두 이만저만 돈게 아니란말야 에잉! 허긴 눈앞이
　　　엉성하지 않아서 좋긴 좋구마. 에잉! (집으로 사라진다. 이때 郭鍾
　　　元이가 信哉를 데불고 무대를 스쳐 뻐스停留場쪽으로 간다)

鍾元　신재야. 어서 집으로 가자. 바우에 올라가서 뭘 하겠다구 그 높은
　　　꼭대기에 오른단 말이냐? 떨어지면 죽어요.

信哉　죽어두 무섭지가 않어. 엄마두 죽었대문서? 나 엄마허구 같이 살
　　　테야. 나두 엄마한테루 보내 줘. (이때 黃順元의 마누라 明星이가
　　　어린 것을 데리고 나타난다)

明星　저 말씀 좀 묻갔시요. 이 동네서 황순원이라는 영감탱이 못봤시
　　　요. 평안도 말씨 쓰디요. 얘레 아범이외다.

鍾元　우린 이 동네 사는 사람이 아니래서 몰라요. 가자 신재야. (鍾元이
　　　와 信哉가 퇴장하고 明星이는 한참동안을 서성거리다가)

明星　어드렇게 해야 니애빌 찾을 수 있단 말이냐? 복네야 가자. (언덕을
　　　넘어 사라진다 이윽고 戊淑이 보따리를 옆에 끼고 집에서 나온다.
　　　琦遠이 그 뒤에 따른다)

琦遠　끝내 떠나시렵니까?

戊淑　잠시나마 마음을 안정시켜볼가 했지만 아무래두 잘못 온것 같아
　　　요. 예서 어물거리다간 미쳐버리기 꼭 알 맞죠. 안녕히 기서요. (뻐
　　　스정류장으로 나간다)

琦遠　(꺼꾸러진 나무로 가서 어루만지며) 이래두 내 목마여 말 한마디
　　　없느냐? 까맣게 타버린 네 시체 앞에서 목메어 우는 이 옛벗의 울
　　　음소리가 들리느냐? 안들리느냐? 오 나의 젊은 시절의 꿈이여! 나
　　　의 동반자여!(이때 뻐스의 발동소리가 들려온다)

車掌　(소리) 서울역이요, 서울역 가는차 떠납니다. 어서 타세요. 오라이!

(뻐스 떠나 가 버린다)

琦遠   가버렸구나. 나 혼자만이 제자리에 머물어야 하나? 비가 오려나!
       (중얼거리며 집으로 들어간다. 黃順元이 酒幕집에서 나와 숭없게
       기우러진 판자집을 보고 멍허니 섰다가 문득 도끼를 들고 포장이
       달린 가지를 찍드니 땅에다 꽂아 세운다)

順元   나무는 꺼꾸러져두 이 황순원이만은 천생없어두 *끄*덕 안한다 그 말
       씀야. 홋홋…고것 참 존 생각일세. (웃다가 말고 생각이 미쳐서) 다
       듬어설라메 제멋으루 기둥이나 세워야지— (하고 도끼로 나무 줄기
       를 다듬기 시작한다. 이때 鍾桓이와 章純이 팔을 끼고 나타나 이 모
       양을 본다)

章純   아저씨두 제법 신식이셔. 거치장 스럽고도 쓸모 없는 물건이면 용
       케 잘라버리실줄 안단 말씀이야. 어때요 종환씨?

順元   흥 내가 누구라구! 여편네 아들 딸두 소용 없으면 잘라버리기 일
       수라네.

章純   홋홋……우리 아저씨가 그만야. 이젠 눈에 거슬리는게 없어서 좋
       잖아요? 사실 말이지 저걸 쳐다볼때마다 죽은 언니의 그림자가
       어른거려서 과히 기분이 좋지 못했대요. 괘니 종환씨를 도루 뺏기
       는것 같아서 말애요. 제말이 글러요?

鍾桓   아냐. 나두 동감야. 내 손으루 땅을 파헤치구 남들이 잠이든 어둠
       을 타서는 부글부글 괴어오르는 잿물을 끼얹은게 남아닌 나였어.
       그런 내가 왜 그말을 마다할까.

章純   종환씨가 잿물을? 첨 듣는 비밀인데요. 허지만 그것꺼정 제가 알
       배 못돼지요. 저에게 중요한 건 다만 현재라는 이 순간일 뿐이에
       요. 현재라는 이 찰나 위에 서서 종환씨하구 서로 사랑을 주고 받
       고한다는 이 사실 뿐이에요. 그야 모르죠……. 언젠가는 저두 죽
       은 언니의 신세가 되는지두! 허지만 걱정 없어요. 나에겐 주어진

현재가 있으니까요. 그러구 이 현재를 더없이 엔죠이하구 있는 이
상 말에요. 이제는 고백해두 좋아요―전 정말이지 종환씨를 좋아
했고 또 지금도 좋아 해요. 사랑해요 죽도록.

鍾桓 우리 좀 더 걸어볼가?

章純 그러시죠. (선뜻 앞장서서 나가다가) 가만 제세요. 여기 이런 싹이
움 돋네요.

鍾桓 (歡喜에 젖어) 여! 이게 웬 살구나무야! 분명히 살구나무구 말구!
오 새 생명이!

章純 내년부터 꽃이 피나요?

鍾桓 내년부터야 이르지만 잘 가꾸어서 마르지 않도록 해야 해. 오 나
의 새로운 벗이여! 너에게 영광이 있으라!

章純 새끼 토막으로 둘러 줘요. 사람들이 다치지 못하게시리……. 물은
제가 맡아서 끼얹을 게요. 그러구 이 낭구가 자라두― 전 목을 안
맬게요.

鍾桓 생각이 나는구마. 누구의 소설엔가 「살구꽃 핀다」는 소설이 있었
어.

章純 살구꽃 핀다……? 살구꽃 핀다……. 괜찮은데…….

酒幕집에서 伽倻琴 뜯는 소리가 들려오고 방아깐에서 다시 발동기가
돌기 始作하는 가운데 順元이는 順元대로 흥흥거리며 판자집 높이를
재어서는 나무의 길이를 定한다.

―幕―

(一九五九·五·二〇)

남이의 꿈 (동극)

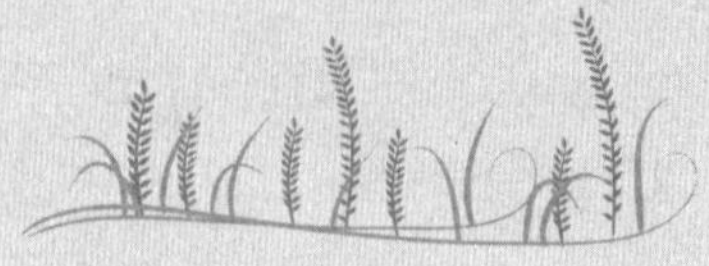

『새교실』, 1959. 9

나오는 사람들

남기 (국민학고 4년생)

남이 (남기 누이동생, 2년생)

경식이 (어름과자 파는 아이)

철수 (서울서 온 아이, 4년생)

미숙이 (철수 누이동생, 2년생)

한여름철이면 서울이나 인천 등지에서 해수욕하러 오는 손님들로 웅성거리는 서해 바다 어느 섬입니다.

연상 푸르른 물결이 넘실거리고 하얗게 뻗은 모래사장에 오래 묵은 소나무가 빽빽이 들어서서 낮이면 짙은 그늘을 던져 주곤 합니다.

해가 저물었읍니다. 해수욕 손님들도 거진 다 뱃편으로 뜨고 이제는 얼마 안되는 사람들이 천막을 치고 밤을 셀 양으로 어른거리는 것이 띠엄띠엄 보일 따름입니다.

별이 반짝입니다. 하늘 한복판으로 은하수가 하얗게 가로질렀읍니다. 남기네 구멍가게는 모래밭 한 쪽 귀퉁이에 아름드리 소나무를 의지하고 섰읍니다. 소나 무 옆으로 펑퍼짐한 바위가 흘러 내려앉아 놀기에 마치 맞습니다.

막이 오릅니다.

남기가 등잔에 불을 켜달고 있읍니다.

파돗소리가 가까이 들려오고 저만치에 천막 불들이 깜박이고 있읍니다.

남기   (불을 달고 나서 바깥을 두루 살핍니다) 야, 천막도 많이 늘었다. 하나 둘 셋……열, 열하나가 되는구나. 서울 손님들은 돈두 많은 가 부지? 이런데서 밤이나 세고……나도 한 번 서울엘 가 봤으면 좋겠다.

이러는데 경식이가 어름과자 통을 메고 나타납니다.

경식   서울이란덴 말야……자동차가 사람만치나 많은 곳이야. 네까짓건 눈이 돌아서 길목 하나 건느지도 못할 걸.

남기   까불지 마. 우리도 예전엔 서울서 살았어. 이제 돈 많이 벌어가지 구 도루 올라갈거야. 육·이오 전 모양…….

남기   나두 그거나 할가부다. 구멍가게는 통 글렀어. 좁은 섬에 구멍가게 가 열도 더 되니 장사라구 될 게 뭐야.

경식   그래두 저 아래 키다리 아저씨넨 웅성웅성 하더라. 지금도 들려오 는데 신나게들 모여 앉아 연상 부채로 바람을 날리면서 사이다랑 맥주랑 마시구들 있어.

남기   키다리 아저씬 참 얄미워. 물건 값을 제멋대루 낮춰서 헐게 팔거 든! 저이 가겐 크다고 그러는 거야. 올 여름은 냉장고도 장만해 놓 고…….

경식　　한 번 싸워볼가부다. 아까두 말야……내가 어름과자 팔려구 들어
　　　　갔었잖아? 했더니 대뜸 한다는 짓이 내 멱살을 틀어잡고 "요 쥐새
　　　　끼 같은 자식아, 그깐 먹어서 배탈나는 과잘 메구 다녀! 썩 나가!
　　　　그러면서 마구 주먹질이란다.

남기　　에이 분하구나. 사람이 키가 커서 그런가부다. 자기넨 어름과자라
　　　　고 파는것도 아니면서…….

경식　　근데 엄마는 여태 안오셨니?

남기　　이번 배루 돌아 오실거야. 인천이 좀 더 가까우면 좋을 거야. 우
　　　　리 엄마 물건하러 다니기에 편하게시리……근데 남이가 왜 여태
　　　　안 돌아오는지 모르겠다. 점심 먹고 담배랑 껌이랑 팔러 나갔는
　　　　데…….

경식　　나도 못 봤는데……오라, 그게 남인지도 모르겠다. 저 건너 모래밭
　　　　에 어떤 애가 자고 있더라.

남기　　자?

경식　　응, 벌렁 누워서 코 골아. 어둬서 그앤 줄 몰랐어.

남기　　틀림없이 남일거야. 그앤 저녁 잠이 많아서 탈이란다. 요전에도 모
　　　　래밭에 누웠다가 물건 판 돈까지 몽땅 털렸어.

경식　　내가 가서 깨워 오마. 저기 불이 깜박이는 저 쯤이야. (하고 나갑
　　　　니다)

남기　　아직 배가 멀었나……? (여름 공부책을 꺼내어 읽습니다)

　　　가도 가도 가이 없어

　　　별은 바다로 떨어집니다

　　　바다는 눈 하나

　　　　　깜박하지 않았읍니다

별은 바다에게 물었읍니다
──바다여 너는 내 빛나는
광채를 모르느냐?──
그래도 바다는 눈 하나
깜박하지 않았읍니다

이러는데 철수와 미숙이가 나타납니다. 미숙이는 어깨에 꼬마 라디오를 메고 있어 가벼운 음악이 흘러나옵니다.

미숙   오빠, 나 쥬스 사 줘.

철수   쥬스 얼마 하는데?

남기   백환 줘. 헐값이야.

철수   (주머니를 뒤져봅니다) 백환 안돼. 다른 걸루 해.

미숙   그럼 미제 도롭푸스.

남기   오십환 짜리야.

철수   가짜 아니니? 저 아래 키 큰 아저씨넷건 가짜드라. 지금 혼내 주고 와.

남기   (은근히 뻐깁니다) 우리 건 가짜라고 하나 없단다. 어느 거나 정말 진짜 뿐야.

철수   (찬찬히 뜯어 봅니다) 정말이구나. (돈을 치르고 삽니다)

남기   너희들 서울서 왔니?

미숙   응. 아버지 어머니 따라 해수욕하러 온 거야. 저기 불이 반짝반짝 뵈잖아? 저게 우리 천막이야.

철수   작년엔 대천엘 갔었는데 여기만 못하더라. 사람들만 디리끓고……. 근데 너 혼자서 가게 보니?

남기   엄마하고 동생하고 셋이야.

미숙   아버진 안 계시고?

남기   육·이오 때 빨갱이들한테 잡혀가셨단다.

철수   안 됐구나. 저 바위에서 놀아도 돼니? 시원해서 좋겠다.

남기   되고 말고! 들어누우면 별이 손에 와 닿을 듯이 뵌단다.

미숙   난 앉아서 라디오 들을래.

남기   그 라디오 밧데리로 듣는 거니?

미숙   맞았어. 작아 뵈두 제법 큰 소리가 나. (소리를 높입니다) 이 봐!

철수   내 건 집에 두고 왔어. 윙 윙 울리는 게 그거 하나면 이 모래바닥이 다 들릴거야.

남기   이만하면 얼마나 가니?

철수   이런 구멍가게 두어개 줘야 살 게다.

남기   에그 비싼데……

철수   별이 진주알 같으구나. 서울보담 더 많아 뵈는데…….

경식이가 남이를 앞세우고 나타납니다. 남이는 아직도 채 잠이 깨지 않아 눈을 비비적거립니다.

경식   내가 가니 잠꼬대하는 중이었어. 엄마를 부르면서…….

남기   돈은 제대루 있니?

경식   상자 속에 있어. 꼬옥 베구 자드라. 내가 셈 해 봤어. 한 푼도 틀리지 않아.

남기   고맙다. (하며 돈과 물건이 들은 상자를 받아 챙깁니다)

철수   네 동생이니?

남기   여섯 살인데 잠보가 돼서 걱정이야. (경식이를 가리키며) 앤 내 동무야. 아버지 엄마가 안 계셔서 우리 집서 자기도 하고 우리 엄마보구 엄마엄마 그런단다.

남이　졸려…….

남기　실컷 자구설랑 또?

남이　지쳐서 그래. 오빠도 하루 종일 모래밭을 거닐어 봐. 마구 졸릴테
　　　니…….

경식　근데 남인 모래밭에서 꿈을 꿨단다. 참 재미나는 꿈이더라. 별나라
　　　로 갔었대.

미숙　나도 한 번 들어 보자구나.

철수　날개도 없이 별나라로 가? 거짓부리야.

미숙　그러니까 꿈이라 잖어?

철수　아무리 꿈이라도 난 못 갈거야.

미숙　난 어깨 쭉지에 날개가 돋혀서 하늘을 날으다가도 뚝 떨어지군 해.

철수　나도. 난 지붕 꼭대기나 전깃줄 같은 데 걸려서 잘 떨어진단다.

경식　서울은 집이 빽빽하구 전깃줄이 거미줄처럼 뻗어 있으니까 그럴
　　　거야.

철수　너도 서울엘 가 봤니?

경식　가고 말고! 난 기차든 배든 뻐스든 다 공짜야. 이제 비행기만 타면
　　　다야.

미숙　난 비행기도 탔어. 저번에 엄마하고 부산 내려가느라고…….

남기　난 인천 가는 연락선만 타도 멀미가 나서 꼼작을 못해.

남이　난 뽀드도 탔는데.

경식　애개, 뽀드 탄 게 자랑이냐?

남이　그럼! 등대 있는데 까지 나갔는데.

남기　난 헤엄도 곧잘 쳐. 재맥질도 할 줄 알고…….

미숙　애들아, 꿈 애긴 어찌 됐니?

경식　참! 남이야 어서 해 응? 별까지 올라갔다지? 그랬지? 그 댐은 어찌
　　　됐니?

미숙	네가 혼자서 올라갔었니?

경식 아니래. 저 아래 키다리네 가겟방 유리장 안에 있는 이쁜 인형하구 둘이서 갔대.

남기 얜 그런 인형이 탐나서 어쩔 줄 모른단다. 그 앞을 지날 때마다 멍하니 쳐다보기만 하고…….

미숙 나한텐 불란서 인형이 두 개나 있어. 집에 두고 왔어.

이 때 연락선 기관소리가 통통 들려옵니다.

남기 에그 배가 오나부다. 나 엄마 마중 갔다 올께. (하고 나갑니다)

철수 별나라로 가는 길 내가 알어. 달 둘레를 두어 바퀴 휭 돌아서 해를 옆으로 쳐다보면서 자꾸만 올라가는 거야.

남이 자꾸만 올라가니 우리 구멍가게가 조그맣게 뵈드라. 오빠는 방에서 낮잠을 자고 엄마는 이 쯤에서 파리를 쫓고…….

미숙 난 어디 있고?

남이 넌 초면인데 알 게 뭐니?

미숙 참 그렇구나.

경식 그럼 난?

남이 바윗돌 꼭대기에 걸터앉아 갈매기 날으는 걸 쳐다보더라.

경식 야, 그럴 듯 하구나! 난 말야, 갈매기 날으는 게 젤 좋아.

미숙 그럼 밤이 아니라 낮이었게?

남이 거긴 밤이지만 여긴 낮이었어. 구름도 없고 바람도 없고 깜깜한 하늘에 모래알 만한 별들이 여기도 반짝 저기도 반짝……그러는데 별안간 꽝!하고 뭔지 터지는 소리가 났어.

이 때 하늘에서 정말 꽝!하고 무엇인지 터집니다.

모두들 움찔 놀랍니다.

철수　　에그 뭐야?

미숙　　뭐긴 뭐냐? 뭔지 모르지만 꽝! 하고 터졌다잖았어?

철수　　아냐……지금 정말 터졌어.

미숙　　아니래두. 꿈에 터진 거라니까.

철수　　꿈에?

또 다시 꽝! 터집니다.

경식　　오라, 뭍에서 불꽃놀이 하는 거구나.

철수　　에게 그런걸 가지구 괘니…….

미숙　　그럼 꿈에서 터진 건 뭐였는데?

철수　　로케트지 뭐.

미숙　　그러니?

남이　　아냐, 웬 사람들이 우리 보고 고사포 쏜 거야. 빨갱인지 몰라.

모두들　　나쁜 놈들이구나!

미숙　　다치진 않았었니?

남이　　얼른 도망을 쳐서 괜찮았어. 아래를 내려다 보니까 엄마도 깜짝

　　　　　놀라서 쳐다 보더라.

미숙　　그래서?

남이　　엄마—하고 소리쳤지 뭐.

철수　　그러니까 엄마가 달려오든?

남이　　아내 내가 부르는 소리 못들었어. 쭈르르 소낙비가 쏟아져내린 때

　　　　　문이야.

미숙　　그럼 너도 젖었니?

경식　　　(하늘을 우러러 봅니다) 정말 소나기라도 쭈르르 쏟아졌으면 시원
　　　　　하겠다.

　　　모두들 정말!
　　　이러는 동안에 남이는 벌써 잠이 들어버렸읍니다.

미숙　　　얘가 또 자네.
경식　　　가만 있거라……. (남이의 옆에 가서 귀에 대고 속삭입니다) 남이
　　　　　야, 또 꿈꾸니? 난 지금 갈매기 쳐다 보지 않고 예서 가게를 지키
　　　　　고 있다. (남이는 머리를 끄덕입니다)
미숙　　　(역시 속삭입니다) 난 도롭푸스 먹고 있어. (이번에도 끄덕입니다)
철수　　　자면서도 듣나부지……? (크게 외칩니다) 난 아무것도 안 해!
남이　　　(번쩍 눈을 뜹니다) 내가 또 잤니?
경식　　　이번에도 꿈을 꿨니?
남이　　　응, 도롭푸스 먹었어.
미숙　　　도롭푸스는 내가 먹었는데?
남이　　　나도 엄마가 오심 주실 거야.
철수　　　애도 참 재미있다. 아까 꿈 얘길 마자 해라.
미숙　　　소나기나 쏟아졌댔지?
경식　　　비 때메 집으루 돌아왔니?
남이　　　돌아오지 않고 은하수 있는데까지 올라갔어. 근데 올라가 보니 인
　　　　　형도 간 데 없고 나 혼자드라. 저 쪽 언덕에는 소나무가 빽빽이 들
　　　　　어섰고…….
철수　　　견우 직녀 봤니?
남이　　　응?
경식　　　얜 말야……아직 나이가 어려서 견우 직녀 얘기 모른단다.

미숙   난 알아. 그림책에서 봤어.

남이   소나무 가지에서 까치들이 울드라.

철수   칠월 칠석이었구나.

경식   가만 있거라……. 네가 하는 얘기 어디서 많이 듣던 얘기같으
        다……?

미숙   그래 강을 건넷니?

남이   다리가 있어야지? 그냥 언덕에 서서 엉 엉 울기만 했어. 그러는데
        누군지 옆구리에서 툭 떠다밀더라.

미숙   어머, 누가?

남이   저 아래 키다리 아저씨야. "이년 우리 예쁜 인형 내 놔" 그러면
        서…….

모두들 에잇, 정말 나쁘구나.

남이   발이 미끄러지는 바람에 윙―하고 꺼꾸로 떨어졌어 모래밭으
        루…….

미숙   저런, 무서웠겠구나.

남이   깨고 보니 모래밭에 누워 있었어. 몸에 식은 땀이 배고…….

철수   배고 말고! 꿈이니 망정이지 깨서라면 큰 일 날 번 했다.

경식   내가 깨우지 않았으면 지금도 은하수 언덕에서 울고 있겠지? 저만
        치 뵈는 저 쯤에서…….

모두들 하늘을 우러러 하얗게 가로질른 은하수에 눈을 팝니다.

철수   콸, 콸 정말 흐르는 것 같으다.

미숙   남이가 섰던 자리 저 별일 거야.

갈매기 우는 소리마저 들려옵니다.

미숙   에그 까치도 우네.

철수   까치가 뭐야? 바다에서 갈매기 우는 소리지.

경식   오라 알았어. 네 꿈 얘긴 내 그림책에 있는 얘기와 비슷해. 내가 저
         번에 들려 줬거든! 얘개 또 자네.

남이는 정말 또 잠이 들어버렸읍니다.

남이   (자면서 잠꼬대합니다) 엄마가 오면 주실 거야…….

철수   뭐 준다는 거냐?

미숙   난 알어. (도롭푸스를 꺼내 남이의 손에 쥐어 주고 속삭입니다) 꿈
         에 많이 먹어라.

철수   (역시 속삭입니다) 낼 다시 만나자. 껌 많이 팔아 줄께……. 자 가
         자.

철수와 미숙이는 발소리를 죽여가며 사라집니다. 뱃고동 소리가 가까이
서 나고 종치는 소리도 들려옵니다.

경식   (남이의 옆으로 다가가서 꼭 껴안고 속삭입니다) 꿈 많이 꿔라. 그
         리고 내일 아침 새벽 같이 일어나자.

남이는 코를 골기 시작했읍니다. ○○○○ 〈끝〉

閣下 (一幕)

『現代文學』99號, 1963. 3

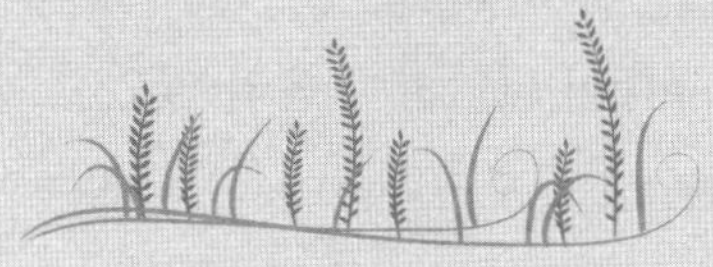

나오는 사람들

덕보 우칠	} 시골 사나이
박씨	무허가 하숙집 안주인
순남	박씨의 아들
손님	하숙집 손님
딸	손님의 딸
청년	놈팽이
여자	A·B
순경	
의사	
곳	서울
때	여름

넌지시 흘러내리는 마루턱을 타고, 지금은 흔적만이 남은 공장 터에 자리잡은, 서울역에 가까운 어느 판자촌.

무대 중앙에 허물어진 벽돌 바람벽을 의지하고 허름한 바라크가 섰는데 「하숙집」,「친절본위」 따위의 뺑끼 글씨가 너절하게 씌어있다. 왼쪽 비교적 성한 벽 그늘엔 이층으로 잇대어 다락방이 올라 앉았고, 이 다락방은 건물 옆구리에 달린 가파른 층계로 해서 오르내린다. 이 바라크와 저쪽 촘촘히 들어선 판자촌과의 사이는 난간이 더러 떨어져 나간 좁은 구름다리로 연결되고, 그 밑을 철길이 통하는 셈으로 기차가 지날 때면 검은 연기가 땅 속에서 피어오른다.

무대 바른쪽 너른 공지에는 아직도 망가진 기계의 잔해가 녹이 슨채 거무티티하게 자빠져 있고, 그 복판에 비쭉 하늘을 찌르고 섰는 탱크가 늘밋한 나선형 층계를 달고 금새 쓰러질 듯이 한쪽으로 기울어져 있다.

마당 구석에 해 묵은 한 그루 느티나무.

여름날 저녁 나절. 마루턱 너머 좁은 하늘에 저녁 노을이 빨갛게 피었다. 날카로운 기적소리, 그리고 굉음을 끌며 기차가 지나간 후 막이 오르면—느티나무 밑 평상에 덕보가 도사리고 앉아 화투패를 떼고 있고, 그 옆으로 우칠이가 배를 깔고 누워 신문을 읽는다.

우칠   세상에! 이런 노다지 재수가 어딨어? 이건 아여 흥부의 호박 이상인 걸.

덕보   쓰레기통에서 금반지 주운 얘기라문 전에두 났지.

우칠   그런 정도가 아닐세. 이건, 쓰레기통이면 물주가 나타날까 뒤가 켕기겠지만, 이건 숫제 임자구 뭐구 얼씬두 못하게 돼먹었거든. 글쎄, 팔다 남은 굴조개 배때기에서 진주구슬이 알캥이로 쏟아져 나왔대누면!

덕보   세상이 요술단지라더니 갈수록 유출유괼세. 귀신이 놀라 자빠지
        겠는 걸.

우칠   헌데, 나로 말하자면 그게 아닐세. 거 왜 일전 어느 신문에, 어느 빨
        갱이나라에서 학대와 굶주림에 견디다 못해 하느님 앞으로 도와
        주십사구 띠운 편지가 길을 그르쳐 모스크바로 날아들었더라구
        나질 않았나. 이게 그 짝일지 누가 아나. 일테면―재수 할아베가
        우리에게 띠운 복이 엉뚱한 번짓수로 빗나갈 수두 있는 일이거든.
        행여 그럴진댄 웃어넘길 일이 아니라 앙천대곡 해두 모자랄세.

덕보   허긴…… 일이 잘못되도 되게 잘못 된 게 틀림없어. 고놈의 복권만
        보라지. 남들은 지화자를 부르구 통 난리가 났는데 요건 뽑는 놈
        마다 꽝판이더라 그런 말야. 주머닛돈 쌈짓돈, 하다못해 대가리의
        벙거지까지 들이 분져두 말야. 재수 할아벤지 무슨 할아벤지 모르
        지만 아뭏든 사람을 오뉴월 개 껍데기 말리듯 말려 죽이잔 수작
        밖에 더 돼!

우칠   그러게 말야……. 촌놈 박람회 구경에 서울 올라왔다가 신세 조졌
        지 뭐야. 집엔 어찌 돌아간다지?

덕보   잘팍잘팍 걸어서―장타령이나 뽑아서―그리 돌아가는 거지. 요것
        봐라! 요놈의 패가 공산명월에 빨간 싸릴세. 달밤에 횡재―?

    박씨 부엌에서 나온다.

박씨   아따, 팔자들 늘어졌네. 왼종일 패만 떼기유?

덕보   패가 아니라 굿하는 거 올시다. 이제 보시구려. 이 느티나무 이파
        리가 왼통 돈으로 변할 테니.

박씨   거, 참 오줍잖은 재줄 가졌네. 그럼 그래, 우리 밀린 하숙비두 그
        돈으로 치를 참유?

덕보	미안합니다. 아주머니.
박씨	미안이구 뭐구 오늘은 안 되겠우. 이틀씩이나 참았으면 됐지 그래 우린 굶어 죽으란 말유? 자 내슈. 지금 세상에 외상밥이 어딨다구.
덕보	아주머니……하루만 좀 어떻게……. 낼쯤은 틀림 없으리다.
박씨	또 낼? 아니 여보게, 도대체 당신들은 정신이 있우? 없우? 자, 어저께두 낼, 오늘두 낼……그놈의 낼을 믿다가 우리 영업이 쫄딱 찌부러지겠우.
덕보	그게 아니라……여보게 우칠이, 자네 입이 붙어버렸나? 왜 말 한 마디 없나?
우칠	그게 아니라 아주머니……
박씨	그래 그게 아니라?
덕보	아주머니, 내 말 들으슈. 너무 그리 다구쳐서 될 일이 아니라니까요. 왜 낼인구 하니 말이죠. 낼쯤은……고향 박서방이 서울 올라온다 그런 말씀입니다. 아시겠어요? 박서방만 올라오는 날이면 밀린 하숙비쯤이 문제겠느냐 그런 말예요.
우칠	암, 그렇구 말구! 박서방뿐이 아니라 최서방이랑 김서방이랑 솔맷골 남서방이랑 얼푼 쳐두 여나문은 더 넘을껄. 결국 아주머니…… 우린 일테면, 선발대로 올라온 사람이라 그런 말씀이죠.
박씨	그게 다 정말유?
덕보	두구 보면 알 것 아뇨? 오늘 밤을 편히 쉬구 낼 아침 눈을 떠 보시구려. 집안이 들썩들썩할 걸요.
우칠	허지만 여보게…… 이렇게 따지구 들볶구 하면 얘긴 다르잖노? 어디 서울에 객주집이 하나 둘이게?
박씨	아따 성미두 급하긴. 어디 내가 이게 따지는 거유? 그쪽 사정을 알아 봤을뿐이지. 사정이 정 그렇다면…… 나두 인정이 있는 여자라…… 좌우간 낼 가서 봅시다. (퇴장)

덕보　에휴! 까딱없이 죽었구나. 그놈의 넬은 또 뭣으로 땐다지.

우칠　담배 한대 줘여. 거시란 놈이 소동을 일으키네.

덕보　담배가 어됐나, 이 사람아?

우칠　하느님 맙시사! 세상이 노리끼하네.

이럴 즈음, 여자A 층계를 급히 내려온다. 그 뒤를 따르는 청년.

청년　미스 리!

여자A　부르지 마.

청년　그건 미스 리의 오해라니까 그래. 내가 어디 결혼을 아주 안 한댔나? 날짜만 좀 늦추자는 것이지.

여자A　결혼이구 뭐구. 이젠 콩으로 메줄 쑨대두 곧이 안 들려.

청년　내 참! 괜히 오바·쎈쓰야. 미스 리……그러지 말구 내 말 들어 봐요. 난 말야……난 정말이지 미스 리를……참, 우리 어머니가 홀어머니란 말 했던가?

여자A　귀가 따갑도록 들어 왔어.

청년　미스 리……오늘은 웬 일야, 참? 우리 피차에 흥분을 가다듬구 조용조용 좀 생각해 보자우. 사람에겐 말야……아무나 다 저마다의 사정이 따로 있는게 아니냔 말야. 만약에 미스 리가 우리 어머니여 보라지. 애지중지 길러낸 외아들이 장가드는데 결혼식두 못본대서야 어디 말이 되나 말야. 그토록 가슴이 쓰릴 데가 어딨어. 난 말야……제발 불효자식이란 말만은 듣구 싶잖거든. 내 말 알아 들어, 미스 리?

여자A　어디 계시지 그 어머니?

청년　오, 미스 리! 정말 오늘은 웬일야? 빤히 아는 사실을 왜 자꾸 따지냐 말야. 우리 그러지 말자우. 우리끼리 암만 팻대를 세우고 옳다

긇다 따져 봤자 일본 계신 어머니가 돌아올 린 만무하잖어? 그야
한·일교섭이 순조롭다면 또 모르지. 오늘이라두 양켠에서 문서에
도장만 꾹꾹 누르는 날이면야 돌아오지 말래두 부랴부랴 돌아오
실걸. 세상에 이런 비극이 어딨어!

여자A　나 좀 볼까, 미스터 최?

청년　　암 그래야지. 그렇게 쉬 누그러질걸 괜히 미스 리두.

여자A　가까이 와요, 이쯤까지.

청년　　오, 나의 귀염둥이!

여자A　에잇, 건달 녀석! (보기좋게 따귀를 찰싹…)

청년　　아, 아니!

여자A　천하 의지할 데 없는 고아라서 외롭기 짝이 없다던 녀석이 머 어머
니가?

청년　　머, 뭐?

여자A　퉤! 더럽다. (구름다리를 건너 사라진다)

청년　　요건 틀림 없이 현숙이 년이 지껄였구나. 안 되겠는걸. 이러다간 현
숙이마저 놓칠라. 재수 노꿋인데. 봐요, 아주머니……. (박씨 나온
다) 내 잠깐 다녀올 테니 내 방 딴데 주지 마슈. (급히 구름다리를
건너간다)

박씨　　꼬락서니가 또 놓쳤군, 놓쳤어.

덕보　　저런 악질이 어디 있나. 아깐 지 누이동생이라구 떠버리더니. 머, 재
수 노꿋이라구? 그래 나두 노꿋이다. 똥통에나 꿀렁 빠지거라.

박씨　　에그, 신호가 떨어졌네. 순남이 녀석 정거장에 나갔나? (안방을 기
웃거린다) 아니 조녀석 봐. 생기두 방구석에 쳐박혔네. 요것아! 차
시간이 다 됐는데 누깔이 말똥말똥해서 쥐새끼마냥 거기 쳐박혔
어? 쳐박혔난 말야!

순남이 어슬어슬 나온다. 소설책을 들었다.

순남   소설 읽느라구……크라이막슨 걸 뭐.

박씨   머 소설? 아니 그래 소설이 널 멕여 살린다든? 멕여 살린다드냔
        말야. 이놈아, 소설이구 대설이구 썩 내 놔. 뭐? 「그 여자의 눈물」?
        아이구 맙시사! 못된 송아지 엉뎅이에서 뭐가 난다드니 이마에 피
        두 안 마른 것이 그 여자의 눈물? 망했다. 망했어! 이 녀석아, 눈물
        이구 콧물이구 썩 꺼져! 정거장으로.

이러는데 벌써 기차가 요란스레 지나간다.

박씨   하느님, 어찌 하오리까? 떼지어 쏟아지는 그 많은 사람들에 우리
        손님이라군 콧배기두 못 보게 됐구나. 요것아, 썩 뛰지 못해? 눈물
        콧물 다 짜구 이맛가죽이 까지도록 애걸복걸 해서라두 손님 하나
        못 데려와 봐라. 네놈의 누깔에서 닭똥같은 눈물을 짜줄 테니. (순
        남이 상수 모퉁이를 꺾어져서 퇴장) 아이구 내 팔자야. (퇴장)

그때까지 신문에만 눈을 팔고 있던 우칠이 갑자기 눈이 휘둥그래진다.

우칠   이게 뭐야?

덕보   응?

우칠   요 팔자수염 거리에서 봤는데.

덕보   팔자수염이라니?

우칠   그래! 옷두 깜정이가 맞는걸. 대머리라구? 건 잘 모르겠구먼. 그놈
        은 모잘 쓰구 있었으니.

덕보   뭔데 혼자서 중얼중얼하나?

우칠   일이 심상찮으이. 이것 좀 보게.

덕보   활동사진 광고는 왜?

우칠   아따, 저기 말구 여기 이 사진 말일세. 「현상 이만원 사람 찾기」라구 있잖나 말야.

덕보   현상 이만원 사람 찾기?

우칠   「특징……이마가 벗어지고 팔자수염에 검은 양복을 입었음」……

덕보   「이 사람을 찾아 주시거나 거처를 연락하여 주시는 분에게는 일금 이만원을 사례하겠음. 연락하실 곳 전화……」. 헤, 정말 그저일이 아닐 것 같으이. 「일금 이만원을 사례하겠음」……. 여보게, 그래 자네 이런 자를 틀림없이 봤나?

우칠   보다 뿐인가! 하마트면 그놈하구 마주쳐서 납죽코가 될뻔 했다니까. 글쎄, 들어 보게. 아까 내가 저 아래 우체통 골목을 걷구 있었거든. 모퉁이를 지나서 우체통 앞을 막 꺾어지져는 그때 말야. 난데없이 까만 옷에 팔자수염을 단 사나이가 우체통 뒤에서 쓱 나서질 않겠나. 에쿠! 하구 내가 소릴 질렀는지 어쨌는지 모르지만 아뭏든 그 순간 저쪽에서 슬쩍 피해 선 것만은 사실야. 그야말로 눈 깜박할 새였지. 그런데 이상한 것이 말야……그때 그놈의 쌍통이……꼭 뭐랠까……밭고랑에 숨어서 호박 파먹던 놀란 까마귀 쌍통이랄까…… 그리 멍멍하더란 말야.

덕보   그래서?

우칠   이빨을 드러내구 놈이 씩 웃더군. 그러더니 그만 줄행랑을 치는데 그 빠르기란 좀 보태서 바람이 획획 일 정도였다네.

덕보   어떤 놈인데 사람을 보구 도망을 쳐? 그래 손에 든 것은?

우칠   있었지. 한 손에 개와장을 검어쥐구, 한 손에 배가 불룩한 가죽가방을 들었더군.

덕보   별난 놈인데. 팔자수염에 대머리라……사람을 보구 도망을 쳤다……

배가 불룩한 가죽가방을 들었다……여보게, 그놈이 사기꾼일세. 봉
이 김선달 짝이란 말야. 그래 여보게, 이자가 그가 틀림없겠나?

우칠　틀림없구 말구! 뭣으로 아냐 하니, 첫째……쪽제비 날개같은 팔자
수염을 달았구, 둘째……아래 위로 깜정 옷을 입었구, 셋째……셋
째가……? 하 참 고놈은 모잘 썼더란 말야.

덕보　고게 문제야. 대머리냐, 아니냐……말하자면 우리가 이만원을 버느
냐, 못 버느냐, 그런 얘기가 되지.

우칠　(사진을 찬찬히 뜯어보며) 긴 것같기두 하구 아닌것 같기두 하
구……요것아, 니가 기고 아니고 말 좀 해여. 참, 좋은 수가 있다. 우
리 이러구 있을게 아니라 현장에서 까마귀 사냥을 떠나 결판을 냄
될 것 아냐?

덕보　그러세. 자, 사냥이다. 만약에 그놈이 이놈일진댄 그 자리에서 밧줄
로 묶어 놓구 연락을 취하세. 아 잠깐! 대체, 자네 까마귈 본게 언
제쯤인가? 시내 들어갈 때 보았나? 나올 제 보았나?

우칠　가만 있자……언제드라? 아차, 때는 늦었구나 들어갈 제 봤는걸.

덕보　에끼, 이 사람아, 벌써 두시간 전 얘기 아닌가.

우칠　그래! 두 시간은 실히 됐겠구먼!

덕보　두 시간이면……그렇지……적어두 백리, 이백리는 훌쩍 날랐겠는
걸. 그렇거나, 아니면 가막소에 들어앉았거나. 그래, 가막소기 쉬운
걸!

우칠　가막소면……오라, 순경 나으리가 고놈의 꼬랑질 달캉 잡았더라 그
런 말이지. 에이 애석한데.

이때, 순남이 손님을 안내해서 들어선다. 검은 중절모에 검은 구식 떠블,
손에는 스틱과 배가 불룩한 가죽가방을 들었다. 풍채가 자못 당당하다.

순남   여기에요, 아저씨. 이리 들어오세요. 엄마 손님야.

우칠   얼레! 저 까마귀가⋯⋯?

덕보   머 까마귀? 그럼 저게⋯⋯?

손님   그래 방은 조용허냐?

순남   네, 조용하구 말구요. 남들은 손바닥만한 방 하나에 다섯이구 여섯이구 막 받지만 우린 안 그래요. 많아서 세 분이거든요. 그리구 손님에 따라서는 독방두 드릴 수 있어요. (박씨 나온다)

박씨   어서 오십쇼. 여기가 조용하구 친절하기로 이름난 오산집입니다.

우칠   기야. 기라니까. 여보게 기야!

덕보   허지만 수염이 없지 않나?

우칠   어랍쇼! 저게 어쩐 둔갑야?

손님   방은 어느 것요?

박씨   바루 여깁니다. 이부자리두 깨끗하구 물 것이라군 통 없읍죠.

손님   좀 침침한데. 그리구 마당에 꽃이라구 한 포기 없구.

박씨   에그 손님두! 마당에 꽃이 무슨 소용입니까? 방 벽지가 왼통 꽃판인데요.

손님   그래, 벽지의 그림을 보구두 나비가 더러 날아들더란 말요?

박씨   날아들기만 합니까? 서로들 앉으려구 푸드득거리는데요. 그나저나 손님께선 재담이 여간 아니십니다그려.

손님   허기야 그럴 수두 있을테지. 벽에 그린 소나무에 새들이 날아들었다니까.

우칠   이제 알았다! 수염을 금방 밀어놔서 코밑이 하야말쑥해. 그리구 그뿐인가. 저 가방 꼬라지 보게. 생판 알돈으로만 쳐먹었는지라 달 찬 기집년 배때기만치나 탱탱하구먼.

박씨   애야, 장승처럼 섰지 말구 어서 그 가방을 받아드려라.

손님   아, 괜찮소. 내것은 내가 간수하는 성미라서. (마루에 걸터앉는다)

우칠   아따, 주둥이두 야무지게 깠네. 이놈아, 돈이면 돈이지 내것은 또
      뭐야? 꼭 자식이 파마대가리에 치마 저고리 받쳐입구 제라서 기집
      입네 서방질할 놈이로구면. 암만 둔갑을 놀아 봤자 소용없어. 그저
      잠깐 그러구 있거라. 여보게, 내 한달음쳐 올까?

덕보   대머린지 아닌지 아직 모르잖어?

우칠   아이고, 고놈의 대가리가 사람 쥑이네.

덕보   이만큼 돌아앉게. 괜히 들쑤셔서 날리지 말구.

우칠   재수 할아베……돌개바람을 몰아다가 저 까마귀의 벙거질 날려주
      십쇼.

손님   그런데 안주인, 여기 손님이 몇이나 되오?

박씨   저기 계신 저 분들 뿐입죠. 시골분이라 양같이 얌전들 합니다.

손님   안 되겠오. 여럿이면 곤란한걸. (일어선다)

우칠   저를 어째! 여보게, 날라 날러.

덕보   (앞으로 나선다) 저어 선상님……저희들 걱정일랑 아여 마십쇼. 저
      희들은 시골놈이라 아무데구 뭐 괜찮습니다. 나무밑이 더 시원한
      걸요.

우칠   저희들은 말입니다……그저 여기쯤에서 별이나 쳐다보구 있어두
      맘은 사뭇 뿌듯합죠. 어서 웃통이랑 모자랑 벗으시구 방으로 드
      십쇼.

박씨   에구, 고맙기두 해라. 이런 고마울 데가 어딨우? 얘야, 냉큼 방으로
      모셔라.

손님   그럼, 하룻밤 폐를 끼친다? (순남이를 따라 방으로 들고 박씨도 퇴
      장)

우칠   대관절, 고놈의 벙거진 대가리에 찰싹 땜질해 붙였나?

덕보   글쎄 여간내기가 아니래두! 휘번득이는 누깔 꼬라지가 남의 창자
      속 썩은 밥알까지 다 셀놈야.

우칠　옳지! 저기 순남이가 나오는군. (순남이 방에서 나온다) 순남아.

순남　왜요?

우칠　이리 오이라. 나랑 얘기나 하구 놀자.

순남　무슨 얘긴데요?

우칠　너 고생 많다.

순남　뭐, 그저 그래요.

우칠　눈물책 재미나든?

순남　재미만 나요! 참, 아슬아슬해요. 저기, 옥화란 여자가 있었거든요.
기생노릇 하면서 지 애인 학비를 대줬대요. 그런데 그 멀쩡한 자식
이 딴 깔치하구 붙어버렸지 뭐예요. 그러니 어떡해요? 옥화는 벌
써 애기까지 가졌는데.

우칠　손님 하나 늘어서 반갑다.

순남　뭐라구요?

우칠　손님 하나 늘어서 반갑다구.

순남　그래요. 그때 마침 어떤 손님 하나가 찾아와서 대학생과 깔치가
낼쯤 결혼을 한다구 그러겠죠? 그 말을 들은 옥화는—난 그 대목
이 젤 슬퍼—「옥화는 사르르 눈을 내리깔더니 손에 든 반주꺼리
를 밀어 놓구 장농을 열어 갑사 치마 저고리로 소복단장한 후 애
기를 들쳐 업었느니라. 어디로 가는가? 옥화야 말하여라. 네 갈 곳
이 어딘지 말하여 보려므나. 밖은 동지섣달 눈바람이 살을 어이고
무심한 두견새만이 두견두견 슬피 울었더라」—이렇게 해서 애길
들쳐 업구 강으로 나가죠. 죽을랴구요. 지금 그런 판국인데 정말
죽을까봐 가슴이 조마조마해.

우칠　순남아.

순남　네?

우칠　너의 집에 손님 한분 늘어서 반갑다.

순남 아, 그 말이군요. 뭘요. 다 아저씨네 덕분이죠 뭐.

우칠 그런데 순남아. 내 수수께끼 하나 하련?

순남 어떤 수수께긴데요?

우칠 사람은, 머리가 까졌는 사람은 까졌구, 안 까졌는 사람은 안 까졌
구—그렇제?

순남 그야 물론이죠.

우칠 그런데, 저 키다리 아저씨랑 이 뚱보 아저씨랑은 안 까졌으니 아무
리 봐두 안 까졌제?

순남 네 그래요.

우칠 그런데두 이자 손님 아저씨는 참 별나더라.

순남 아니 왜요?

우칠 안 까졌는 사람을 까졌다구 그러구, 까졌는 사람을 안 까졌다구
그래싸니 세상에 까졌는데 안 까졌구, 안 까졌는데 까졌구 그럴
수두 있나 몰라.

순남 그러니까 결국 어찌 되는 거예요? 아저씬 어느 쪽인데?

우칠 까졌지.

순남 아저씬?

덕보 안 까졌지?

순남 아저씨가 이겼어요. 아주 빤들빤들해요.

우칠 머 까졌다구!

덕보 네 눈으로 똑똑히 봤니?

순남 보기만해요! 모자를 벗을 때 봤구, 모자를 받아 걸면서 봤구, 방
을 나올 때 봤구, 그러니까 세 번이나 봤는걸요.

우칠 됐다! 아나, 네 눈물책 여기 있다. 가서 눈물이나 찔찔 짜거라. (순
남이 책을 받아가지고 퇴장) 여보게, 난 가네. 전화 걸러 가네. 덩
실 덩실 춤을 추며 난 가네.

덕보   공산명월에 빨간 싸리라……. 핫핫핫……

이리하여 우칠이 신문을 움켜쥐고 상수 모퉁이를 막 꺾어지려는데, 저
쪽에서 순경이 들어서면서 보기좋게 철버덕 마주친다.

우칠   에그, 그, 나으리……
순경   아 좋아, 혹시—검은 양복채림의 지팽이 든 사람 못 봤나?
우칠   것, 검은 양복요!
순경   이마가 까졌지. 확실히 이리로 꺾어졌다는데.
우칠   잣, 자네 그런 사람 못 봤나?
덕보   손에 가방을 든 분인가요?
순경   그렇지! 그래 어디로 가던가?
덕보   저 구름다리를 건너든데요. 빨랑 가면 따를 수 있을 겁니다.
순경   그래? (구름다리를 건너간다)
우칠   아이고 가슴야! 십년감수할 뻔 했다.

손님 방에서 나온다.

손님   누가 날 찾아온 것 같았는데. 확실히 남순경 소리였어?
우칠   네—?!
덕보   네—?!
손님   (마당으로 내려와 두리번거린다) 오, 저기 가는군 여보게, 남순경.
우칠   요놈의 세상이 어찌 돌아가구 있지? (순경 등장. 손님 앞으로 와서
          경례를 붙인다)
순경   각하!
덕보   머, 각하?

손님   자네 웬 일인가? 무슨 일로 날 찾지?

순경   각하를 뵈올까 해서 그럽니다.

우칠   각하면 장관각하 아냐?

손님   무엇 때문에?

순경   우선 각하를 댁으로 모시겠읍니다.

손님   아니 왜? 여보게, 무슨 비상사태라두 생겼나?

순경   아니올시다. 그런건 아니지만, 날두 이미 저물었구.

손님   이 사람아, 싱거운 소리 말게. 내가 여기 온건 말야.

순경   각하! 그 건에 대해서는 더 말씀치 않으셔두 잘 알구 있읍니다. 다
        만 여긴 보시다시피 뒷골목이라 행여 각하의 신변에……

손님   말을 삼가게. 삼척동자가 아닌 이상 내 일은 내가 알아서 처리할
        것일세.

순경   허지만 각하!

손님   어, 웬 말이 이리 많을고! 썩 물러가게. 난 내가 하는 일에 이러저
        러 간섭하는 버릇을 좋아 하질 않아. (방으로 들어가서 문을 철썩
        닫는다)

순경   각하! (느티나무 그늘에 숨어서 떨고만 있는 두 사나이. 순경 그리
        로 온다) 임자들! 이리 나와. 임자들 여기 손님인가?

우칠   그러하옵니다. 나으리.

순경   내 임자들에게 말하거니와……

덕보   제발 나으리……아깐 이 못난 놈이 눈이 어둔 탓으루 그만……죽
        을 죄를 지었읍니다.

순경   아, 그 얘긴 괜찮아. 나두 대강 알만허이. 그보다두……에……내 임
        자들에게 이를 바는……임자들 서울이 첨인가?

덕보   네, 생판 첨이 올시다.

우칠   서울이 이토록 크구 사람이 많을 줄은 미처 몰랐읍죠.

순경 아, 그만 허구……내 임자들에게 이를 바는……에……임자들두 보
    아 대강 짐작이 갔으리라 사료 되거니와 각하께서는 말야……일테
    면 혹종의 조사지사가 유하여 몸소 왕림하셨더라 그런 말씀야. 알
    겠나? 고로 임자들은 추후라도 각하께 결례되는 일이 없도록 각
    별 유념하란 말야.

우칠 네, 나으리.

순경 때문에, 각하께서 여기 계시느니 안 계시느니 그런 허풍서니 소문
    을 퍼뜨려두 이 또한 의법처단지사라 그런 말야. 알겠나?

덕보 어련하오리까, 나으리.

우칠 그런데 나으리……혹시 각하께……저희들의 절박한 사정이라두
    좀 여쭤봐서 어떨는지……

순경 절박한 사정? 대체 무슨 사정인가? 각하의 심려를 어지럽히느니
    내가 듣지. 어서 말하게.

덕보 다름이 아니오라……보시다시피 변변치 못한 시골놈들인지
    라……

순경 말을 계속하게.

우칠 실은 저어……고향을 떠날 때, 노자랍시구 몇 푼 꾸려갖구 올라왔
    읍죠. 그런데 일이 그만 안 될 판이라 그 돈을……

순경 알겠어. 소매치기 당했군 그래.

덕보 네, 그쯤 되었오이다.

순경 거 안 됐군. 여간 딱하지 않은데. (주머니를 뒤져 돈을 꺼낸다) 약
    소하네만 받게. 톡톡 털었네.

우칠 원 천만의 말씀을!

순경 나두 방맹인 찾을망정 인정두 있구 눈물두 있는 놈야. 자 어서!

우칠 이래서야 어디.

순경 그럼 알겠나? 아까 내가 한 말 각별 유념들 허란 말야. (퇴장. 이때

까지 문뒤에서 이 광경을 내다보고 섰던 박씨 급히 나온다)

박씨　여보게들, 이거 큰일났구려, 저 방 손님이 대관님이시라면서? 대관님이 어쩌자구 거동하셨을까? 무슨 조사가 있나?

우칠　조사가 다 뭡니까? 순경이 그러는데 각하께선 혹종의 조사지사가 유하답시는데. 암만해두 아주머니가 무슨 죄를 졌나 봐.

박씨　내가? 난 아무 죄도 없는데. 여보게, 혹시 아무죄두 없는 것두 죄가 될까?

덕보　그야 모르죠. 망아지 보구두 사슴이니라 하면 사슴으로 돼버리는 세상에.

박씨　오라, 그런 까탈이군! 요새 무허가 건축을 잡아내는 무슨 기간인가 뭔가 하다더니. 아, 어저께만해두 저 아래 복실이네가 철거덕 철거당했지 뭐유. 이거 야단났구려. 어쩌다 요리 된 판에 걸렸을까? 일은 필시 조놈의 눈물인지 콧물인지 때문야. 글쎄 허구헌날 어디서 저런 호랭일 몰구 올게 뭐람! 아이구 무시무시해라.

덕보　아주머니, 별 수 없어요. 우리두 하마트면 큰코 칠 뻔 했거든요. 이왕 이쯤 됐으니 그저 살려주십사구 손야 발야 애걸하는게 수죠.

우칠　암, 그렇구말구! 눈물 콧물로 반죽해서 슬슬 구슬리는게 제일이죠. 우선 이층으로 올리모셔여.

박씨　순남아. 얘 순남아.

순남　(나온다) 벌써 차 시간야, 엄마? 어저씨, 옥화가 죽었어. 애기랑 업은 채. 동네 사람들이 시체를 찾았지 뭐야.

박씨　욘석아, 잠꼬대같은 소리 작작 하구 빨랑 이층으로 가서 방소제 말끔 해. 헌 이부자리 이리 끌어내리구.

우칠　서둘러. 어서!

순남　이층 손님은 아주 간 거야?

박씨　서둘러라! 서둘러! (순남이 이층으로 오르고 박씨 부산을 떨며 안

방으로 든다)

덕보 　돌다리두 두드려 보구 건느랬는데, 까딱 잘못했더면 우린 콩밥 먹었지 뭐야. 팔다리가 달달 떨리네.

우칠 　머리가 고장인가 봐. 귀에서 개똥 엄마가 애고 애고 운다. 제발 마누라야, 울지 좀 말아도우. 닌 박복해서 날 만났구, 난 박복해서 요런 세상 만났는데 울어 무슨 소용이고. 니가 울면 내 가슴이 뿌사진다. (돈에 생각이 미쳐) 여보게, 우리 요걸루……한잔 할까? 기분을 낼까?

덕보 　그러세. 민숭맨숭한 요따우 세상에 두구 볼게 뭐람! 진탕 때려마시세. (그들 구름다리를 건너간다. 박씨 새 침구를 머리에 이고 이층으로 오르고, 순남이 헌 침구를 둘러메고 층계를 내려온다)

박씨 　요것아, 살살 좀 걷지 못해!

순남 　참, 왜들 이러는지 모르겠네.

박씨 　눈치두 꽤나 무디네. (순남이 귀에 대고 소근소근) 그런 판세야, 지금이.

순남 　암행어사라구? 에그 쎈데. (둘 갈라져서 아래 위로 퇴장)

손님 마당으로 나온다.

노을은 이미 사라지고 땅거미지면서 파란 달빛이 무대를 비친다. 손님 평상께로 온다.

손님 　날이 어두웠군. 하늘에 은하수가 촘촘하구 달빛조차 그지없이 낭낭하네. 비비구 덥치구 들어선 거리의 번잡을 떠나 이 얼마나 후련허니 앞뒤가 트였는가! 아름다운 강산이로다. 복받을 밤이로다. (이층에서 요강을 들고 내려오던 박씨 손님을 보자 그 앞으로 와서 굽실거린다)

박씨   대관님! 이층으로 오르십쇼. 이층이 비었읍니다. 앞뒤가 탁 트인 이
       층이 비었읍죠.

손님   허지만 아래가 맘에 드는데.

박씨   그러지 맙쇼. 입은 비뚤어져두 말은 바르게 하랬다구 이층이 행결
       깨끗허구 다다미두 새루 깔았읍죠. 어서 오르사와요.

손님   다다미가 새로와서 자랑꺼릴건 없잖우? 정녕 새로와야 할 건 우리
       들의 머리, 가슴, 그리고 우리들의 꿈이지.

박씨   황공하옵니다. 하찮은 기집년이 복이 없아와서 아들 하나 데불구
       세파에 부대끼려니까 이런 잘못 저런 잘못 오만가지 잘못이 수두
       룩하올 줄로 아옵니다. 너그러이 눈을 감아 주십쇼.

손님   그런데 안주인.

박씨   네, 여기 있읍니다.

손님   보아하니 이 일대는 공장지대였나분데 언제쯤부터 사람이 살기
       시작했지?

박씨   그러니까……말씀하시자면……지 집을 언제쯤 세웠느냐 그런 말
       씀이옵죠니까?

손님   그런 말두 되겠지.

박씨   네, 그저……그럭저럭 한 사, 오년 됐을까 봅죠. 우리 애아범이……
       그러하옵죠……애아범이 세상을 하직하던 해 봄께 세웠으니까요.
       당신은 이 집을 짓구 나서 며칠 살아 보두 못했답니다. 웬 일인지
       난데없이 신열이 팔팔 끓는다, 피를 토하신다, 얼굴이 파리하니 혈
       색이 가신다, 팔 다리가 축 늘어진다, 그러더니 그만 세상을……에
       그, 약 한 첩 변변히 자시기나 했다구……

손님   아, 울지 마루. 그만허면 알겠오. 말하자면 무허가 건축이구려.

박씨   에그 대관님!

손님   어쨌든 지대가 높직허니 자리 하나는 명당자릴 잡았는걸.

박씨　　대관님……한번만 봐주십쇼. 목구녁이 포도청이라 예서 쫓겨나면
　　　　이 불쌍한 것이……제발 굽어 살피십쇼.

손님　　허, 울지를 말래두! 자꾸 그러면 나마저 심란허구먼. 자, 들어가 일
　　　　이나 보게.

박씨　　그럼 지 집은 그냥……?

손님　　그렇소. 내 남순경에게 좋게 얘기허지.

박씨　　고맙소이다. 대관님! 대관님의 은헬랑은 결초보은하겠나이다. 그럼
　　　　소녀는 물러가옵니다. (퇴장)

손님　　여자의 진실은 웃음에 있지 않고 울음에 있는 것을……. 가슴이
　　　　울먹울먹허구나.

　　덕보와 우칠이 술이 곤드레기 되어 가지고 구름다리에 나타난다.

우칠　　여봐라! 예가 어디쯤인고?

덕보　　여긴 칠월칠석에 견우 직녀 연애하는 오작교로다.

우칠　　그럼 본관들이 오작교를 건느고 있단 말인가?

덕보　　오작교를 건너서 대관님 뵈러 가는 길일세.

우칠　　대관님은 뭣 허러 뵈는고?

덕보　　고향 갈 노잣돈이나 알궈낼까 그런다네.

손님　　저게 어떤 자들야?

우칠　　그 방법을 말하여라.

덕보　　쉿!

우칠　　뭐?

덕보　　각하께서 저기!

우칠　　이걸 어쩐다지? 도루 건너갈까?

손님　　자네들! 이리 좀 오게.

우칠   각하! 날이 어두워 가옵니다.

덕보   중천에 허영청 달이 높이 떴아옵니다.

손님   자네들은 이 고장 사람이 아니랬겠다. 그래 뭣허러들 서울은 올라 왔나?

우칠   다름이 아니오라……혹종의 구경지사가 유하야서 올라왔읍니다.

덕보   네 각하.

손님   혹종의 구경지사? 그게 뭔가?

덕보   저희들 말로서는 박람회 구경이라 그럽죠.

우칠   네 각하.

손님   허, 허어……이 사람들 어지간히 유식이 풍부한 사람들이군. 그래 여지껏 시골서 뭣들을 했는가? 농사를 지었나?

덕보   농사래 별것 아닙죠. 아침에 나가 밭을 매구 저녁에 들어와 잠이나 자구 고작 그런 형편이었오이다.

우칠   네 각하.

손님   때는 바야흐로 요·순시댄가 보군. 핫핫핫……태평연월일세. 좋아 좋아. 농자는 천하지대본이라 자네들의 흙묻은 손이야말로 나라 의 보배일세. 그래 정치에 대한 관심들은?

우칠   점치는 일은 질색이옵죠. 점쟁이는 모두 거짓말쟁이로 압니다.

덕보   네 각하.

손님   머, 점쟁이라구?

우칠   에그, 그, 각하……

손님   정치와 점쟁이가 같아? 이리들 오게. 썩 가까이. 자네들 술을 먹었나?

덕보   실은……

손님   아, 잔소리 말구. 먹었나? 안 먹었나?

덕보   그저 얄팍하니 살짝……

우칠   실은 사정이 좀 있아와서……

손님	들을 것 없네. 주정뱅이의 말은 요염한 계집의 웃음, 요염한 계집의 웃음은 가시가 돋혔는 법야. 이리들 오게. 말보다는 실증—자네들의 분별력을 재겠네. (탱크 밑으로 가서 스틱으로 탱크를 친다. 꼬리를 끄는 둔탁한 금속음) 이게 무슨 소리지?

덕보	쇳소리올시다.

손님	틀렸네. 술귀로 듣지 말구 정신을 바짝 졸라매란 말야. 일테면 가슴으로—귀로 듣는 사람은 영혼이 곰팡이 슬은 사람들, 시궁창 냄새가 나지. (다시 친다) 자네 말하게.

우칠	공기가 우는 소리옵니다.

손님	가엾은 친구들이군. 자, 저만치 머리들을 위로 쳐들게 뭐가 뵈지?

덕보	달두 뵈구 은하수두 뵙니다.

손님	거긴 어딘가?

우칠	하늘이옵니다.

손님	아래를 굽어 보게.

덕보	땅이옵니다.

손님	이제 좀 정신이 드나? 잘 들게. 구천(九天)과 구천(九泉)의 다릿목은 급류가 소용돌이치는 법, 물소리에 밤이 새는 거라네. 급류를 굽어보는 언덕 바지에 천년 가시잖는 밤의 휴식이 날개를 접구 있다 그런 말야.

덕보	무슨 말씀이온지 점점……

우칠	각하, 용서하십쇼. 술 한잔 걸쳤더니 분별력이라구 싹 달아났나 봅니다.

손님	그럴 테지. 자네들은 세상을 꺼꾸루 사는 사람들, 흙 묻은 손을 술로 씻어 버리는 자들이니까. 아래하 자를 위로 접어 놓구 윗상 자로 우기지 말란 말야. 아래는 아래구 위는 위야. 알겠나?

덕보	네, 각하!

우칠 네, 각하!

손님 좋아. 물러들 가게.

우칠 그런데 저어 각하……

손님 뭔가?

우칠 다름이 아니오라…… 갑재기 이런 말을 여쭤서 황공하옵니다마
는……

손님 계속하게.

덕보 실은 시골서 올라올 때……

손님 그래서?

우칠 노자랍시구 몇 푼 꾸려갖구 올라 왔아온데……

손님 술로 날렸더라 그런 말이지? 에끼, 자네들! 그래 고작 하는 노릇이
고것 뿐인가?

덕보 원, 천만의 말씀이옵니다.

손님 그게 아니라구?

우칠 각하! 절대로 그것만은 아니올시다.

손님 절대로? 그래 좋아. 그럼 내 자네들에게 시골 내려갈 노자푼이나
보태줌세. 이리들 오게. 자네들의 날름거리는 그 주둥아리가 참으
로 가상허이. 뎔 따르게. (탱크 뒤로 사라진다)

덕보 여보게, 잘못 걸렸네. 이길루 끌구 가서 가막소에 쿡 처박음 어떡
허지? 괜히 자는 범 코침 주었네.

우칠 재수 할아베……종아리에 뜸질이면 치왔버리구 고향 갈 노잣돈이
나 선심 쓰이소. 처자가 기다리구 있다니께요(그들도 사라진다)

구름다리에 여자B 나타난다. 홍조 띤 얼굴에 담배를 꼬나문채 난간을
붙잡고 하늘을 우러러본다. 청년 헐덕거리며 나타난다.

청년　현숙이! 하 참, 빠르기두 허네. 차샷 치를 동안에 벌써 여기야?

여자B　멋진 밤야. 매끄럽구 촉촉한 이 보라빛 감촉! 손을 휘저으면 밤이 손끝에 주름잡히겠지? 휘…휘……. 아아, 나두 한 알 티끌이었으면…….

청년　현숙인 언제나 로맨틱허단 말야. 그럼 나두. 창을 열면 눈 아래 거리의 불빛이요, 하늘에 쟁반같은 달이로다. 마돈나여 오라! 나의 치침실로! 오오 오라!

여자B　아이 어쩜! 시두 곧잘 읊으셔. 여자에두 꽤 친절하시구. 참 좋은 양반야. 아이 러브 유(청년의 볼에 키스)

청년　그나저나 현숙이. 우리 밀월여행 말야……거 어디가 좋을까? 내간엔 며칠째 곰곰히 생각해 봤는데 도무지 갈팡질팡하단 말야. 산은 산대루 좋구 바다는 바다대루 좋구, 또 온천은 온천대루……

여자B　달로! 은하수로! 로케트로 달리세.

청년　오오, 나의 재롱둥이! 현숙인 나의 별, 나의 마리아야.

여자B　어느 마리안데?

청년　어느 마리아라니?

여자B　막달라·마리아는 성모 마리아가 아니거든. 성모 마리아는 요셉이라는 나사렛 사람의 아내루서 꿈에 하느님의 은혜를 받으시구 예수님을 잉태하셨지.

청년　그래—?

여자B　누가복음 첫머리에 이렇게 있어. 가브리엘이란 천사가 하느님의 보내심을 받구 마리아에게로 와서 이르길—마리아여, 무서워 말라. 하느님의 은혜가 항상 너와 함께 있을지니, 보라, 네가 수태하여 예수를 낳으리라. 그 말을 들은 마리아는 깜짝 놀라서……

청년　나두 깜짝 놀랐는걸. 현숙인 성경두 환히 외구 있단 말야. 질렸는데. 아니! 어델 가, 현숙이?

여자B	취하구 싶어서. 해파리처럼.
청년	그럼 또 술을?
여자B	술이 아니라 달빛을. 그리구 밤을.
청년	나랑 둘이서?
여자B	노! 나 혼자서.
청년	나 혼자서? 현숙이, 내 성의를 무시하나?
여자B	당신의 성의 좋지만 당신 머리의 포마드 냄새 고약해. (흔들흔들 사라진다)
청년	썅! 번번이 끝판에서 토라져! 에잇 기분잡쳤네. 저놈의 똥갈보들을 내 그저! 에잇 재수없어. (쿵쿵거리며 층계를 오른다. 박씨 나온다)
박씨	늦었구려 젊은이. 난 아주 안 오는 걸루 알았다우.
청년	뭐요? 내가 안 와요?
박씨	그래서 대관님께서 드셨지 뭐유.
청년	아니, 내 방에?
박씨	대관님이 민정시찰 나오셨다니까. 순경나으리가 모시구 왔어.
청년	아니, 이것들이 미쳤나? 설쳤나? 뭣이 어째? 어엿이 맞돈으루 잡은 방을 뭐 딴 놈이 들어?
박씨	쉿! 대관님 들으시겠우.
청년	나두 배짱이다. 대관이구 낫자루구 여긴 내 방요!
박씨	여보게 젊은이⋯⋯제발 우리 사정 좀 봐주구려.
청년	머 사정? 헹, 사정이라구? 세상에 남의 사정 봐주는 놈두 다 있었나? (옷을 훌훌 벗는 것이 창너머로 보인다)
박씨	이걸 어쩌나?

이때, 탱크쪽에서는—먼저 마당에 손님 나타난다. 그리고 손님의 대사
에 따라 두 시골 사나이가 나선 층계를 돌아 탱크 허리께에 나타나는

데, 덕보는 짚단을 듬씬 안았고 우칠이는 뼁끼통에 귀얄을 들었다. 그들은 수건으로 골통을 질끈 동였다.

손님   자 술취한 친구들! 한발작, 한발작 정신을 가다듬고 가슴에 힘을 주어 개선하는 장군인양 앞으로 나오게. (두 사나이 마치 나무때기가 걸어가듯 근엄한 자세로 나타난다) 사물에 대한 판단력은 건재한가? 바른 손, 왼 손의 구별은 지어지나? 머리와 발의 소재는 알만한가? 맡은바 임무를 말하게.

덕보   (복명하는 군인의 자세로) 탱크의 녹을 닦아내는 일이옵니다.

손님: 다음 사나이.

우칠   닦은 뒤를 뼁끼로 노랗게 칠하는 거옵니다.

손님   됐어! 자네들의 기개는 높이 살만허이. 작업은 내 구령으로 시작하는 것일세.

덕보   (꼿꼿한채로) 각하! 새다리에서 삐적삐적 무슨 소리가 나나이다.

손님   딴 걱정! 달은 허공에 걸렸어두 떨어지질 않아. 그건 하나의 신념야. 신념의 위력은 그것을 믿지 않는 사람에까지 작용하는데 있거든. 그럼 준비는 좋은가? 일이 손에 오르면 앞소리 뒷소리가 저절로 따르는 법―. 하나, 둘, 셋!(창백한 달빛 아래 드디어 앞소리 뒷소리도 신나게 이 기묘한 광경이 연출된다)

우칠   여보게.

덕보   왜?

우칠   내뺄까?

덕보   쉿!

손님   작업에 잡담은 금물―능률을 저해하지. 날름거리기 쉬운 입일랑 일자로 봉하구 눈에 횃불을 켜서 오로지 한 점을 노려보구……한 점을 노려보구……한 점을…… 앗 차 깜짝 잊었었군 그래. 자네들!

자네들의 성과는 자네들 자신에게 맡기겠네. (방으로 든다. 박씨
탱크 밑으로 온다)

박씨 이게 웬 일들유. 대관절?

우칠 국력을 위해 보건체조하는 거 올시다. 하나 둘, 하나 둘!

박씨 참, 별난 일두 다 있군그래. 공장을 다시 세우나 원. 그런데 나 좀
보슈. 아까 그 건달녀석 말유. 녀석이 대관님 잠자리에 떡 뻗었지
뭐유. 아무리 좋게 타일러두 끄떡두 않는다니까 좀 내려와 봐 주
구려.

우칠 너 잘 걸렸다. 화나는 판에 요놈의 새끼를 내 그냥! 아주머니 걱정
마슈. 내 고놈을 달랑 안아다가 옴씬두 못하게, 전봇대에 꽁꽁, 요
리 묶구 조리 묶어, 아베요 할아베요, 눈물 콧물 짜 줄테니. (내려
와서 층계밑으로 간다) 임마, 내려와! 개뻑다구야, 내려오란 말야!

청년 (머리를 내민다) 누구? 나?

우칠 어디서 말오줌에 재맥질할 꼴뚜기 같은 놈아. 썩 내려와!

청년 오냐, 잘 걸렸다. 주먹이 근질근질하던 판에 한 녀석 걸려 들었구
나. (빤쓰바람으로 내려온다)

우칠 나로 말하면, 우리 읍내 씨름판에서 황소 일곱바리 탄 황우칠이란
어른이다. 자 덤벼라! (둘 맞붙어서 치고 받고 한다. 날쌘 청년의
펀취. 우칠이 그 사이를 뚫고 들어 청년을 덥썩 안아 올린다) 요
발정한 똥개새끼 같으니. 네 잠자리 알려주마. (청년을 안은채 집뒤
로 사라진다)

박씨 같잖게 너덜거러더니. 에그 싸지 싸. 이게 어느 판이라구 글쎄…….
(박씨 방으로 든다. 청년의 다급한 고함소리가 들려온다)

순경이 딸과 의사를 데리고 등장.

순경   여기 계십니다. 언뜻봐선 잘 모를 겝니다. 수염을 깎으셨더군요.
     (의사에게) 선생님, 각하라구 불러얍니다.

의사   나로서두 예비지식이 필요한데. 오래됩니까, 그러신지?

순경   관직에 계실 땐 괜찮으셨죠. 저는 호위로 모셔서 잘 압니다. 따님
     께서 좀 말씀하실까요?

딸   저로서는 모든게 연달은 불행과 재앙 때문이랄 밖에 더 없어요.

순경   말하자면—그렇죠. 관운은 기울어지시구 선거엔 낙선하시구, 게다
     가 제 짐작같아서는…… 이런 말씀 드리기가 따님껜 좀 안됐읍니
     다마는……

의사   지금은 숨길 때가 아닙니다.

순경   아마두……여자관계에 좀 실수가 있으신게 아닌가 그런 생각두
     듭니다. 그러나 그보담두 더 결정적인 것은 아마 외아드님 사건이
     아닐까요?

의사   어떤 사건이죠, 그게?

딸   두 분께서 늘 새가 좋지 못했어요. 사사건건 충돌이 심하시구……

의사   오, 그래서 아드님이 자살이라두……?

순경   자살은 자살인데……말하자면 방화 자살이랄까요? 아뭏든 재물
     과 인명을 한꺼번에 잃은 셈이죠.

의사   알겠읍니다. 그래 증세는요?

딸   마냥……호랑나비를 잡으신다구 저렇게……

의사   호랑나비요?

딸   불길처럼 눈이 부신 그런 거래요.

순경   (손님방 문을 연다) 각하! 따님께서 오셨읍니다. (벽을 노려보고
     단좌하고 있는 손님)

손님   쉿! 떠들지들 마. 파르릉거리는 저 날개소리가 안 들려?

의사   벽지의 꽃을 노려보구 저러시는군요. 입원하셔야겠는데요. 일종의

충격에서 오는 망상증입니다. 저랑 같이 떠나실까요, 각하?

손님 누구요, 당신은?

의사 호랑나비의 소재를 말씀드리고자 온 사람입니다.

손님 당신이 호랑나비를? 아니 어디서? 땅에는 없을 텐데. 잡구 보면 가짜들 뿐이거든. 진짜는 말야…… 천년에 한마리 보기두 힘들껄. 밤의 장막을 타구 남몰래 날아내리거든.

의사 각하! 빨리 가셔야지 아니면 놓질 거 올시다.

손님 색깔이 노랗구 날개에서 반짝반짝 광채나는 놈이래야지.

딸 그래요, 아버지. 저두 봤어요.

손님 너두 봤다구? 자네두 봤나?

순경 네, 각하!

손님 오. 드디어 나타났군! 이 복된 밤에 드디어 나타났군……. (밖으로 나온다. 의사에게 부축되어 천천히 발걸음을 옮긴다)

〈얼레레……

호랑나비가 나타났다는군……

호랑나비를 잡으러 갈거나.

호랑나비가 나타났다는군……〉

우칠 (손을 톡톡 털며 집뒤에서 나온다) 에잉, 포마드 냄새! 아니, 각하께서 웬 일야?

덕보 이거야, 이거. (돌았다는 시늉) 알구보니 종이 호랑이라네.

우칠 머, 종이 호랑이?

순경 그럼 전 예서 순찰이나 돌까 합니다.

딸 여기 계신 줄은……역시 신문이셨나요?

순경 아, 네, 그쯤 됐읍죠.

딸	고마웠어요. 나중에 찾아 뵙겠어요.
순경	뭘요. 아뭏든 자주 뵙죠. (딸 퇴장)

덕보
우칠 } 앗차!

순경	임자들 달구경 허나? 참으로 밝은 달야. 실컨 구경들 허게. (휘파람도 신나게 방맹이를 후두르며 구름다리를 건너 사라진다)
우칠	(이마를 치고 풀썩 주저앉는다) 아이쿠, 새대가리야! 이만원 놓쳤구나! 개똥아, 마누라야, 이를 어쩔꼬? 으, 흐, 흐, 흐……
덕보	(꼿꼿이 선채 두 눈만 껌벅거린다) 세상이 노랗다. 집두, 나무두, 달두, 왼통 다 노랗구나!
우칠	(손님이 버리고 간 가방에 눈이 가서 집어다가 마구 메다친다) 요것아! 아닌 밤중에 멀쩡한 사람을 체조시키는 요 괴물단지야! (덕보도 가세한다. 가방이 터지면서 광채도 찬연한 금종이로 오린 무수한 호랑나비가 쏟아져 나온다. 발로 짓밟는다. 집어서 홱 뿌린다. 박씨와 순남이 뛰쳐나와 놀란 토끼 눈으로 이 광경을 바라본다. 집뒤에서는 청년의 목쉰 고함소리가 고래 고래 들려오고……)

눈발처럼 날아내리는 호랑나비의 난무—조명을 받아 더욱 눈부시다.
날카로운 기적, 굉음, 그리고 검은 연기가 무대를 감싸 버리며—천천히
막이 내린다.

症勢 (一幕)

『現代文學』113號, 1964. 5

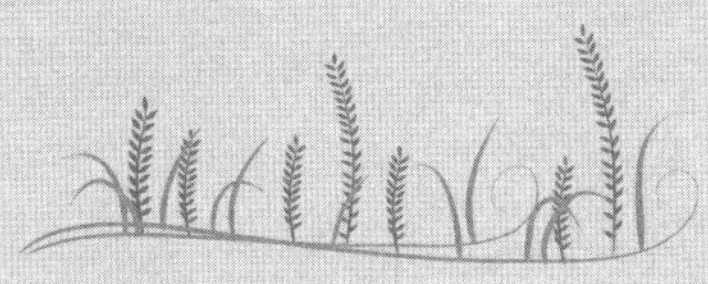

나오는 사람들

남자

여자

친구

식모

때 별이 총총한 여름밤.

곳 남자의 집 거실.

남자, 친구를 맞이하다.

남자 여, 이거 오랫만일세. 어서 들어오게. 자네가 내집엘 어쩌다 이렇게
……

친구 밤 늦게 불쑥 뛰어들어 미안해. 실은 요앞에 볼 일이 있어 왔다가
자네가 보고파서……

남자 반가워. 그렇잖아도 한번 만났으면 했는데. 어서 앉게. 그래 요새
병원 재미가 어때? 상대가 정신병자들이라 만만찮을껄!

친구 말 말게. 만만이고 딱딱이고 당최 기진맥진일세. 세상에 정신분열
증만큼 다루기 고약한 병도 없거든. 자나 깨나 옆에 딱 붙어 있어
야지 아니면 엉뚱한 장난을 논단 말이야.

남자 욕 보네. 실은 우리집 대문에도 이따금 새파랗게 젊은 여자가 알몸
으로 나타나는데 거 참 보기가 여간…… 글쎄, 몸을 비비 꼬고 춤
을 춘답시고 야단이라니까. 골목안 조무래기들이 구경이 났다고
온통 난리들이지. 그런데 거 뭐야, 그렇게 도는 것도 말하자면 사
회적 메카니즘 탓이겠지?

친구 암, 그게 대부분이지. 물론 유전성도 더러는 있지만. 이를테면, 사
회환경은 급변하는데 미처 거기 적응 못하고 욕구불만이 좌절된
채 안으로 꼬들아붙었다 할까…… 아무튼 그만큼 머리의 스위치
가 약간 잘못 꽂힌 거라네.

남자 머리의 스위치?

친구 가령 그렇다는 얘길세. 사람의 머리도 실상 따지고 보면 저 전자계
산기와 구조가 비슷해서 굉장히 배선이 복잡하거든. 약간만 접선
이 빗나가도 엉뚱한 고장을 일으키지. 그리고 비단 그런 고장이 사
람 개인에 있어서 뿐이 안라, 집단이나 사회에 있어서도 비일비잰
걸. 피해야 그쪽이 더 크게 마련이지. 그건 그렇고, 자네 요새 왜 그
리 볼 수 없나? 두문불출인가?

남자 거 뭐, 거리바닥이나 어정어정 쏘다녀봤자 별수 있던가! 서울거리

도 아닌게 아니라 요샌 정나미가 똑 떨어졌네. 매사가 하나같이 아니꼽고……

친구   거 어째 징조가 그리 좋지 못하이. 그래선 못쓸텐데. 이 지겨운 삼복더위에 진종일 방안에 틀어박혔노라면 머린들 오죽 무료할라고! 그래서 괜히 껄렁껄렁한 잡념들을 불러 들이거든. 잡념이란 가지가 뻗기 시작하면 이파리가 달려서 하늘마저 막아버리지. 참, 듣자니 어느 신문사에선가 자넬 나와 달랜다는 소문이던데.

남자   허지만 사절했네. 신문하고도 담을 쌀까 해.

친구   아니 왜?

남자   폭력과 무법이 판을 치는데 내가 뭐를 할 수 있나말이야! 스스로 피에로가 되고자 뛰어들어? 언론의 자주성이라고 그림의 떡이 다 된 판에.

친구   허긴 자네로서야 그럴만도 하지. 애꿎이 관의 비위를 건드렸다고 그토록 잡혀가서 고생했겠다, 그나마 목마저 잘렸으니……

남자   헹, 그렇다고 누가 그리 호락호락 꺾일성싶어, 천만에 말씀야. 그야말로 총칼을 들이대고 위협한대도 당나귀 뒷다릴 가리켜 염소 다리라고 맞장굴 치진 않을껠! 가만— (창가로 가서 어두운 밖을 살핀다)

친구   뭐야, 갑자기?

남자   인기척이 났는데……마누란가 했지 자네 시계 갖고 있나?

친구   열한시가 조금 넘었네.

남자   얼마나?

친구   오분일세.

남자   그 시계 맞나?

친구   암 ,맞지. 아까 라디오에 맞쳤으니까.

남자   그래.

친구   무슨 걱정이 있나?

남자   아닐세, 아무것도. 우리 클클한데 콜라나 한 잔 함세. 얘 옥아! 옥아!

식모   (소리만) 왜요, 아저씨?

남자   콜라하고 고뿌 두 개 가져와. 그리고 고뿌는 말이다, 행주로 쓱쓱
      문지르면 못 써. 행주로 닦으면 행주티가 묻어나거든. 수돗물로 칼
      칼 헹구란 말이다. 알았니?

식모   (소리만) 네, 알았어요.

남자   이집들에선 매사가 이렇게 귓전이 쩡쩡 울리도록 고함을 질러야지
      아니면 아주 죽이거든. 국그릇에 파리가 뜨는 것쯤 예사라네.

친구   참, 이제 생각나네만 부인이 요새 명동거리에 다방을 냈다문서? 경
      기가 어떻대?

남자   경기고 뭐고 두 손 들었네. 계집년이 집에서 살림은 꾸리잖고 괜히
      허파에 바람이 차 가지고 노닥거린다니까. 그나마 하찮은 물장수
      에 미쳐서. 덕분에 집안 꼬라진 아주 쑥밭이라네. 집이라고 알기를
      고작 무료숙박소거든. 그러고도 입은 살아서 쩍하면 즈 아버지 유
      세라나! 어머, 우리 아버지가 될 대줘서 다방을 내는데 당신이 왜
      그리 배를 앓죠?— 이런 식일세.

친구   아하하…… 하기야 그럴만도 하지 뭐야? 그만큼 든든한 아버질 뒀
      으면. 아무리 외동딸이 귀엽다고 출가타인이라는데, 이렇게 덩그랗
      게 집을 지어줬겠다. 또 자네가 실직하자 꼬박꼬박 생활비를 대주
      겠다. —세상에 그런 위인이 어디 그리 흔턴가? 자네야말로 앉아
      서 땡잡은 행운알세.

남자   원, 모르는 소리 작작 해. 내 위치는 내가 알지 아무도 모른대도!
      구태 머릴 숙여가문서까지 처갓집 북에 춤춘다는 소리 듣기 싫단
      말이야. 몇푼 던져줬다고 그것 봐란듯이 뒤에서 이죽어리는 알량
      한 자비심이 이젠 신물 나이.

식모 등장.

식모　여기 가져왔어요.

남자　참 얘!

식모　네?

남자　내일 아침 찬 말인데, 찬거리가 찬장문을 열고 왼쪽으로 셋째칸 맨 구석에 있느니라. 그걸로 살짝 데쳐서 기름간장에 무치는 것 알지?

식모　네, 저번에 아저씨가 하시는 걸 봐서 저도 알고 있어요. (퇴장)

친구　아니 여보게, 자넨 그래 부엌일까지 죄 손수 하고 있나?

남자　그럼 어떡해? 할 사람이 어디 있어? 마누라? 천만에. 백어같은 손구락에 밤낮 매니큐어로 칠인데 그저 값싸게 놀려? 아주 유리장 속 인형 아가씨로 자처하거든. (슬그머니 화가 치밀어) 도대체 요놈의 세상이 어쩌자는 거지? 밖에 나가나 집에 들어오나 온통 거꾸로 돼먹었으니! 어디 진실과 허위, 양심과 사악, 발전과 퇴보가 구별이 되나 말이야. 가짜가 진짜가 되고, 진짜가 가짜가 되고, 게다가 아부배들이 망둥이 고래등 타고 너덜거리듯 설치잖나.

친구　비분강개한들 무슨 소용이야? 그저 둥글둥글 살아갈밖에.

남자　참으로 희한한 세상에 태어났지. 자 드세. 참, 지금 몇시지?

친구　또 시간이야? 대관절 왜 자꾸 시간을 찾지?

남자　글쎄, 그럴 일이 있어.

친구　십분일세.

남자　일이 벌어졌군.

친구　일이? 무슨 일이?

남자　마누라가 사고를 저질렀네.

친구　사고라니? 교통사고 말인가?

남자　미안하지만 전화 좀 걸어주게. 여기 번호 있네.

친구 이게 어딘데?

남자 마누라 다방일세.

친구 자네 부인 다방에 내가 전화를? 그건 왜?

남자 암말 말고 어서. 실은 난 아까부터 여러차례 걸어놔서 저쪽에서
      내 목소릴 빤히 알고 있어서 그래. 자넨 그저 내가 시키는대로 받
      으면 돼.

친구 그래? (다이알을 돌린다) 나왔네.

남자 매담 바꾸라게.

친구 여보세요⋯⋯매담 바꿔 줘요. 나가고 없다는데.

남자 또 나가고 없다야? 언제쯤 나갔냐고 물어.

친구 여보세요⋯⋯매담 언제쯤 나갔죠? 서너시간 실히 될 거라는데.

남자 오라, 그때 나가서 여적 안 돌아왔군. 그럼 어디로 갔느냐고 물어.

친구 여보세요⋯⋯매담 어디로 갔죠? 여기요? 여기가 어디냐고 묻네.

남자 제길, 종로 박이라고 해 둬. 오늘밤 만나기로 했는데 여태 안 와서
      그런다고. 참 이봐, 나갈 때 혹시 이리 온대는 말 없었냐고 슬쩍 때
      려 봐.

친구 여보세요⋯⋯ 끊어버렸네.

남자 눈치챘군. 고 깜찍한 것들이 미리 짜고 논다니까. 좌우간 여편넬
      말이야, 오늘밤 여덟시부터 내쳐 세시간 동안을 행방불명일세.

친구 행방불명? 거 무슨 말이야? 도무지 얼얼해서⋯⋯그리고 느닷없이
      종로 박은 또 누구지?

남자 그럼 내 사실대로 얘기하지. 어차피 이 일을 자네하고 상의하려던
      참이니까. 실은 요새 마누라에게 좀 향기롭지 못한 일이 생겼다네.
      뭐랄까, 일종의 스캔달이랄까⋯⋯제삼의 사나이가 나타났거든.

친구 거 꼭 어느 영화제목 같군 그래.

남자 차라리 영화제목이기나 했으면 오죽 좋겠나만⋯실인즉 그동안 줄

이 끊어졌던 마누라의 그 옛날 보이후렌드가 다시 나타났다네. 박이라고 종로에 오층 삘딩을 갖고 있는데, 글쎄 일이 공교롭자니까, 마누라가 다방 자릴 물색타기 덜컥 해후했지 뭐야!

친구 음, 그래서?

남자 마누라로 말하면 가뜩이나 마음에 구멍이 뚫렸던 판이라 그 뒤 계속 만나거니 헤지거니 그러고 있단 말이야. 어디 그뿐인가! 가장 마땅찮은 것은 박가놈인즉 알고 보니 얼마전에 상처한 처지거든. 그래, 내 조사에 의한다면 작년 겨울 섣달 그믐날에 죽었지.

친구 거 매우 자상한데. 그래서?

남자 그쯤 됐으니 뒤가 구리다는 걸세. 어때, 안 그래?

친구 글쎄……그런 것 같기도 하고……알쏭달쏭해. 아까 자네 말이 무슨 스캔달이니 뭐니 그랬는데……

남자 아따, 갑갑도 하네. 이봐, 내 하나 묻겠는데, 자넨 도대체 우리 마누랄 어찌 보고 있나?

친구 어찌 보다니?

남자 그냥 참하기만 한 줄 아나?

친구 그야 물론이지. 참하고 현명하고 매력적이고—세련된 교양이며 예리한 사리판단이며 가히 칭송할 만하지. 이 점은 무어 지금 비로소 얘기가 아니라 내가 부인을 자네에게 첨 소개할 당시에도 같은 얘기였을걸.

남자 처녀시절은 빼게. 여자란 처녀 적만으로 왈가왈부 못한대도 그래. 처녀시절이란 마치 짙은 신부화장과 같아서 곰보도 미인이 되고 검둥이도 흰둥이로 둔갑하기 십상이거든. 허지만 신부녀울을 벗어 던지는 날이면 화장도 싹 지워지지. 그래서 핏속에 물려받은 이브의 배신의 본성을 드러내어 간에 가 붙고, 염통에 가 붙고, 교만과 허영과 배신으로 세상을 요리해 잡숫거든. (호주머니에서 편지를 꺼낸다) 보게! 아직도 내 말이 못미덥거들랑.

친구　뭐야?

남자　편지야. 박가놈이 보내 온 추잡하기 이루 말할 데 없지.

친구　박가놈의 편지?

남자　어저께 보내 왔네.

친구　읽어도 좋아?

남자　어서.

친구　각박한 세파에 부대끼다 보니 희숙씨와의 누차의 대면도 마냥 사무적으로 흘렀구려. 우리만의 오붓한 시간이 아쉬워집니다. 행여 짬을 내시와 소생 집에 들러주실 수 없을는지…… 내일밤쯤 고대하겠습니다. 박남수 올림— 이거 정말 그저 일이 아닐세. 자네가 그렇게 펄펄 뛸만도 됐구만. 그러니까 뭐야, 부인이 여태 안 돌아오는 건 그 박가놈을 찾아갔기 때문이다 그런 말인가?

남자　여부 있나? 여지껏 열한시 넘어 돌아온 적은 없었다네. 아니, 찍어 말해서 열한시에서 일분도 늦지 않기로 애초에 굳은 약조를 받아놨지.

친구　잠깐! 그런데 이 편지…… 이게 대관절 어서 났지? 설마한들 부인이 내줄 린 만무하고, 혹시 흥신손가 뭔가……

남자　내 손으로 직접 잡았네. 눈치로 때려잡았지. 실은 어젯밤 일인데, 돌아온 마누라 눈치가 아무래도 여느때와 좀 다르겠지? 괜히 사람을 슬슬 피하고 몸이 고단합네 골치가 아픕네 하고 돌아오는 말으로 제방으로 가서 들어누워버리거든. 필시 무슨 곡절이 있으리라 짐작이 갔지만 아무리 생각해도 알 수 있나? 생각다 못해 밤중에 몰래—좀 체신에 안 되긴 안 됐지만, 눈을 딱 감고 여편네 방엘 갔었다네. 했더니 아니나 다를까 빽 속에서 이게 쓱 나오더군.

친구　거 용케 잡았는걸. 하마터면 멀쩡하게 속아넘을 뻔했군. 그래서 어쨌나? 냅다 때렸나?

남자 슬그머니 나와버렸지 뭐.

친구 그래? 그럼 그렇다 치고… 그리고 오늘 아침 부인 태도는? 무슨 수
상쩍은 데라도 없었나?

남자 이런 일이 있었지. 그러니까 그때가 여덟시 반 괘종이 하나를 쳤을
때였어. 사뭇 머리가 복잡해서 혼자 앉고 있는데, 느닷없이 마누라
가 저 문을 똑똑 두드리겠지? 참으로 넉달만의 일이지. (문께를 응
시한다)

괘종이 하나를 친다.
노크소리.

여자 (소리) 여보, 저예요. 들어가도 좋아요?

남자 그때 난 이렇게 생각했지.―옳지, 드디어 행동개시구나. 네가 만약
편지가 없어진 걸 알고 온다면 날 살살 구슬리고자 별의별 애교를
다 떨 게고, 아니라면 오늘밤 박가놈을 찾아갈 양으로 그럴듯한
까닭을 늘어놓겠지? 허지만 누가 네 술책에 넘어갈 줄 알고?―이
렇게 생각하고 짐짓 태연을 꾸몄지. (신문을 집어들고 헛기침질 한
다. 다시 노크소리) 들어오구려.

여자 등장.
친구 담배를 붙여 물고 구석쪽 소파로 가서 턱을 괴고 이 극중극을 바
라본다.

여자 잘 주무셨우? 아직 주무시나 했더니 오늘은 어째 일찍 깨셨구료.
그런데 이게 무슨 냄새야? 어머 당신도! 창이나 좀 열어놓잖고! 홀

아비 냄새가 방에 꽉 찼어요. (돌아가며 창을 연다) 참, 오늘 일기
예보 뭐죠?

남자 아침엔 흐리고 낮엔 개고 그저 그렇대.

여자 오늘도 개요? 참 야단났네. 요샌 어째 맨날 날이 개기만 할까?

남자 개서 야단일 게 뭐야? 산이나 바다로 기분내기 썩 좋지.

여자 그러니까 야단이지 뭐예요? 손님들이 죄 야외로 몰려가고 매상이
적어지는 걸요.

남자 흥! 것도 그렇군.

여자 뭐라고요?

남자 그럴 듯하다고. 차라리 비나 억수로 쏟아지라지. 아무도 밖에 얼씬
을 못하게.

여자 애개 싱겁긴! 꼭 남의 일처럼 멋이 없다니까. 그런데 여보—.

남자 뭐야? 할 말이 있걸랑 주저말고 어서 해.

여자 다름이 아니라, 당신 영숙이 아시죠? 가끔 집에 놀러 오는 제 동창
생 말이에요.

남자 그런데? 오늘밤 영숙이하고 만나기로 혹시 약속이라도 했나?

여자 그게 아니라, 영숙이가 어저께 애기 낳았어요.

남자 (힐끔 쳐다본다)

여자 결혼한지 칠, 팔년이 되도록 애기가 없어서 그렇게 속을 태우더니
작년에 수술 받고나서 이내 가졌대지 뭐예요? 어저께 저도 산부인
과엘 갔었는데, 애기가 어찌 실하고 귀여운지 참 부러웠어요.

남자 그래 몇 살인데?

여자 몇살이냐고? 아이고 맙시사! 당신은 대관절 남의 애기 어떻게 듣
는 거예요? 남은 기껏 기를 쓰고 덤비는데 통통 한다는 소리가 저
렇다니까.

남자 마치 꿔다 논 보릿자루처럼 말이렷다! 그래 난 보릿자루야. 재미라

고 통 없거든. 오가는 사람들 발길에나 툭툭 걷어채서 나딩굴고 들이굴굴지.

여자 어머, 누가 뭬랬게 혼자서 장단을 치고 이리 야단이실까?

남자 그러니까 애당초 내 뭬랬지? 나한테 사양할 것 없이,, 세상을 혓바닥에 올려놓고 날름날름 구슬려 잡숫는 멋장이 신사가 아쉽걸랑 좋도록 하래잖았어?

여자 또 그 구질구질한 소리 시작이네. 당최 귀가 따가와서 원! 대관절 뭣 때문에 그러슈? 왜 그리 오기만 잔뜩 차가지고 사람을 시기하고 그러죠? 제가 잘못한 게 뭐예요? 그래 집안 살림이나 보탤까 해서 다방을 낸게 잘못인가요? 그럼 멀쩡하게 앉아서 남의 눈치밥이나 넙쭉넙쭉 받아 먹어야 옳아요? 의심하다하다 못해 나중엔—

남자 그래 나중엔?

여자 치사해요, 치사해! (운다) 제발! 아 제발!

남자 헹! 결론인즉 언제나 치사해요 치사해, 그렇거든. 대관절 이 방에엔 왜 들어왔지?

여자 좋아요. 말씀 드릴께. 미리 부탁이지만 이건 절대로 비꼬아 들을 얘기 아니에요. 전 어디까지나 진심이니까요.

남자 어서 본론으로 들어가지 그래.

여자 당신 병원 생각해본 적 없으세요?

남자 뭐 병원 생각? 아니 그럼 나더러 병원에 입원이라도 하란 말이야? 허지만 난 이렇게 멀쩡한데.

여자 그런 뜻이 아니라 우리도 한번 진단이나 받아보잔 말이에요. 어느 쪽이 나쁜지. 글쎄 속수무책으로 이렇게 맨날 허송세월할 순 없잖아요? 우리 나이가 얼마라는 것도 생각하셔야죠. 그야 물론 전들 당신이 속으로 얼마나 애가 갖고 싶어하는지 모르는 건 아니지만—.

남자　그 순간 나도 모르게— 암, 더 말할 나위 있오!—그럴 뻔했지. 참으
로 아슬아슬한 순간이었어. 그 깜찍한 회유전술에 그만 말려들 뻔
했거든. 적과의 싸움에 방심은 금물— 혼자 가. 흥미 없어.

여자　흥미 없다고요? 아니 그럼 당신은 현재대로가 만족하세요? 이렇
게 민숭맨숭 지내는게. 그리고 밤낮 집안에 쌀쌀한 바람이 몰아치
는 것도 다—

남자　흥미 없다는데 웬 말이 이리 많아? 도대체가, 똑똑히 말해두지만
난 아무데도 나쁘질 않대도! 고장이 없단 말이야.

여자　저런! 당신 혼자서 그걸 어찌 알죠? 남자들도 흔히 그런 일이 있다
는데. 괜히 엉뚱한 데 자존심 부리지 마슈.

남자　그럼 내 하나 묻겠는데, 만약에 진단 결과 내쪽이 나쁘대면 그땐
어떡허지? 대책이 뭐야? 다른 서방으로 갈아쳐?

여자　아이고 맙시사! 숨이 다 컥컥 막혀. 비뚤어져도 이만저만이래야지.
꼭 타래엿이라니까. 여보, 그러니까 남들이 당신보고 뭐래는지 아
세요? 꽈배기 생원이라면 동네서 모르는 이 없대요.

남자　뭐라고?

여자　아니고 그래 뭐예요? 꽈배기처럼 꼬들꼬들 뒤틀려서 방안에 버티
고 앉아 헛기침이나 하고 수염이나 쪽쪽 뽑고. 쟁반에 먼지가 몇치
라느니, 마루에 머리칼이 몇개라느니, 심지어 걸레조각을 들고 부
엌바닥을 닦느라 찡찡거리질 않나, 장바구닐 들고 어중어중 나서
질 않나— 당최 동네가 챙피해서!

남자　잘 한다! 마구 후려치는데. 이젠 협박 공갈이구만. 어림도 없지. 알
겠나? 내 가슴엔 말이야 무쇠 같은 빗장이 콱 질렸다는 걸 알아
둬. 세상이 무더기로 덤벼도 *끄떡없어*.

여자　정말 모를 일이야. 어쩌다 사람이 저리 옹졸해졌을까? 째째하기라
고 이루 말할 데 없거든. 날이 갈수록 점점 더 심해가고. 여보, 대

관절 뭣 때문이슈? 왜 그리 달팽이가 돼버렸냔 말이에요? 자나 깨나 한다는 소리가 세상이 망했다느니 도둑이 주인 행셀 하고 있다느니―. 정말이지 귀에 못이 박힐 지경이야. 좀 남들을 보구려. 얼마나들 둥글둥글 잘해가고 있나. 세상이 어디 당신 하나만을 위해 있답디까? 암만 세상을 등지고 성을 쳐봤자 독불장군이라고, 손해는 당신이 봤지 별수 있어요?

남자 맞았어. 나는 세상하고 성을 친 놈이야. 사방으로 성을 둘러치고 거기 나만의 왕국을 세웠거든. 세상이 어지럽고 메시꺼울 때, 우리 조상들이 산이나 숲을 찾아 도피했듯이 그렇게 나의 왕국을 세웠어. 거기건 적어도 포학이나 노략질 따위가 선량을 갈아뭉개는 말세징조는 없거든. 꿈이 날개를 펴고 훨훨 비상하지. 나의 왕국이여, 만세!

여자 찾아온 내가 바보였지. 어서 만세나 부르고 계슈. (퇴장)

친구 그걸로 끝이야? 기대가 어긋나. 내딴에 은근히 오늘밤하고 관계되는 그런 장면이 알고팠는데.

남자 아직 끝나지 않았어. 일은 이제부터지. 나갔던 마누라가 다시 들어오거든.

여자 다시 등장.

여자 미리 말씀드리고 가야지. 나 오늘밤 어쩜 누굴 만나게 될지 몰라요. 그래서 시간이 좀 늦더라도 양해하시겠죠?

남자 자네 지금 얘기 알아들었나? 이렇게 말했다네.―나 오늘밤 박씨를 찾아 밀회 좀 하고 올께 당신은 집에서 말똥말똥 기다리슈―오냐, 내 말똥 말똥 꼼짝않고 기다릴께―혹시 거 동창이라도 만나기로 했나, 오늘밤?

여자   어머 어쩜! 대뜸 마치셔. 동창이면 이만저만한 동창이라고? 쭉 짝
       이었는걸요. 오늘밤 생일 파티가 있다고 연락이 왔지 뭐예요? 꼭
       와달라고 일부러 편질 띠웠더라니까요.

남자   응, 바루 어저께 말이지? 그럼 가야겠군. 그렇게 친한데 안 가서 쓰
       나? 나야 양해하고도 남으니까. 그런데, 그 친구 거 여잘테지?

여자   애게, 거 다 말이라고 하세요? 그럼 여학교에 여자 아니고 남자도
       있던가요?

남자   그야 없지.

여자   왜요? 이상하세요?

남자   아니! 아무렇지도 않아.

여자   (남자의 이마에 살짝 키쓰한다) 그럼 다녀올께요.

남자   엉—?

여자   아이, 다녀온다고요.

남자   잘 놀다 와.

여자   참, 당신 담배 여깄어요. 몸에 해롭다는데 좀 작작 피시고. (손을
       흔들며 퇴장) 빠이 빠이!

남자   그래 빠이 빠이!

친구   (남자의 흉내로) 빠이 빠이! 앗핫핫…… 이제 보니 자네도 여간 연
       기파 아닌데. 진작 연극장이로 나섰더면 연기상 하나는 따고도 남
       을세. 그것 또한 그렇다 치고…… 그래서 어찌 됐나? 부인이 또다
       시 들어오나?

남자   들어오긴! 신바람이 나서 포르르 날아버렸는데.

친구   박가놈한테로? 일이 그렇게 됐구먼!

남자   그런데 말야……

친구   또 뭔가?

남자   어디서 만나고 있는지 장솔 모르겠단 말야. 나 실은 오늘 저녁 해

질녘부터 무려 두세시간을 박가놈집 근처 골목에 숨어서서 아내가 나타나길 이제사 저제사 하고 기다렸는데…… 도무지 깜깜무소식야. 장솔 바꿔친 게 틀림없거든!

친구　용의주도하군. 과학적일세. 좋아, 그것 또한 그렇다 치고…… 그런데 시간이…… (사이렌이 분다) 이크, 첫고동일세. 그럼 나는―

남자　잠깐!

친구　응?

남자　가나?

친구　얘긴 끝났잖아?

남자　너무해.

친구　뭐가?

남자　우린 오래 전부터 친구가 아닌가? 내가 얼마나 자네 도움이 받고 싶었는지 모르겠나? 제발 부탁이야. 날 도와 줘. 자넨 제삼자니까 냉정한 판단이 있으리라 믿어. 이 일을 어쩜 좋지? 앉아서 코큐 노릇할 순 없잖아?

친구　난들 별수 있나? 일은 이미 엎질러진 물인데. 그러나 다만 하나… 이건 좀 용기가 필요하네만…

남자　어서 말하게. 용기로 일이 해결 된다면 용길 내지.

친구　자네, 그 머릴 한번 후딱 뒤집어엎을 수 없나?

남자　머릴 뒤집어엎어?

친구　그렇지! 말하자면 스위칠 달리 꽂아보란 말이야. 모르겠나?

남자　그게 무슨 소리지?

친구　자넨 지금 부인이 박가놈을 찾아간 것으로 아주 단정하고 있지?

남자　그야 물론이지.

친구　그걸 반대로 뒤집으란 말일세. 이를테면 편지 한장쯤에 대뜸 마음이 동할 어리석은 부인이 아니라고. 부인인들 왜 달리 볼 데가 없

겠나? 어쩌면 정말 친구 생일 파티에 갔을지도 모르고, 또 친정집
에 들렀을지도 모르고, 그리고 일부러 자넬 떠 보기 위해 연극을
노는지도 모르고. 아무튼 자넨 머리가 너무 외곬이어서 탈이야.
여자를 쎅스만으로 바라보는 건 점잖지 못한 독선이거든. 아니면
병적이지.

남자　애긴 다시 첫머리로 되돌아가는군. 어젯밤서부터 그토록 꼬치꼬
치 털어놨는데. 이제 보니 자네도 사람이 여간 순진하지 않군. 세
상을 그렇게 낙관적이게 바라보니.

친구　좀 바보가 되게, 평범한 바보가! 작게 영리하느니 평범한 바보쪽
이 오히려 똑똑하다네. 제발 나만이 똑똑한 체를 말고, 손에서 잣
대를 버리란 말이야. 인생이 그렇게 잣대를 들이대고 꼬치꼬치 잰
다고 쉽게 잡힐성싶어? 쓴지 단지는 먹어봐야 알지 화학방정식만
으로 풀리진 않아. 바보가 되어 종로 네거리 인파 속으로 뛰어들
란 말이야. 그래도 시원찮거든 네거리 복판에 서서 바지춤을 끌르
고 오줌이라도 냅다 깔겨보게. 그러면 어쩌면 자네 모르던 세계가
홀연히 눈 앞에 펼쳐질 것일세. 중요한 건 눈알을 요리조리 굴리지
마는 일이야. 두 눈을 딱 감아야 해. 아직도 모르겠나?

남자　두 눈을 감아? 그럼 나더러 돌부처가 되란말이야? 돌부처가 돼서
여편네가 멋대로 놀아먹게 내버려둬? 난 미쳐버려! 아내에게마저
배반 당하다니 난 미쳐버려!

친구　일은 드디어 끝바지까지 왔군. 그러는 게 아닌데……

남자　끝바지? 무슨 뜻이지?

친구　차차 알게 될 거야. 이런 말 해서 안 됐네만, 제삼자 눈으로 볼 때
부인은 오늘밤 돌아오기 글렀네. 그리로 간 게 사실이라면.

남자　뭣이?

친구　그래서 사랑이 무섭다는 거지. 정열의 불길이 일기만 하면 아무도

당해낼 수 없거든.

남자 안 돌아온다고?

친구 그럼 실례하네. (퇴장)

남자 어쩌면 좋지? 나의 왕국이 와그르르 무너지는구나! (벽에 걸린 사진 밑으로 간다.) 여보, 돌아와 주구려. 부탁이오. 그런 편지 한 장에 놀아나서 어슬어슬 녀석을 찾아가다니! 두 눈 꼭 감고 암말 않을께 어서 돌아와 주.

여자 (소리만) 여보! 나 지금 와요.

남자 응?

여자 등장.

여자 기다리셨죠? 문 밖에서 다 들었어요. 정말이지 당신이 그토록 절 찾으실 줄은 몰랐어요. 이렇게 돌아왔으니 어서 마음 내키는대로 껴안아줘요. 자요! (눈을 내리감고 포옹을 기다린다)

남자 (멈칫 멈칫 하다가 용기를 잃고 만다.)

여자 어서요! 망서리면 못써. 용기가 필요해.

남자 (차츰 얼굴이 무섭게 일그러진다.) 친구의 생일 파티라고―?

여자 따지면 못써! 눈을 감으세요. 빨랑요!

남자 발이 저린 게지? 증거를 대?

여자 묵살해버리세요. 용기가 필요하대도! 어서요!

남자 요부! 탕녀! 자 봐! (편지를 들이댄다.) 아직도 무슨 변명이야?

여자 (눈을 뜬다) 허망하구료. 마지막 기회마저 놓쳐버리다니! 그토록 기적을 바랐는데. 할 수 없죠. (들고 온 신문을 내민다.) 보세요. 이걸 피하려고 전 무던히도 앨 썼어요. 허지만 이제 막다른 골목에 쫓기고 보니 저도 입장을 세워야겠어요. 그저께 신문이에요.

남자 (신문을 받아 읽는다) 뭐? 부도수표 남발로 박가놈이 구속—?

여자 어제도 아니고 오늘도 아닌 바루 그저께죠.

남자 거짓말이야! 날팔이 기자 녀석들이 얼토당토않은 허위보도를 하고 있어. 가랭일 찢어버려도 시원찮을 천하 악당들 같으니!

여자 암, 그러실 테죠. 응당 그렇게 나오리라 짐작했어요. 그런데 좀 이상한 것이, 설사 허위보도라 치고, 당신이 그렇게 악을 써가며 악담을 늘어놓는 이윤 뭐죠? 무슨 남모를 사정이라도 있나요?

남자 내가 알 배 못되. 나하군 아무 상관이 없단 말이야!

여자 그래요? 그럼 일이 점점 미궁에 빠지는데요. 솔직히 말씀드려서, 전 어저께 이 편질 받자 어떤 직감이 안 가는 것도 아니었어요. 머리가 어질어질 하더군요. 글쎄 그럴 것이 당자는 이미 경찰에 구속되고 없는데 편지는 버젓이 날아들겠다, 그나마 자필도 아닌 타이프로 또박또박 쳐서 말이에요. 다시 읽어볼까요? —각박한 세파에 부대끼다 보니 희숙씨와의 누차의 대면도—우선 이 누차라는 말부터가 빗나갔거든요. 한번이 누차일 순 없잖아요?—희숙씨와의 누차의 대면도 마냥 사무적으로 흘렀구려. 우리만의 오붓한 시간이 아쉬워집니다. 행여 짬을 내시와 소생 집에— 맙시사! 이쯤 되면 풍차와 겨룬 돈끼호떼 이상인데요! 그보다는 간밤에 제가 겪은 얘기 더 재밌죠. 글쎄, 밤중에 유령을 봤다니까요, 제딴엔 은근히 어떡허면 이 일을 피차간에 좋도록 무난히 넘길 수 있을까 하고 사뭇 뜬 눈으로 궁린데, 느닷없이 유령이 쓱 나타나겠죠? 몸을 구십도로 바싹 꺾더니 거의 달랑달랑할 정도로 귀를 제 코에 갖다대고 숨결소릴 재더군요. 어찌 난처한지 전 코를 냅다 골았죠. 그제서야 안심이 간듯 유령은 빽을 열어 편질 꺼내더니—아이고, 그때 유령의 표정이 징그럽기란…… 허옇게 웃음을 날리며 편지에 입을 쪽쪽 맞추겠죠?

남자 그만! 여보 그만!

여자 아직 멀었어요. 밤에 본 그 유령이 오늘은 밤 여덟 시 전후에서 종
     로 ××에 나타났었다는 사실까지 말씀드려야죠.

여자 대관절 이렇게 타이푸로 치는데 돈은 얼마 치르셨죠?

남자 제발 그만해 주. 난 그토록 마음의 안정이 얻고 싶었오. 마지막 거
     머잡을 지푸라기가 든든하길 바랜 나머지…… 여보, 내 말 알아듣
     소? 그래서 생각다 못해……

여자 어처구니없구료. 제가 빠질 함정을 제 손으로 파다니! 허지만 아직
     멀었어요. 이왕 일이 이렇게 된 바엔 당신 체신이야 꾸기겠지만 끝
     까지 사실을 해명할밖에. 제가 오늘밤 어디서 어떻게 지냈는지, 그
     리고 당신이 아집에 사로잡혀 얼마나 죽을 쒔는지 보여드리죠.

정원문을 연다.
거기 친구 서 있다.

친구 허 참, 그러는 게 아니라니까! 내 뭐랬나? 그렇게 눈을 감으랬는데.

남자 아니 자넨?

친구 보다시피 일이 그렇게 됐네. 실은 부인 얘길 듣고 보니 암만해도
     자네 증세가 심상찮은 것 같아서……아무튼 부인은 여덟시부터
     나하고 행동을 같이 했네.

남자 뭣이? (머리를 감싸 안고 풀썩 주저앉는다) 나야 말로…… 아, 일
     장의 좋은 구경거리였군! 웃훗훗……

여자 이제 더 알 것이 없겠죠? 속이 후련하시겠네. 그럼 전 가요. 가슴의
     빗장이 열리시걸랑 아버지한테로 연락하시죠. (퇴장)

친구 자네, 꼬랑지 있나 만져 보게.

남자 꼬랑지?

친구　물려거든 상대방 꼬랑질 물 것이지 제 꼬랑질 제가 물고 뱅뱅 도는 법 어딨나? 생쥐처럼. 그럼 꺼져본다? 병원에 계신 신사 숙녀 여러 분을 찾아 뵈야지. 이번엔 정말 가네. (퇴장)

남자　(고래고래 소리지르다.) 내가 돌았나? 나도 스위치가 고장이난 말이 야!

창가로 달려간다. 조잡하고 육감적인 음악—.
갈증을 느껴 물을 마신다.
음악 높아지면서 막—.

流浪劇團

『現代文學』122號, 1965. 2

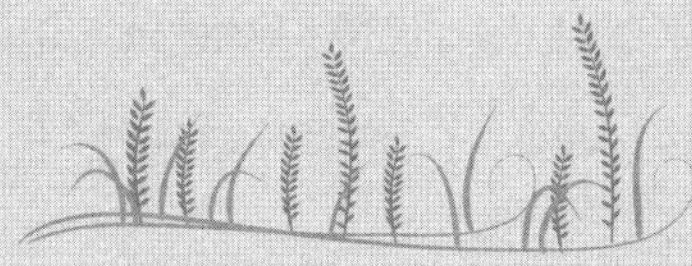

나오는 사람들

崔 一	流浪劇團作家 兼 演出家, (42)
朴 澈	舞臺監督, (31)
李喜進	俳優, (30)
尹豪男	俳優, (23)
徐玉珠	俳優, (22)
沈連玉	俳優, (25)
嗚美愛	프롬프터, (17)
朴 乭	小道具係, (19)
사나이	

서울 변두리쯤 되는 어느 三流극장 배우분장실에서.

눈 내리는 겨울밤.

　　무대 상, 하수에 각각 출입구가 있어 이 극장 무대와 통하게 되고, 상수 앞쪽으로 바깥 출입문이 있다. 그러니까 객석에서 바라보는 정면 벽을 사이하고 이 극장 무대가 있는 셈이다.

　　무대 중앙에 불이 타는 드럼통 난로, 그 주위에 딱딱한 나무걸상들. 머리 위에 벌거숭이 전등이 켜져 있다. 구석으로 무대의상이며 소도구류가 지저분하게 널려 있고, 칠이 벗겨진 벽에 이 극단 상연물인 「두메아가씨」의 포스타가 여러장 나붙었다.

　　지금은 신파극 「두메아가씨」의 제3막이 끝나고 마지막 막인 4막이 시작되어야 할 시간. 그러나 아까까지 두메아가씨로 扮했던 주연 여우 金美羅가 갑자기 행방불명이 되었는지라 아직 막을 못 올리고 있다. 빗발치듯한 개막 재촉의 함성이 객석에서 울려오는 가운데 막이 오르면, 초조와 기대에 얽힌 시선들이 바깥출입문쪽을 응시하고 있다. 이윽고 尹豪男 눈을 툭툭 털며 들어온다.

尹豪男　해브 노! 깨끗합니다.

朴澈　　날랐구나 날랐어!

　　일동 맥이 풀려 주저앉는다.

崔一　　너무 하단 말이야. 아무리 사정이 있기로서니 연극을 도중에서 망치다니!

徐玉珠　(그녀는 험상궂은 사창굴 팸프로 분장했다) 삼막이 끝날 때까지도 그런 눈치라고 전연 없었는데.

沈連玉　(그녀는 순박한 「두메아가씨」 어머니로 분했다) 모를 일이에요. 다른 사람도 아닌 미라언니가 글쎄……

朴澈　　미라가 나가는 걸 본 사람 없나?

吳美愛　제가요.

朴澈　미애가?

吳美愛　주섬주섬 외투를 걸치길래 언니 어디 가느냐고 했더니 잠깐 바람을
　　　　쐬고 오겠다 그랬어요. 그래서 저는 화장실에라도 다녀오나 했죠.

朴澈　맨손이었나?

吳美愛　맨손이었어요. 미라언니 스츠케스가 여기 있는걸요.

이런 판에 李喜進만은 유독 태연스럽게 담배만 뻑뻑 빨고 있다. 그는 순
경으로 분장했다. 박철 그에게로 간다.

朴澈　야 도망병! 미라가 어디 갔지?

李喜進　그걸 왜 나한테 묻냐?

徐玉珠　그래. 희진씨가 미라언니 빼돌린 것 아닐까?

沈連玉　설마! 그야 희진씨가 미라언니 좋아한 건 사실이지만 그렇다고 글
　　　　쎄 이렇게 주책을 떨 것까지야?

朴澈　그래, 모르겠단 말이냐?

李喜進　넌 마치 내가 미라씰 깔고 앉았기라도 한 것같은 말투로구나. (걸
　　　　상채 일어서며) 보려므나. (모두들 킥킥 웃는다)

朴澈　미치광이하군 말도 말아야지. (崔一에게) 선생님, 어떡허면 좋죠?
　　　　벌써 십오분이나 지났어요. 저렇게 막을 열라고 밖에서들 아우성
　　　　이니 이러다간 무슨 봉변을 당할지……

崔一　대역을 낼 밖에. 연극은 끝내야니까.

朴澈　허지만 대역할 사람이……

崔一　미애!

吳美愛　네? (뜻하지 않았던 일이라 눈이 휘둥그래진다)

崔一　화장을 해. 미앤 프롬프터라 대사만은 환할 테니. 다들 도와줘요.

吳美愛　선생님! (거의 울상이다)

朴丑　　（그는 절름발이다）야, 우리 꼬마 오늘밤 출세하네.

朴澈　　내사 이놈의 지랄판에서 잔뼈가 굵어왔지만 이런 개판은 첨일세.
　　　　（무대로 사라진다）

이리하여 吳美愛의 벼락 분장이 시작된다. 徐玉珠는 그녀의 얼굴을 그
려주고, 沈連玉은 머리를 땋아주고, 朴丑은 절름거리며 소도구를 챙기
노라 씩씩거린다.

吳美愛　　언니…… 떨려……

徐玉珠　　막상 무대에 올라서면 괜찮은 법이란다. 맘을 다부지게 먹어.

沈連玉　　주역 맡기가 그리 쉰 줄 아니? 십년을 곤두박질해도 될까 말까.
　　　　　날 보려므나.

吳美愛　　나 단역같음 자신 있어. 언니 바꿔줘, 응, 언니. 나 언니 대사 다 외
　　　　　고 있어.

沈連玉　　그런데 내가 네 대사 외지 못해 탈이지.

崔一 대본을 들고 吳美愛 앞으로 온다.

尹豪男　　형님!

李喜進　　뭐야?

尹豪男　　뭘 그리 시뚱해서 그러우?

李喜進　　내가?

尹豪男　　거 참 아무리 생각해도 모르겠단 말이야. 미라씨 일.

李喜進　　세상은 본시 모를 일 투성이란다.

尹豪男　　형님도 괜히! 미라씨 어디 갔는지 형님만은 알고 있을텐데…… 안
　　　　　그러우?

李喜進　닥쳐! 이 얼빠진 녀석!

尹豪男　에이 통 션찮군. (그는 슬슬 무대로 사라진다)

崔一　미애, 사투리에 조심해야 한다. 아무리 대역이라 해도 충청도 아가
씨가 서울 아가씨로 별안간 둔갑할 순 없잖아? 그러니 충청도 두
메아가씨답게 어디까지나 구수하니 그리고 순박하게— 그걸 잊지
말아야 해. 어디 연습해볼까? 네가 하숙집 아주머니 반지를 훔쳤
다는 누명을 쓰고 경찰에 붙잡혀 와서 순경에게 취조받는 장면이
야. 에—서울엔 대관절 왜 올라왔지?

吳美愛　어머니 찾으려구유. 절 나시고 금이야 옥이야 길러주신 우리 어머
니가 보구팠어유. 정말이지 꿈에두 보구팠어유. 나으리, 우리 어머
니 만나게 해줘유. 나으리, 부탁해유.

崔一　나리 부탁해유— 이렇게 꼬릴 끌란 말이야. 그렇게 툭 끊질말고.
넌 지금 프롬푸트치는 게 아니니까.

吳美愛　나으리 부탁해유—

崔一　옳지, 그거야, 그거!썩 잘했어. 그리고 말이야, 내 하나 말하겠는
데…… 너 엮는 것 알지? 울음을 섞어서—관객들은 그걸 좋아하거
든. 그들은 눈시울을 적셔야니까.

吳美愛　나으리, 우리 어머니 만나게 해줘유. 나으리, 부탁해유 어머니 만나
려구 불원천리 찾아왔어유. 정말이지 꿈에두 보구팠어유. 망나니
아버지 행패때메 집을 버리고 떠난 어머니가 보구팠어유. 나으리!

崔一　됐어. 제법인데. 연극이란 뭐니 뭐니 해도 가슴을 쥐어짜고 좀은
허풍을 떨어야, 하는 사람이나 보는 사람이나 체증이 풀리거든.

徐玉珠　아이 이뻐라. 이렇게 참한 앨 가지고 창부로 팔아먹다니 나도 돈에
미쳤나베.

沈連玉　(충청도 사투리로) 에구, 내 딸 순애야! 이게 꿈이냐 생시냐? 니가
어쩌다 서울 왔누? 가엾기도 해라.

朴澈 징을 들고 들어온다.

朴澈　아직도야? 에잇, 뭣들 꾸물거리고 있어?

李喜進　(담배를 끄며) 바쁜 길일수록 돌아서 가랬다네.

朴澈　넌 대관절 귓구멍도 안 달고 태났냐? 저 아우성이 안 들려?

李喜進　배때길 골려야지. 쪼륵쪼륵 소리가 나도록. 그래야 음식투정 않고
너물너물 받아먹는다네. 나중에 배탈도 없고.

朴澈　먹다가 뒈질 녀석같으니! 팜푸, 저 순경녀석 끌고 위치에 붙어. (이
때 朴乭 소도구 화분을 들고 무대로 나가다가 발이 걸려 넘어지
는 바람에 화분이 산산조각이 난다)

朴澈　욘석! 병신 달밤에 뭘 한다더니 넌 누깔도 없냐?

李喜進　저 새끼가? (하고 朴澈에게 달려들 기세다)

尹豪男　(무대에서 들어오다가 산산조각이 난 화분을 보고) 나를 믿으라!
그러면 너와 네 가족이— (하다 말고 공기가 험악함을 안다)

소리　입장료 도루 돌려라!

소리　사람을 동태로 만들 작정이냐?

소리　이 새끼들! 어머니 뱃속으로 도루 들어갔나뻬. (그 바람에 객석이
까르르 터진다)

崔一　자, 어서 막이나 올리게나.

朴澈　빌어먹을! 두고 보자! (사라지며 징을 뎅뎅 울린다)

李喜進　(순경모를 눌러쓰고 무대로 사라지며) 비켜라! 나으리님의 행차시
다.

尹豪男　(그 뒷모습에 눈을 주며) 야, 영락없이 진짜 순경일세. 진짜가 가짠
지 가짜가 진짠지 눈이 팽팽 도누만.

徐玉珠　(무대로 나가며 沈連玉에게) 언니, 등장할 때까지 나 프롬프트 좀
쳐줘. 자꾸만 대사가 헷갈려.

沈連玉　그러마. (대본을 찾아들고 무대로 사라진다)

尹豪男　(걸상에 몸을 길게 뻗으며) 아, 요놈의 옘병헐 지랄 언제쯤 집어친다지? (그새 커튼 뒤로 사라졌던 吳美愛 무대의상으로 갈아입고 나온다) 야, 몰라보겠어!

朴乭　(무대에서 얼굴을 들이민다)에그 눈이 부셔.

尹豪男　임마, 딴눈 팔지 말고 저리 꺼져. 징채에 얻어 터지고 싶으냐?

崔一　인제 좀 조용해졌구만. 막 한번 올리자면 언제나 이꼴이거든. 연극은 무대가 아니라 무대 뒤에서 더 신나게 벌어진단 말이야. 자 등장하기까지 크라이막스 대목이나 좀…… (대본을 열고) 이번엔…… 에, 네가 까딱없이 도둑으로 몰려서 순경이 네 손에 고랑쉴 채우려는 순간, 팜푸네 집에서 머슴살이하던 똘똘이가 헐레벌덕 뛰어드는 데서부터. 똘똘이 입을 통해 비로소 사건의 진상이 밝혀지는 거야. 실은 그 반지로 말하면 네가 훔친게 아니고, 널 사창굴에 팔아넘기려던 흉악한 하숙집 아주머니가 뜻을 이루지 못하자 네 보따리 속에 슬쩍 집어넣고 꾸민 연극이라고.

尹豪男　그러니까 이봐, 말하자면 이 똘똘인 너에게 구원의 천사라 그런 말이야. 잘 알아 모셔. 나만 아니었던들 네사 꼼짝없이 콩밥 먹었지뭐야? (윙크한다)

崔一　괜히 껴들지 말고 심심 갑갑커든 천장이나 쳐다보고 있게. 자…… 순경 왈— 요 요망한 계집애야, 그래 네 보따리 속에 이 반지가 들어있었는데도 그래도 안 훔쳤다고? 사창굴 펨프 왈— 에그 나으리, 속담에 기르던 개에게 물린다더니 이게 그 꼴이지 뭡니까? 글쎄, 시골서 올라와서 노자는 떨어졌고 오도가도 못하게 됐다길래 불쌍해서 집에 들여줬더니 남의 반지 훔칠줄이야!

吳美愛　전 안 훔쳤어유. 전 그런 나쁜 애가 아녀유. 전 아무것두 몰라유.

崔一　눈물 잊지 마.

吳美愛	제가 정말 그런 흉칙한 짓을 했다문 제 성을 갈겠어유. 날벼락 맞
	을 거예유. 전 나쁜짓은 정말 싫어유.

崔一	펌프 왈— 아따, 조 주둥아릴! 어쩌문 조렇게 새빨간 거짓말이 나
	불나불 튀어나올까? 나으리, 바늘 도둑이 커서 쇠도둑이 된다고
	조 앙큼한 기집앨 그저 가막소에 꽉 쳐너 주십쇼!

순경	알겠오. 증거도 드러났겠다, 가막소는 면할 길이 없지. 자 아주머니
	여기 도장 찍으슈.

팸프	에그 나으리! 찍고 말굽쇼.

순경	이년! 손구락 내. 여기 손도장 찍는 거야.

吳美愛	나으리! 살려 주세유. 제발 나으리! 전 아무죄도 없어유.

崔一	엮어! 크라이막스야.

吳美愛	에구, 하늘도 무심해유. 가막소에 쳐넣느니 차라리 죽여줘유. 죽어
	서 두견새나 돼 어머니 있는 데로 훨훨 날아가구파유. 엉—엉—

崔一	됐어! 저으기 애절하단 말이야.

	이때 무대에서 폭소가 터진다.

尹豪男	잘들 논다. 저 사람들이 도대체 뭐가 우스워서 저런다지? 모를 일
	이야.

崔一	인간이란 워낙 그런 법일쎄. 짜장 웃어얄 땐 안 웃고 엉뚱한 데서
	곧잘 웃거든. 일종의 근육 운동이지. 우는 것도 마찬가지지만. 그
	덕분에 우리 밥줄도 끊어지지 않는다 그런 말씀이야.

尹豪男	선생님—

崔一	제발 그만 깐죽거리게. 나도 일을 해야잖아? 자 마지막으로 어머
	니 만나는 장면. 네가 그토록 목메어 찾던 어머니가 네 앞에 쓱 나
	타나는 거야.

尹豪男　나타나도 그냥이 아니죠. 그야말로 홀연히, 구름처럼 나타난다나!

崔一　　자 나타났다. 어머니가 널 와락 끌어안으며—에구, 내 딸 순애야, 이게 꿈이냐 생시냐? 니가 워쩌다 예꺼정 왔누? 가엾기도 해라.

吳美愛　아이구 우리 엄마!

崔一　　하고, 품에 안겨 운다. 이때 장내에는 우뢰같은 박수가 일기 마련이거든. 지금까지 경험에 의한다면 그 박수소리로서 극의 성패여부를 가름하지.

尹豪男　선생님, 하나만 더 여쭤봐도 괜찮을까요?

崔一　　뭐야, 또?

尹豪男　저어, 선생님께서 이 극을 쓰실 때 말씀이에요……

崔一　　그래서?

尹豪男　실은 어머니 등장 말인데, 왜 진작 등장시키지 않고 하필 라스트에 등장시켰는지 모르겠어요.

崔一　　그야 지극히 간단하지. 진작 등장시켜버리면 얘긴 게서 끝나버리니까.

尹豪男　과연 그렇군요. 그럼 말이에요, 순애가 경찰에 와 있는 줄은 어떻게 알았죠?

崔一　　걱정도 많군 자넨. 이봐 심심한가? 그럼 내 얘기하지. 자넨 아마 이 극이 조작배기 신파라 그런 얘긴 모양인데 그래 조작배기 아닌 연극 보러 일부러 돈내고 올 사람이 있을 성싶나? 그들은 진실에는 면역이 돼 있단 말이야. 차라리 파고다공원에 몰려가서 맹물에 물감 타가지고 만병통치약이라 선전하는 친구에게 박수를 보내는 편이 되려 따분하지 않지.

尹豪男　그럼 결국 선생님은 대중의 그런 흥미와 공모했다 그런 말씀인가요?

崔一　　난 그들을 존중했을 따름이야. 연극은 우리가 하는 게 아니고 그들이 하는 거니까. 우린 다만 무대에서 그들의 연극을 장단 맞추

고 잘한다 잘한다 선소리나 치면 그만이거든. 알겠나? 정녕 신파
쟁인 우리가 아니라 저들이란 걸 알아야 해. 어차피 우리가 살고
있는 요놈의 세상이 하나의 훌륭한 신파극단이니까. 난 지금 여기
앉았어도 저들이 뭐를 저렇게 깔깔대는지 다 알어. 순경이 재떨이
에 났던 담배를 집어문다는 게 그만 거꾸로 집어 물었으렷다. 그러
니 얼마나 따갑겠나? 그 꼴이 저들에겐 저리도 우습고 즐겁다네.

尹豪男 지금쯤 팸프 아주먼 위로해 가라사대—에그 나으리, 자릴 잘못 잡
으셨네요. 이쪽에 앉으실 게지, 쯧쯧……앗핫핫, 아뭉든 요놈의 세
상이 지루하긴 해도 그런대로 살 재미가 아주 없는 것도 아니란
말이야.

沈連玉 (무대에서 얼굴을 드리민다) 내 딸 순애야, 순경이 호출이시다.

尹豪男 왔구나! 여러분, 손수건 준비는 다 돼있읍니까?

吳美愛 정말이지…… 선생님…… 떨려요. (무대로 사라진다)

崔一 구경이나 할까? (그도 무대로 사라진다)

朴乭 (저쪽에서 들어온다) 형님…… 깜박 잊고 있었어. 아까 어떤 여자
가…… (쪽지를 내민다)

尹豪男 그게 뭔데?

朴乭 편지예요.

尹豪男 나한테?

朴乭 꽤 미인이던데요.

尹豪男 이거 번짓수 틀린 것 아냐?

朴乭 아마도 형님 연극에 반한 여자같아요. 똘똘이에게 전해달랬어요.

尹豪男 야, 뭐라고 썼을까? 오늘밤 연극이 끝나면…… 어디어디서 만납시다.
선생님 연극 참 좋았어요. (펴본다) 심부름해 줘서 고맙다, 돌아.

朴乭 정말 긴가부다. 한턱 내요.

尹豪男 오냐! 쪼코레트 주련? 원, 투, 쓰리! 손 펴봐. (손을 펴니 쪼코레트

　　　　　나온다)

朴乭　　야 묘한데?

尹豪男　　원, 투, 쓰리!

朴乭　　응, 없어졌네!

尹豪男　　임마, 꺼져! 바보같이 이 따위 술값 청구서나 갖고 다녀?

朴乭　　헤! 똥깔보였네. 김새는데! (하며 나가다가 뭔지 신발 속에 들어있
　　　　　어 벗어보니 쪼코레트다. 입에 넣는다) 야, 진짤세. (퇴장)

尹豪男　　아—하! 요놈의 지랄 정말 언제까지 계속이라지?

　　　　　徐玉珠 무대에서 들어온다.

徐玉珠　　아이 아퍼! 희진씨도 참! 사람을 구둣 발로 마구 차고 주먹으로
　　　　　쥐어박고—순진한 시골 처녀 꾀서 필 빨아먹는 여우같은 년이라
　　　　　문서. 아이 허리야.

尹豪男　　얼마나 아팠을까? (그녀의 허리께를 쓰다듬어 준다)

徐玉珠　　아이 징그러!

尹豪男　　이건 연극이 아니야.

徐玉珠　　저리 가.

尹豪男　　사랑해. 벌써부터! 진정이야!

徐玉珠　　애개! 연극 작작 놀아.

尹豪男　　하참, 연극이 아니래도!

徐玉珠　　연극이 아님 더 싫어! 저리 비켜!

尹豪男　　또 실패로구나. 내 재순 맨날 요꼴이라니까. 성공이 눈앞에서 아물
　　　　　아물하다간 싹 꺼지거든.

徐玉珠　　그런데 희진씨 말이야, 왜 저리 기분이 나쁜지 몰라.

尹豪男　　그야 뻔하지. 그토록 좋아하던 미라씨가 줄행랑을 놨으니……

徐玉珠　그럼 역시 희진씨가 빼돌린 게 아닌 게로군.

朴澈　（화가 머리끝까지 치밀어서 얼굴을 들이민다） 요놈의 잔나비새끼
　　　야! 등장도 몰라?

尹豪男　아이고, 복잡다단하고나! 이봐, 저 무대감독 말이야, 오늘밤 깔치
　　　가 한 마리도 걸려들지 않은 것만은 틀림없어. 그래서 저리 신경질
　　　이지 뭐야? （퇴장）

徐玉珠　（혼자서 무엇을 생각하고） 그럴지도 몰라.

崔一　（등장하며） 미애가 제법이란 말이야. 다부지게 끌어가거든. 미라가
　　　안 나타나도 걱정할 것 없어.

徐玉珠　참 선생님, 미라언니 말이에요……낮에 극장 앞에서 서성거리던 그
　　　남자 수상해요.

崔一　정말, 그 남자 누구지? 인상이 과히 좋지 못하던데.

徐玉珠　나중에 들은 얘기지만 그 남자 미라언니의 남편이래요. 술고래고
　　　도박군이고— 참다참다 못해 언니 쪽에서 뛰쳐나오고 말았대요.
　　　벌써 오년전 일인데 어떻게 알았는지 별안간 찾아왔대지 뭐예요?
　　　이젠 참된 사람이 될테니 집으로 같이 돌아가잔대요.

崔一　미라가 싫다면 억지로 끌어갈 수도 없잖을까?

徐玉珠　글쎄…… 어쩌면 미라언니 쪽에서 순순히 따라 갔는지도 모르죠.

崔一　그건 또 왜?

徐玉珠　핏줄에 끌렸을꺼예요. 딸애가 하나 있대요.

崔一　음!

무대에서 함성이 인다.

소리　똘똘이 넘버 원!

소리　여우같은 포주년 주릿댈 안거라!

徐玉珠   에그, 주릿대나 안아야지. (퇴장. 崔一도 뒤따른다)

무대 한동안 빈다.

사나이 등장. 그는 조심스럽게 들어와서 무엇인가 찾다가 金美羅의 스
츠케스를 집어든다. 밖으로 나가려다가 마음에 걸리는 듯 스츠케스 속
엣 것을 하나하나 확인한다. 그제서야 자신있게 사라진다. 갑자기 객석
웅성거리더니 이어서 열광적인 박수가 터져나온다.

沈連玉, 吳美愛를 업고 등장.

저쪽에서 崔一 들어온다.

崔一   대관절 어찌된 일이야? 미애가 까무러치다니? 아니 정말 까무러쳤나?

沈連玉   그런가 봐요. 어머니! 하고 제 품에 매달리길래 받아안았더니 그대
         로 맥없이 푹 쓰러지겠죠? 첨엔 연극인가 했어요.

崔一   너무 긴장했던 탓인가보군. 열이 있는데. (吳美愛 눈을 뜬다)

吳美愛   죄송해요 선생님!

崔一   괜찮다. 오히려 연극은 더 성공이었어. 저 우뢰같은 박수소리 들어
         보려므나.

朴흐   (들어오며) 우리 꼬마 이거야. 어떤 패들은 두 손으로 얼굴을 가리
         고 흑흑 느껴울고 있어요.

吳美愛   갑자기 눈앞이 아찔해져서…… 허지만 일부러 그런 건 아니에요.
         저쪽 구석에서 어떤 아주머니가 꼭 우리 엄마같아서……

崔一   엄마라니?

朴흐   아, 알았다! 앤 말이죠, 어렸을 때 즈 엄마하고 생이별했대요. 그러
         니 그럴밖에 더 있어요?

吳美愛   찬찬히 보니 엄마는 아니었어요. 그러자 눈앞이 캄캄해지면서……
         죄송해요 선생님! (운다)

尹豪男　(조금 아까 등장했다가) 연극이 인생이냐? 인생이 연극이냐? 이별
　　　　의 항구에 갈매기 우네. (노래조로)

막을 닫는 징소리.

터지는 박수소리……

잘한다잘한다의 고함소리……

李喜進, 徐玉珠를 포승줄에 묶어 세우고 등장.

李喜進　아깐 아팠지? 미안해.

徐玉珠　누가 내 포승줄 끌러줘.

尹豪男　(재빨리 끌러주며) 연극이 아니라 진정으로 끌러주는 거야. 있다
　　　　다방에서 만나.

徐玉珠　그래, 먼저 가. 낼쯤 들릴게.

尹豪男　또 실팰세.

朴澈　　(등장. 들었던 징을 내동댕이친다) 빌어먹을! 내 요놈의 지랄판에
　　　　서 잔뼈가 굵어왔지만 너희놈들처럼 돌대가린 첨 봤어. 심지어 무
　　　　대에서 까무러치지않나.

李喜進　오늘밤은 공일인가베. (모두들 킥킥 웃는다)

朴澈　　뭣이?

李喜進　오늘밤 초대권은 몇 장이나 뿌리셨지?

朴澈　　요놈의 새낄! (둘 맞붙는다. 강한 펀치에 朴澈 허청거린다)

朴澈　　두고 보자! 요놈의 도망병을 내 당장 가막소에 쳐넣고 말테니.

崔一　　자, 권투시합도 끝났겠다, 슬슬 돌아갈까? 여관방에 드러누워 이불
　　　　이나 뒤집어쓰고 잠이나 자는 게 행결 낫겠구만. 미애야, 가자. (그
　　　　는 吳美愛를 데리고 밖으로 사라진다) 여, 잘도 평평 쏟아지네!(朴
　　　　澈도 씩씩거리며 퇴장. 나머지 사람들도 돌아갈 채비를 한다)

尹豪男　히포크라테스 왈, 인생은 짧고 예술은 길다! 똘똘이 왈, 예술은 짧
　　　　고 인생은 길더라! 섹스피어 왈, 연극은 인생의 거울이다! 똘똘이
　　　　왈, 인생은 연극의 거울이더라!

徐玉珠　이상해.

沈連玉　뭐가?

徐玉珠　미라언니 스츠케스 말이에요…… 아까 확실히 여기 있었는데……

沈連玉　정말! 언니가 다녀갔을까?

　　　　李喜進, 피우던 담배를 홱 집어던지고 나간다.

尹豪男　형님, 여관으로 가슈? 같이 갑시다!

李喜進　이놈의 지랄 오늘로 끝이다!

尹豪男　끝이라니?

李喜進　내 갈 길은 따로 있어. 이놈의 지랄판에 발을 잘못 들여놨지!

尹豪男　내 갈 길은 따로 있다니?

李喜進　경찰서야.

尹豪男　경찰? 왜? 미라씨 찾아 달라고?

李喜進　미라씨?

尹豪男　아니면 순경으로 취직이라도?

李喜進　그래 취직이다. 너도 순경이 될랴거든 날처럼 도망병이 돼라. 연극
　　　　에 미쳐서 군대를 뛰쳐나오란 말이야. (사라진다)

尹豪男　경찰로 가는데 저렇게 순경 옷을 입고 가면 안될텐데……

沈連玉　기분이 이상해. 이렇게 한 사람 한 사람 떠나버림 우린 어떡허지?
　　　　허전해서…… (운다)

徐玉珠　언니, 여관으로 가. 배고파. 미라언닌 남편에게로 돌아간 게 틀림없
　　　　어. 그게 나을지 몰라.

尹豪男　에이, 시원히 전화나 걸어봐야지. (소도구용 전화통을 집어들고) 여보세요, 거기 운명의 교환소죠? 김미라씨 대줘요. 네 그렇습니다. 아 미라씨? 저 똘똘인데요. 거기 어디죠? 거처를 알려줘요.

소리　미안해.

尹豪男　미안이 아니라 거기가 어디냔 말이에요

소리　미안해.

尹豪男　하 참! 미안은 그만두고 거기—

소리　미안해. 잘들 있어요.

尹豪男　빌어먹을! 또 실팰세. (전화통을 내던진다. 모두 웃는다— 서글피)

沈連玉　그럼 가야지. (徐玉珠와 함께 사라진다. 朴乭 소도구를 챙겨가지고 무대에서 들어온다)

尹豪男　돌아 미안타. 혼자만 남게 해서. 허지만 어쩔 수 있니? 너마저 가버림 밤손님들이 이리로 순찰오신단 말이야. 참, 좋은 수가 있어. 꿈을 꾸어. 용꿈을! 대통령되는 꿈이라도 꾸면서 혼자 씩 웃는 거야. 얼마나 신나! 그럼 낼 아침…… 원, 투, 쓰리! 호주머니 속이야. (사라진다)

朴乭 문을 잠그고 걸상을 난로가에 모은다.
그리고 난로불을 본 다음 담요를 쓰고 드러눕는다.
생각난 듯이 호주머니에서 쪼코레트를 꺼낸다.
천천히 껍질을 벗긴다.

—막—

밤색단추 (라디오·드라마)

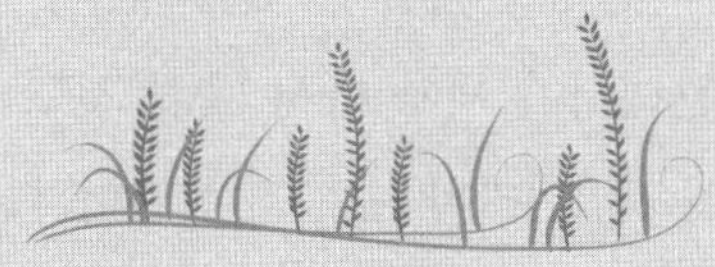

〈나오는 사람들〉

최 민수	김경위
박 철	노인
지경애	사회부장
미스 송	소년
엄마	남편
형사	사나이 A·B
뽀이 A·B·C	아나운서 A·B

최민수   청취자 여러분, 제가 이제부터 여러분 앞에 말씀드리려는 얘긴
즉—한 때 그토록 세인의 이목을 놀라게 했던 저 충격적인 남산
동 살인미수사건에 관해서 올시다. 하기야 이 사건의 겉으로 드러
난 전말에 관해서야 제가 다시 나설 것도 없이 여러분께서 이미
잘 알고 계실 것입니다마는, 그러나 말머리를 돌려서 사건 뒤에 단
추 하나로 해서 웃지 못할 사연이 얽혀있었다고 한다면, 더구나 그
것이 오늘토록 수사 당국에조차 알려지지 않았다고 한다면, 여러
분—좀 어리벙벙 하지 않을까요? 모르긴 합니다만, 당시 이 사건
의 담당자였고, 범인 색출에 그토록 놀라운 솜씨를 보여 준, 우리
의 자랑스러운 경찰관 김군 같은 이는 아연실색, 당장 저한테로 뛰
쳐 올지 모릅니다. 아하하…… 말하자면 그만치 저 하나만의 비밀
이란 말씀이죠. 아, 또 한 사람 알고 있군요. 제 처를 잊을 뻔했어
요. 그녀는 이 얘기에 미스 송으로 나오죠.
그럼 얘기를 제가 S신문 사회부 기자로 있던 당시로 돌려 볼까
요?—그날 밤도 저는 출입처인 시경 당직실에서 수사계 김군과 마
주 앉아 바둑으로 깊어가는 밤의 무료를 달래고 있었죠.

(E)   바둑돌 두는 소리

김경위   원 이런! 고약하게 몰리는데—.
최민수   졌으면 졌다고 일찌감치 손 들게. 실력이 딸리는데 별 수 있나.
김경위   잠꼬대하고 앉았네. 자 목이다—어쩔 테야?
최민수   장하게 나오시네.
김경위   어서 둬야 바둑이지!
최민수   예라, 그럼 잡수었다!
김경위   아뿔사! 복병이 있었구나—.

최민수 오늘 밤은 어째 레이다도 고장인가베. 별명을 바꿔야겠어.

김경위 에이, 고약하게 몰리는데—.

(E) 전화벨 소리

최민수 전화 받게.

김경위 웬 전화람? 남의 속도 모르고—집어 주게.

최민수 그럼 내가 받지. 여보세요—

(E) 수화기에서 흘러 나오는 탱고.

여자의 소리 (필터) 거기 경찰이죠? 여보세요, 경찰이죠?

최민수 그렇습니다. — 그런데 수화기에서 웬 탱고가 이렇게…….

여자의 소리 (필터) 사람 살려 줘요! 나 좀 살려 줘요—도망갈 수 없어
　　　　　　요— 아, 아—

최민수 뭐 사람? 아니 거기 어디죠?

여자의 소리 (필터) 치, 칠 번—아악!—

김경위 대체 무슨 전화야?

최민수 여보세요—여보세요—끊어졌군!

(M) 주제곡

아나운스 멘트.

(M) 바뀌어 왈쓰로—

김경위 여긴 중앙방송일세.

최민수 왈쓰 말고 탱고를 잡아야지.

김경위   그럼 기독교로 돌려 볼까?

(E)   라디오 주파수 바뀌어 시낭송.

김경위   기독교도 아니고……

(E)   다시 바뀌어 트럼벳 솔로

김경위   배가본도 아니고……

(E)   다이알의 움직임을 말하는 여러 소음들—스위치 꺼지고—

김경위   어쩌면 전축일지도 모르지.
최민수   전축을 틀어놓고 살인이라니 꽤 낭만적일세.
김경위   낭만적은 고사하고 제발 장난적이지나 말았으면—
최민수   허지만 여보게, 장난이 그토록 다급할 수야! 소름이 확 끼치는걸.
김경위   막상 자네 말대로 살인이 사실인들 어떡하나? 우린 칠번이란 숫자
          외에 단서를 갖고 있지 못하네. 사건현장이 어딘지를 모르거든.
최민수   칠번이라—
김경위   한 대 피게.

(E)   성냥 긋는 소리

최민수   혹시 집의 번짓수는 아닐까?
김경위   어느 동 칠번이지?
최민수   그도 그렇군. 그럼 전화번호 같으면?

김경위 　서울에 홀 칠번 전화는 없네.

최민수 　역시 수수께끼로군.

김경위 　칠번이라—

최민수 　거 혹 운동선수의 빽·넘버 같으면 내가 칠번인데. 대학 때 칠번 축
　　　　구선수로 날렸거든. 그래서 내 별명이 럭키·세븐인 걸.

김경위 　아따 한가한 소리! 이건 럭키·세븐은 커녕 불길·세븐일세.

최민수 　하하……불길·세븐이라—

김경위 　아, 잠깐!

최민수 　왜?

김경위 　자네도 생각이 있걸랑 따라오게. 어쩌면 노다지 기사거리 만질지
　　　　몰라.

　(E)　그들의 발자욱 소리

최민수 　대관절 이거 어딜 가자는 거야?

김경위 　두고 보게나. 이제부터 세상이 깜짝 놀랄 솜씨 뵐줄 테니.

최민수 　허어, 드디어 레이다가 작용을 개시했나보이.

　(E)　자동차 떠나는 소리.

김경위 　시속 육십 마일로 달려야지. 일분 늦어서 단서를 놓지는 수도 있으
　　　　니까.

최민수 　눈이 다 어찔어찔하이.

김경위 　그렇기로 뭐 겁내진 말게. 나도 운전 기술만은 아주 일류니까.

최민수 　스릴 만점일세. 나마저 덩달아 수사관이나 된 기분이야.

김경위 　자네야 특종기사에 더 관심이 있으니까. 자 내리세.

(E)　자동차 정거 소리.

(M)　밴드의 주악 가까와지고—

최민수　여긴 땐스홀 아니야?

뽀이A　어서 오십쇼—.

김경위　칠번 땐서 불러 주게.

뽀이A　곧 불러드립죠. (멀어지며) 명자씨—

김경위　젠장 허탕일세. 자 다음으로—

(E)　자동차 떠나는 소리.

최민수　그러니까 김군, 살해된 여자로 말하자면 칠번 땐서란 말인가?

김경위　왜 이상해?

최민수　놀라운 육감이야.

김경위　아닌게 아니라 사건의 실마리가 슬슬 풀리기 시작했네. 사건인즉
　　　　춤을 추다 벌어졌지. 어느 외딴 집 에서 그리고 살해동긴데—치정
　　　　관계? 아니면 사소한 입씨름?—아무튼 가해자와 피해자는 평소
　　　　부터 아는 새지.

최민수　그럼 강도의 소행이라군 보지 않나?

김경위　적어도 지금까지의 내 레이다 정보는.—자 내리세.

(E)　자동차 정거 소리.

뽀이B　어서 오십쇼—

김경위　칠번 땐서 대 줘.

뽀이B　선약이 있는뎁쇼. 다른 아가씨로 불러드릴까요?

김경위   사양하려네.

(E)   자동차 떠나는 소리.
(M)   주제곡.

최민수   대관절 김군, 이거 언제까지 이러고 도나? 간데마다 허탕 아니야?
김경위   왜 지루해? 미스 송 생각이 나걸랑 사양말고 내리게. 난 혼자라도
          끝장을 봐야겠어.
최민수   에끼 이 사람, 애매한 미스 송은 괜히! 나도 작파할 수 없네. 직업의
          식이 용서않거든.
김경위   아따, 꽤도 침이 댕기나보이. 제발 특종기사 얻걸랑 내 덕분인 줄이
          나 알게.

(E)   자동차 정거 소리.

최민수   삼각장이라─
뽀이C   어서 오십쇼─
김경위   칠번 땐서 불러 줘.
뽀이C   칠번은 결인뎁쇼. 얼마 전에 그만뒀읍죠.
김경위   그만뒀어? 이름이 뭐지?
뽀이C   지경애씨라고─
김경위   집은?
뽀이C   글쎄 올시다. 아가씨들한테나 물어보면─기다려 봅쇼.
김경위   몇 시지?
최민수   거진 열한시 반일세.
김경위   벌써 삼십분이나 지났군!

뽀이C   (가까와지며) 알았읍니다. 남산동 산 일번지 막바지랍니다. 그런데
         댁은 누구신지—

김경위   알 것 없네. 댕큐—

   (E)   자동차 떠나는 소리.

김경위   자, 칠십 마일이야.

최민수   정말이지 자네 육감이 놀라우이. 별명 그대룬데.

김경위   그야 자네들 신문기자에 대겠나? 그러니 괜히 하루 강아지 범 무
         서운 줄 모른다고, 덤벙거리지 말게.

최민수   무슨 뜻이지?

김경위   더러 기자들 중엔 경찰과 숨바꼭질이 하고 싶어 하는 친구들이 있
         거든.

최민수   자넨 마치 내가 전화에서 더 많은 정보를 받았으면서 자네한테 숨
         기고 있는 듯이 말하는군.

김경위   거진 다 왔네. 차는 예서 더 못 들어가지.

   (E)   자동차 정거 소리.

최민수   어이 어두워. 먹물을 끼얹은 듯 캄캄하군.

김경위   후랫슈를 켜야지. 보게—저쯤에 구멍가게가 보이지? 게서 길은 바
         른 쪽으로 꺾이네. 재게 걸읍세.

   (E)   그들의 발자욱 소리.

김경위   쉿, 조용히!

최민수   뭐야?

김경위   암만해도 이상한데. 어디 부대껴 봐야지.

  (E)   가게문 열리는 소리.

김경위   실례합니다.

노인   뭘 드릴까요?

김경위   성냥 한 갑 주시죠. (귓속말로) 자네 못 봤나?

최민수   뭐를?

김경위   저 영감쟁이가 말이야, 시계를 만지고 있었다네. 여자용 팔뚝시계
          를—우리 인기척에 놀라 찔끔 집어넣더군.

노인   (가까와지며) 성냥 엤우다.

김경위   그런데 할아버지.

노인   뭡니까?

김경위   지금이 대관절 몇 시쯤일까요?

노인   글쎄……시계가 없어서……

김경위   그래요? 아 좋습니다. 안녕히 계십쇼.

노인   안녕히들 가세요.

김경위   레이다가 고장인가? 정보가 뒤죽박죽일세.

최민수   그렇다고 설마 저런 노인네가……

김경위   그야 모르지. 이용 당하는 수도 있으니까. 인간은 말이야, 알겠나,
          남모를 악행 하나씩은 보통 갖고 있는 법이라네. 다만 평소에 알려
          지지 않을 뿐—

최민수   성악설인가?

김경위   천만에! 난 그런 거창한 철학에 관심이 없네. 과학적 숫자가 문제
          지. 이 집인가?

최민수 대문이 잠겼는데.

김경위 내 뒤를 따르게. 담을 뛰어넘을 밖에.

(M) 탱고 나직이—

최민수 저거야. 저게 바루 수화기에서 들린 탱고야.

김경위 판에 금이 갔나? 제자리를 헛돌고 있어.

(E) 여자의 가냘픈 신음소리.

최민수 여자의 신음소리 아니야?

김경위 당자는 살아 있어. 이쯤되면 범인체포야 거저 먹기지. 자 단꺼번에
        뛰어들자구!

(E) 문 덜컥 열리는 소리.

(M) 탱고 높아지고—

김경위 온통 피바다로군. 예리한 칼로 후두부를 내리찍혔는데.

최민수 방안도 아주 쑥밭일세. 캐비넽은 망가지고 서랍들은 죄 방바닥에
        나뒹굴고—

김경위 살인강도 아님 내 코 지지게. 자, 이제부터 난 현장보전을 맡아야
        겠네. 사건 보고는 전화로 하기로 하고—

최민수 나도 같이 있어 괜찮겠나?

김경위 특종기사거린 이제 충분할텐데—

최민수 그래? 그럼 수고하게.

(E)　윤전기 돌아가는 소리.

사나이A (신문을 읽는다) 도하 남산동에 엽기적 살인 미수사건 발생이
　　　라—
사나이B 삼각장 땐서 피습! 경찰, 강도의 소행으로 보고 범인을 엄탐중—
소년　　엄마, 선혈이 낭자가 뭐야?
엄마　　넌 몰라도 돼. 어서 나가서 세수나 하렴.
김경위　에, 이것이 제가 현장을 찾기까지의 대충 경과 올시다. 마지막으로
　　　저의 심증을 말씀드린다면 사건해결의 첩경은 예의 구멍가게 노인
　　　을 체포하는 한편, 압수 수색영장을 발부 받아 구멍가게 내외를
　　　샅샅이 뒤지는 것이……
여러 소리　암 그렇지! 옳은 말이오!

(E)　하이힐 소리.

미스 송　밤새!
최민수　여 미스 송! 일찍 출근이군.
미스 송　어젯밤은 맹활약이셨다며? 조간에서 읽었어요.
최민수　아무튼 그렇게 무참할 수야! 눈뜨고 못 보겠던데.
미스 송　왜, 단추 떨어졌어요? 소매 단추군요. 제가 달아드리죠. 저고리 벗
　　　어요.
최민수　쉿— 이건 그런 단추가 아니야.
미스 송　네?
최민수　까딱 잘못하면 증거인멸죄로 걸려.
미스 송　그럼— 이걸 사건현장에서?
최민수　순간적이었어. 뭐랄까—경쟁의식이랄까, 나도 몰래 그만……. 정말

이지 눈 깜박할 새였지.

미스 송　조심하세요. 제발—

최민수　미스 송—

미스 송　네?

최민수　미스 송은 어떻게 생각하나? 이 단추의 양복에 대해—

미스 송　글쎄요…… 단추와 같은 계통으로 색깔은 밤색일 게고……

최민수　그리고 무늬는?

미스 송　무늬요?

최민수　난 아까부터 궁리해 봤는데 체크무늬 것만 같아. 왜냐면, 여기 이
렇게 바닥에 줄이 얼키설키 갔거든. 흑색으로—

미스 송　그러니까 밤색 빛깔에 검은 체크무늬 양복이란, 말씀이죠?

사회부장（가까와지며） 꾿·모닝!

최민수　나오셨습니까, 부장님!

사회부장 어젯밤은 최군, 수고 많았네. 그런데 대한민국 경찰은 과연 날째.
벌써 용의자를 검거했다누만.

최민수　용의자를요?

사회부장 뭐, 구멍가게를 열고 있는 육순 노인네라나!

최민수　육순 노인네요?

사회부장 엄중 문초 중이래.

김경위　이 시계 어디서 났나 말이야!

노인　　그건…… 저……

김경위　바른대로 대지 못해?

노인　　줏었읍네다. 가게 앞에 떨어져 있었읍죠.

김경위　떨어져 있어?

형사　　（가까와지며） 경위님, 범행 때 쓴 칼이 나타났읍니다. 구멍가게 천
장 속에 숨겨 됐더군요. 보십쇼— 피가 이렇게……

노인   아니 저 칼이?—

김경위   이 칼 잘 안단 말이지?

노인   아니 몰라요. 절대로 모릅네다.

김경위   좋아—지문을 채취토록 하게.

(M)   주제곡—배음으로.

최민수   청취자 여러분, 사건은 이렇게 해서 좀체 합칠 수 없는 두 갈래 길
을 달리기 시작했죠. 말하자면 칼과 단추와 김군과 저와…… 그러
던 어느날, 저는 저의 둘도 없는 친구이자 실업가인 박 철군으로부
터 느닷없이 홍콩으로 뜬다는 전화를 받고 차를 몰아 김포공항으
로 달려갔읍니다. 그런데 여러분— 여기서 실로 놀라운 뜻밖의 사
실을 발견할 줄이야! 제가 그토록 눈여겨 찾고 있던 옷, 밤색 빛깔
에 검은 체크무늬 양복을 바로 우리 박군이 입고 있지 않겠어요?
더구나 그의 네개 달린 소매 단추중 하나가 떨어져 없어졌음을 봤
을 때의 저의 놀라움이란—전 그만 뭣으로 한대 얻어 맞은 사람처
럼 한참을 멍해 있었을 뿐입니다.

(E)   소음—비행장을 알리는.

박철   자네는 내가 이렇게 도망가다시피 허둥대는 꼴이 우스운가? 그래
서 함구무언이겠지?

최민수   그, 그건 자네 오핼세.

박철   물론 나도 자신의 꼬락서니가 말이 아니란 것쯤 잘아네. 허지만 어
떡하나? 난 밀수범일세. 경찰이 쫓고 있어.

최민수   이제 그 얘기 거두게. 그보다는 박군, 맘을 돌릴 수 없나? 뭐 떠나

지 않더라도……

박철 설마 나더러 자수하라는 건 아니겠지? 나도 말이야, 최군…… 밝은 세상에서 살고 싶으니. 한가닥 지푸래길망정 거머 잡아야겠어. 이건 양심문제 아닐세. 실상 양심 두 글자만 놓고 본다면 나도 누구만 못잖게 어엿하게 살아왔다고 자부해. 아니 지나치리만큼 양심적이었지. 오리려 그놈의 양심 덕분에 사회의 낙오자로 전락했대도 과언은 아닐 것일세. 내 말 알아듣나? 허구많은 얼치기 협잡배들이 권력과 손을 잡아 내 곁을 지나쳐 위로 위로 솟구쳐 올랐단 말이야. 그런데 나만이…… 아아, 난 참을 수 없었네. 그래서 이놈의 썩어빠진 풍토에 대해 역습이 하고팠단 말이야. 나대로의 역습이—

최민수 떠나면 언제쯤 돌아오나?

박철 어쩌면 영영……

최민수 섭섭하이.

박철 자네와의 우정 잊지 않겠네. 악수하세. 이게 마지막이야.

최민수 그런데 자네 소매 단추가?—

박철 뭐, 소매 단추?

최민수 떨어졌나보이. 마침 여기 똑같은 단추가 있는데 넣어뒀다가 나중에 달게나.

박철 자네 이거 어디서 났지?

최민수 왜, 이상해?

박철 어서 났냐 말이야.

최민수 어딜 것 같은가?

박철 모르겠네.

최민수 알고 싶나?

박철 말해 주게.

최민수　남산동 살인미수사건 자네 아냐?

박철　뭐라고?—

최민수　이것도 우연의 일치라 봐야 하나?

박철　파멸이야—. 아아, 최군, 날 도와주게—.

최민수　박군, 마음을 진정하게. 그리고 사건의 자초지종을 말해줬으면 해.

박철　좋아, 말하지! 자네 말대로 내가 바로 하수인이야. 난 그 여자를 없애려 했네. 왜? 배신이 싫었기 때문에. 난 그 여잘 진심으로 사랑했어. 바람끼같은 건 터럭만치도 없었네. 그녀 요구라면 뭐든 기꺼이 받아줬거든. 참을 수 없는 패배감과 울적을 그녀에게서 달래고자 했단 말이야. 그런데—그는 내 비밀을 미끼로 삼아 엄청난 액수의 돈을 요구했어, 돈을!

최민수　알겠네. 자네 신변이 무사하길 비네.

(E)　윤전기 도는 소리.

엄마　수도 경찰의 또 하나의 개가—육순 노인 드디어 범행일체를 자백…… 여보, 역시 그 영감장이였구료.

남편　세상이 망했어. 이마에 피도 안 마른 국민학교 녀석들이 자살하잖나—.

엄마　그런데 이쪽 기사는 그 지씨란 여자가 소생했다는 얘긴데요. 여보, 그 여자가 기억망각증에 걸렸다고 했어요. 기억망각증이 뭐죠?

남편　신경과 의사 K박사담—기억중추에 충격을 받거나 상처를 입을 경우 과거사를 일부 또는 전부를 망각하는 일이 있다—.

(M)　주제곡.

사회부장 최군…… 한 마디 자네에게 충고하네만—수사당국의 비위를 건드
리는 기사만은 삼가주게. 아까도 경찰에서 항의의 전화가 걸려 왔
네. —수사관의 조바심과 선입견으로 해서 사건 해결에 어쩌면 결
정적인 맹점이 내포되어 있을지 모른다—이런 억측 기사가 문제
안 될 리 있나? 할 말이 없잖아? 곧 정정 사과 기사를 내도록 하
게. 저쪽은 범인의 지문까지를 증거로 삼고 있거든.

최민수 부장님 명령이라면 할 수 없죠.

　　(E)　 박수소리.

아나운서A 다음은 광물성—광물성입니다.

아나운서B 여기는 비밀실입니다. 광물성—일찌기 범죄사상 그 예를 보기
　　　　　 드문 남산동 살인미수사건의 진범, 육순 노인의 심장—

아나운서A 그럼 첫 고개……

최민수 이 라디오 꺼도 좋은가?

김경위 광물성은 걸작인데, 앗핫하……

최민수 이놈들은 바루 동물성이야!

김경위 이 사람이 아직도 딴청인가? 대관절 자넨 범죄수사의 과학성을 어
찌 보나? 물적증거 말이야. 우리가 할 수 있는 한계는 그것뿐—그
래도 그가 범인이 아니라면 잘못은 신에게 있네.

최민수 만약 그놈의 물적증거가 조작되었다면?

김경위 무슨 얘기지?

최민수 지능적이게 말이야. 칼은 훔쳐서라도 얼마든지 쓸 수 있어. 그리고
시계도 구멍가게 앞에 쉽게 떨어뜨릴 수 있고—

김경위 멋진 윤색일세. 훌륭한 추리소설이야. 헌데 최군, 자네에게 묻겠는
데, 대저, 저쪽 지능만 일하고 이쪽 지능은 놀고 있었나?

최민수 그래서 자넨 사건해결의 공로를 남에게 뺏길세라 고문과 위협으로 죄없는 죄인을 조작해 냈나?

김경위 뭣이? 자네와의 우정만 아니었던들! 똑똑히 말하지만 그 따위 한 푼어치도 못되는 휴매니즘의 찌꺼기나 자랑하려거든 썩 나가주게!

최민수 그래 나가지.

　　(M) 주제곡.

지경애 정말 몰라요. 이름이고 뭐고 죄 잊어버렸다니까요.

최민수 마지막으로 하나만 더 ……이 글자가 무슨 글자지?

지경애 칠자예요.

최민수 칠자에서 뭐 생각키는 게 없어?

지경애 제발 날 좀 내버려 둬요. 왜들 몰려와서 자꾸만 꼬치꼬치 캐고 이럴까? 머리가 빠개질 것 같아! (애가 타게 운다.)

최민수 안 되겠군.

지경애 아아, 머리의 상처만 아니었던들—아시겠어요? 나도 뭐든 척척 대답할 수 있어요.

최민수 나도 알고 있어. 머리의 상처가 나빴던 거야. 어쩌다 그리 됐지?

지경애 고데하다 뎄어요.

최민수 뭐 고데?

지경애 빨간 쇠붙이가 살을 파고 들었죠. 피가 흘렀어요.

최민수 그게 어딘데?

지경애 미장원이라 생각해요.

최민수 맞았어! 미장원이고 말고! 그 때 미장원에 탱고가 흐르고 있었거든.

지경애　탱고요?

　(M)　탱고.

최민수　이런 곡이지.

지경애　애틋하네요.

최민수　우리 춤이나 출까?

지경애　좋아요.

　(E)　스텝 밟는 소리.

최민수　썩 잘 추는데. 더 빨리 돌아?

지경애　아니 천천히. ― 이상해요.

최민수　뭐가?

지경애　눈앞에 뭔지 비누방울 같은 것이……큰 것, 작은 것……저렇게 수
　　　　없이……빨강, 파랑, 노랑……아 눈부셔……

최민수　경애!

지경애　저요?

최민수　내 손에 이 칼 뵈?

지경애　칼?―

최민수　도망칠 구석은 없지!

지경애　앗!

　(E)　전화다이알 돌리는 소리.

지경애　여보세요, 경찰이죠? 나 좀 살려줘요! 여기 치, 칠번―악―

(M)   탱고 높아졌다가—

최민수   용서하게, 박군—

(E)   윤전기 도는 소리—배음으로.

사나이A 남산동 살인미수사건, 피해자의 기억력 회복으로 백 팔십도로 반
        전—
사나이B 진범은 영락한 왕년의 실업가 박철로 판명—형사대 범인을 추격코
        급거 홍콩으로 출동—

(E)   윤전기 소리 높아졌다가—

소년   엄마 이게 뭐야? 신문에 이렇게 났어.
엄마   또 뭔데 그러니?
소년   숨찬 생활중턱에서 미끌어진 실의의 사나이—이역만리에서 스스
        로 목숨을 끊다—
엄마   뭐라고?—

(M)   주제곡.

—끝—

(1965.11)

〈講師·作家〉

山에서

『現代文學』, 1966. 2

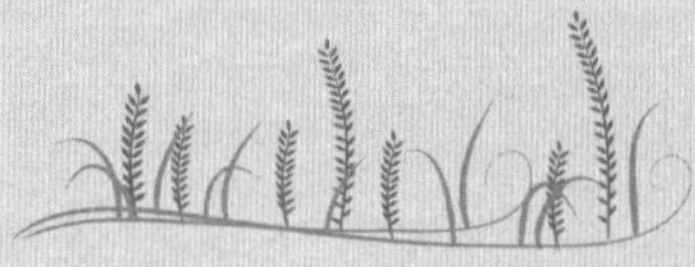

나오는 사람들

미스터 추　샐러리맨, 35세
아내　　그의 아내, 30세
삐에로
여자
청년

때 초여름 어느 휴일의 오후

곳 교외에 있는 산마루

오른쪽 산등성이에 성채(城砦)의 무너진 잔해가 도사리고 있다. 왼편 경사면에 송전주 상반신이 햇살을 받고 비스듬히 서 있다.

무대 중앙에 아카시아 숲. 활짝 핀 하얀 꽃송이가 구름처럼 화사하다. 막이 오르면, 성채 그늘에 미스터 추가 턱을 괴고 앉아서 꿈꾸는 듯, 아스레한 눈매로 송전주를 쳐다보고 있고, 아카시아 숲 왼쪽 공지에 아내— 그녀는 지금 고장난 파라솔을 손보고 있는 중이다. 그들 두 사람 사이는 우거진 아카시아 숲으로 해서 자연의 간막이가 되는 셈으로 서로를 쳐다볼 수 없고, 따라서 대화는 무대 전면을 향해 주고 받게 된다.

아내 여보.

추   …… (무반응)

아내 여보.

추   ……

아내 제 말 안 들려요?

추   (몽롱하게) 뭐라고?

아내 파라솔 말예요? 열려지질 않는구료. 막무가내예요.

추   파라솔이……?

아내 살이 물렀나 봐요. 진작 쓰레기통에 쿡 처박았어야 했는데.

추   그래! 잔뜩 녹슬었지. 살은 물리고—난들…… 숨 한번 크게……

아내 숨 한 번 어떻게요?

추   숨 한 번 크게…… 까짓거 파라솔 하나쯤……

아내 맙소사! 남의 말꼬리나 엇걸고 넘어지더라니까. (짜증난 듯, 파라솔을 내던져 버린다)

가야금 소리 아련히—

추   여보.

아내   …… (묵살)

추   여보.

아내   왜요?

추   저게 뭘까? 송전주 꼭대기에 뭔가 반짝반짝…… 햇빛일까?

아내   (가볍게) 그럴 테죠.

추   누전일지도……

아내   (힐끗 한 번 쳐다본다)

추   아니, 나빌까? 샛노란 호랑나비란 놈이 햇빛을 받아 아름아름……

아내   (빈정거리며) 네, 햇빛을 받아 아름아름……

추   그럼 여보, 당신은 저게 안 뵌단 말요? 잘 좀 눈여겨 봐요.

아내   안됐구료. 제 눈이 어두워서.

추   그럴리가……? 말은 뵈는 것의 반대야.

아내   좋으실 대로. 반대건 안 반대건 흥미 없어요. (그녀는 이 번거로운
         대화에 진력난 듯 아카시아 숲을 돌아 무대에서 사라진다) 호랑
         나비 꿈이나 실컷 꾸세요.

추   불가사의야. 세상에 그렇기도 하고 안 그렇기도 하고, 뵈기도 하고
         안 뵈기도 하고…… (점차 열을 올린다) 도대체가 글러먹은 것이
         그따위 어수룩한 사이비 논리로 해서 이 세상 허구많은 시시비비
         들이 엄정, 명석은 커녕 걸핏하면 귀걸이 코걸이식 아집 증세를 나
         타내더란 말야. 강변과 이율배반과…… 더러는 폭발적이게…… 더
         러는 역설적이게…… 추락과 세월과…… 그리고 눈사태와……

거칠고 허황한 음악이 가야금에 깔린다.

무대 서서히 환상적 분위기로 바뀐다.

성채 틈서리에서 삐에로가 껑충 뛰어나온다.

왕조 시대 무관들을 연상케 하는 울긋불긋한 도포 차림에 머리엔 카우
보이 모자. 미스터 추에게 다가가서 지팡이로 톡톡 친다.

삐에로　(쫑긋 웃으며) 잘 있었나, 미스터 추?

추　(고개를 든다) 당신은 누구요?

삐에로　날세.

추　나라니, 누구죠?

삐에로　자네가 자네이듯이 난 날세.

추　그 무슨 알쏭달쏭한 말씀을……

삐에로　그럼 여보게, 자네와 나의 동일 인물인가?

추　당신은 거기 있고 전 여기 있읍니다.

삐에로　다시 말해서 동일 물체는 동시에 두 개의 지점을 점유할 수 없다,
그런 논법인가? 그러고 보니 자네도 머리가 여간 논리적이 아닐세
그려. 그럼 내 하나 묻겠는데, 자넨 그래 언제 어디서나 자네 자신
인가?

추　그건 또 무슨……?

삐에로　가령 말일세. 자네면서 동시에 자네 아닌 때는 더러 없었나?

추　저면서 저 아닌 때요?

삐에로　없었어?

추　그야 전혀 없었다고야……

삐에로　그래 그게 어떤 때지? 들려줄 수 있겠나?

추　그건 말입니다. 가령 친구들과 얼렸을 때, 이쪽은 하나도 우습잖으
면서 친구들이 웃는다고 해서 덩달아 껄껄 웃어제껴야 체면이 설
때가 있거든요. 일테면 일종의 속 빈 가가대소 말입니다.

삐에로　그리고 또 있나?

추　또 있죠. 직장에서 상사란 이름의 화상 앞에 순종의 미덕을 가늠

해 보여야 할 때라든가……사실, 저란 사람은 몇 푼 보상을 바라는 외에 직장을 가질 하등의 이유도 없단 말입니다.

삐에로 담을 계속하게.

추 가정에 있어서도……솔직한 얘기가, 짜장 저 자신이어 본 적이 별로……

삐에로 그건 또 무슨 뚱딴지 같은 소리야? 가정이야말로 마음의 안식처요, 행복의 보금자리라고들 하지 않나.

추 헌데 글렀어요. 저란 사람은 남편구실이 신통찮으니까요. 집안 살림 꾸려 가기 하며, 아내 비윗보 맞춰가기 하며, 일테면 영 영점인 셈이죠. 설상가상으로 제 월급 봉투 사정 또한 말이 아니거든요. 숫제 벙어리 저금통 푼돈에도 못 미칠 지경이랍니다. 그래저래, 기진맥진, 이젠 아주 숨 한 번 크게 몰아쉬려도 수월찮은 형편이랍니다.

삐에로 (빈정거리며) 일테면, 뛰도 움츠리도 못할 산궁수진의 막다른 경계에 다다랐다 그 말인가? 앗핫……

추 당신을 절 비웃고 계십니까? 제 불행이 고작 조소거리에 불과하단 말입니까?

삐에로 불행? 아니 여보게, 여기 불행한 자 그 누구지? 자네야?

추 당신은 고독의 뜻을 아십니까? 가두에서, 직장에서, 또 가정에서 대화가 끊긴 채 회의와 절망의 어중간을 서성거려야 하는 가슴의 아픔 말입니다.

삐에로 아, 잠깐! 자넨 아까 분명히 자네 자신의 주인마저도 아니라 했것다!

추 그렇습니다. 제가 저 자신의 주인마저도 못 된다는 사실이 저에게 이중의 비극인 셈이죠. 뭐랄까, 사면이 거울로 둘러쳐진 방에 들어섰을 때의 그 혼란이랄까, 열 개, 스무 개의 그 많은 나 아닌 또 다

른 나와 얼굴을 대할 때, 망연자실, 일종의 공포 분위기마저 맛보
게 된답니다. 그들 중 어떤 놈은 나를 향해 삿대질하면서 고래고
래 악담을 퍼붓는가 하면, 또 어떤 놈은 허연 이빨을 드러내 킬킬
웃으면서— 구데기만도 못한 인간 쓰레기! 인생의 패배자! 낙오자!
하고 이죽거리기 일쑤거든요.

삐에로　거 어째, 증세가 과히 좋지 못하이. 좋지 못해. 대관절 어쩐 연유로
　　　　사태가 그리 악화됐을꼬? 어디, 미스터 추, 그 이유 들려주려나?

추　　　저에게 잘못이 있어 그리 됐단 말씀은 아니겠죠?

삐에로　반문이 아니라 대답이 듣고 싶네.

추　　　한 가지 분명한 사실은요. 모든 것이 제 본의완 상관없이 외부로부
　　　　터, 일테면 일방적이게 작용해 왔다는 점입니다.

삐에로　일방적이게, 시쳇말로 일방통행 말인가? 그렇담 미스터 추, 알 수
　　　　없는 것이, 그놈의 일방통행인지 뭔지 수작을 걸어오는데 자넨 왜
　　　　가만히 앉아서 속수무책으로 감수했나? 불가피한 무슨 이유라도
　　　　있어? 그 이율 말해 보게.

추　　　그건……

삐에로　그래 그건?

추　　　아아, 당신은 또 절 놀리셨군요.

삐에로　자네, 누에 본 일 있어?

추　　　누에요?

삐에로　자기 몸에서 실을 뽑아 고칠 만들고 스스로 구속되는 누에 말야.
　　　　흡사 자의식의 그물을 쳐 놓고 스스로 얽매이는 자네 꼴이나 마찬
　　　　가지지. 허지만 미스터 추, 알겠나? 누엔 비록 곤충일망정 자네처
　　　　럼 그리 바보는 아니라네. 고치 속에서도 부단히 변신을 계속, 때
　　　　가 오면 껍데길 뚫고 넓디넓은 새세계로 빠져나오거든. 천지개벽의
　　　　일대 결단을 내린단 말일세.

추   결단이요?

삐에로   그래 결단—

추   누에가 부럽습니다.

삐에로   안일과 타성의 묵은 껍데길랑 훌렁 벗게. 구멍부터 뚫어야 해. 그
         때 비로소 자네 앞에 숭엄하고 아름다운 또 하나의 세계가 활짝
         펼쳐질 것일세.

추   당신은 누구십니까?

삐에로   난 날세.

    사이.

삐에로   (담배만 뻐끔뻐끔 빨고 있다)

추   한 대 주실 수 있을까요?

삐에로   자네 담배 피던가?

추   네, 가끔은—

삐에로   그렇담 피게나. 속이 답답할 땐 썩 좋다네.

추   고맙습니다.

    사이.

삐에로   아니 이 사람아, 사람을 왜 그리 슬금슬금 훔쳐 보나? 뭐가 이상
         해?

추   네, 좀…… 어딘지 모르게……

삐에로   어딘지 모르게?

추   글쎄요……

삐에로   앗핫…… 자네 밀수꾼 본 일 있어? 망망한 대양을 주름잡아 남아

의 기개를 과시하는 바이킹의 후예말일세. 나로 말하면 바로 그 두목야. 이거! (엄지손가락) 알겠어? 뭣험 자네도 한 번 벗어 붙이고 나서 보지 그래. 일야, 까놓고 말해 몇 푼 푼돈에 매달려 바둥거리는 데 비기겠나. 남아 중 남아들만이 하는 일이라 승부도 꽤 시원시원 하거든.

추　　　　그야 더 이를 말입니까? 법이니 양심이니, 남의 꽁무니에 매달려 중뿔나게시리 뇌까려 봤자 한낱 낙오자의 잠꼬대에 불과한 세상이니까요. 그런데, 혹시 시계도 취급하고 계십니까?

삐에로　암 취급하기만! 자네 시계가 소용인가?

추　　　　여자들의 파라솔도 말입니까?

삐에로　그래 파라솔도. 그것도 최신 유행에 최고급품이지.

추　　　　보석은요? 반지나 목걸이 같은……

삐에로　뵈 줘? 자, 이거……다이아 반지에 진주 목걸일세. 어때, 이 광채? 눈앞이 아찔아찔하렷다! 최소한 여자로 태어나서 이만 정도야 몸에 걸쳐야 쪽도 쓰지 않겠나. 요조숙녀가 어디 따로 있던가?

추　　　　(만지작거린다. 떨리는 목소리) 감촉이……그만이군요.

삐에로　싸게 양보할까?

추　　　　아니올시다.

삐에로　세트로 오만 원만 내게. 거져야.

추　　　　아니라니까요.

삐에로　자네람 삼만원이다.

추　　　　제 앞에서 그걸 거둬 주십쇼.

삐에로　예라, 만 원이다. 오천 원이다. 천 원이다. 자 공짜다! 받어. 받으래도! 어서!

추　　　　(두 주먹을 부르쥐고 몸을 부들부들 떤다) 뭣이? 가난뱅이라고 사람을 이렇게 얕보기야?

삐에로 덤빌 테야? 신난다. 어디 덤벼 봐. 어서! 자, 이제부터 미스터 추의
      일생 일대의 사생 결단이 벌어진다!

추   결단요? 아아, 당신은—

삐에로 앗핫……

추   또 절 놀리셨군요.

삐에로 오오, 졸장부의 위대한 우유부단이여! 천하에 둘도 없는 무기력이
      여! 졸장부에게 축복을—똥개여, 모이라!

추   안정이 그립습니다. 그것뿐입니다.

삐에로 안정은 자기 기만, 결단은 자기 파괴세.

추   좌절이 두렵습니다.

삐에로 좌절은 층계에 주단, 위로 오르자면 좌절을 밟아야네.

추   강변입니다, 그건.

삐에로 누가? 자네가?

추   제가요?

삐에로 그럼 나야?

추   당신은 누구시죠?

삐에로 난 날세.

  사이.

추   관상장이는 저더러 궁상이 껴서 아무리 허덕거려 봤자 소원 성취
      는 글렀고 기껏해야 소성이 대성이리라 예언했죠. 불행하게도 제
      반생이 그 말을 실증하고야 말았읍니다. 꽃 피고 안개 흐르는 아
      침이나 눈 내리고 바람 부는 저녁이나 수많은 세월 속에 고작 저
      란 사람은 궁상 두 글자 속을 쳇바퀴 돌듯 돌고 또 돌아야 했으니
      까요. 뛰고 옴츠리고 쫓기고 넘어지고 또 뛰고……

삐에로   태고로 돌아가게. 물질 불멸의 법칙권 외에 놓여 있다네.

추   저란 사람은 하나의 작은 잎새, 세월의 도도한 흐름을 벗어날 수
         없읍니다.

삐에로   아래로 침전하는 것일세. 머리에서 가슴만큼의 높이만. 거기 태고
         가 바다처럼 출렁거리고 있다네.

추   아아, 태고를 불러 올 수 만 있다면…… 어린 시절의 추억처럼……

삐에로   발가벗게. 가식의 묵은 껍데길랑 훌렁 벗어서 깃발처럼 높이 치켜
         흔들면서 좌충우돌로 앞으로 앞으로 돌진하는 것일세.

추   용기가 없읍니다.

삐에로   심장에 칼을 꽂게.

추   침묵을 감당할 수 있을까요?

삐에로   시간, 공간의 질서에서 탈출하는 것일세.

추   거기가 그럼 진실의 나라입니까?

삐에로   진실이 과일처럼 주렁주렁 달렸지.

추   그럼 거기선 피아노 연주하듯 인생을 두드리며 기어다니는 간사한
         무리들은 없을까요?

삐에로   거긴 존재의 나라, 존재는 존재한다는 사실만으로도 숭엄하고 아
         름다우니까.

추   거기선 그럼 나 자신을 은폐하거나 억누르지 않아도 될까요?

삐에로   자넨 언제나 자네 자신일 수 있다네.

추   자유도 말입니까?

삐에로   없는 것이라군 자유를 떡 주듯 배급하여 떵떵거리는 특권층의 오
         만뿐일세.

추   전통은요?

삐에로   전통이란 찾아서 얻어지는 객체가 아니라 자네가 진정 자네 자신
         일 때 저절로 솟아 오르는 자네만의 발상(發想)일세

추   사랑은요?

삐에로   사랑이란 존재의 자기 표현 양식, 발상의 동의어라네.

추   그럼 여기 보이는 이것들도 죄 존재일까요?

삐에로, 짐짓 예언자처럼 포우즈를 취한다.

하늘을 우러러 상을 더듬는다. —무대 어두워진다. 별들이 반짝이기 시
작한다. 송전주에서 파란 불꽃이 너울거리고, 아카시아나무들이 몸을
흔들면서 신비스런 음악을 연주하고, 성채 틈서리에 안개가 자욱이 피
어오른다. 뭇 새들의 지저귐—미스터 추, 탄성을 지른다.

삐에로   비단 이것들뿐이겠나. 우리 주변에 널려 있는 온갖 잡동사니들—
         꼬마들이 쓰다 버린 몽당연필하며 길가에 굴러 있는 돌맹이 하나,
         벽지에 새겨진 후줄근한 꽃무늬 그림들하며 심지어 망가져 천대
         받는 고물 파라솔에 이르기까지……

추   고물 파라솔도 말입니까?

삐에로   하다못해 짐짝 꼬리표에 수도꼭지, 불 꺼진 난로에 녹슨 자물쇠,
         알 빠진 할아버지의 돋보기에 손때 묻은 할머니의 삼층 장롱, 박
         물관 어느 구석에 누워 있는 동강난 기왓장에 좀이 슬어 이제는
         조각만이 남은 고인들의 나들이옷……이것들이 존재 아닌 것 하
         나 없다네.

추   그렇담 선생님, 우린 어떡해야 그들 존재와 하나가 될 수 있죠? 가
         능할까요?

삐에로   좀 어렵지. 어렵고말고! 인간 자신이 그걸 원치 않거든. 그들은 말
         야, 존재의 자기 주장이 두려운 나머지 존재와 새에 두꺼운 벽을
         둘러치기 일쑤니까. 그뿐인가. 그들은 심지어 그들 상호간의 존재
         성마저도 묵살하려고 온갖 퇴색한 관념의 교리(敎理)들을 날조하

여 무기로 삼고 덤비거든. 이 얼마나 어처구니없는 넌센슨가?

추　　　아아, 그렇군요. 관념의 벽만 뚫을 수 있다면…… 선생님, 가르쳐 주십쇼. 어떡해야 그 벽을 뚫을 수 있는지 가르쳐 주십쇼.

삐에로　자를 버리게. 잣대를 휘두르지 말게.

추　　　자요?

삐에로　잣대나 들고 설치는 자에겐 세계가 길이로밖에 인식되지 않는다네.

추　　　허지만 선생님, 그것 없이는 우린 한 치 제 앞도 용케 내다볼 수 없 잖을까요?

삐에로　한 치 제 앞도?

삐에로 포우즈를 푼다. 동시에 무대 먼저 상태로 돌아간다.

추　　　사라졌군요.

삐에로　에끼, 어리석은 친구! 이 판에 한눈 팔 건 또 뭐람? 그리고 보니 자 네도 결국 그저 그렇고 그런 한 마리 망아지에 불과했군 그래. 저 푸르고 기름진 들판에서 골라가며 마른 풀만 뜯어먹는다는 깡마 른 망아지 말야. 아무튼 이젠 만사휴이, 별 수 없지. 화젤 바꿀밖 에. 자, 이제부터 자네 부부간 얘기나 함세.

추　　　그것만은 제발……

삐에로　왜, 두려운가?

추　　　그건 아닙니다만……

삐에로　금슬이 어때? 원앙새쯤 되나?

추　　　그저 창피할 뿐입니다.

삐에로　그래? 그럼 뭐야, 몸은 지척이요, 맘은 천 리 만 리 격인가?

추　　　저로선 어쩔 수 없는 일이었읍니다. 내심은 그게 아닌데 자신도 모 르게 어느새……

삐에로   내심은 그게 아닌데? 세상에 이런 요지경이 또 어딨나. 그놈의 일
방통행 낮도깨비가 또다시 대가릴 내밀었단 말야. 이야말로 출구
없는 미로, 시작도 끝도 없는 부처님 손바닥일세. 앗핫……

추   출구를 가르쳐 주십쇼, 선생님.

삐에로   안일과 타성의 껍데길랑 훌렁 벗게.

추   안일과 타성의?

삐에로   자기 파괴의 결단만이 남았네.

추   결단?

삐에로   태고로 돌아가게.

추   아아, 당신은 어쩌면 깊은 숲속 어느 맹수의 손에서 자라났을지도
모를 진화 이전의 야만족의 폭군—당신은 누구시죠?

삐에로   난 날세.

사이.

추   우리가 처음 알게 된 건 십 년 전이었읍니다. 그 무렵 아낸 무척이
나 발랄했죠. 상냥한 그 목소리하며, 유연한 몸매, 깊고 그윽한 두
눈, 아리 아리 다문 입술—그녀가 한 번 고개를 뒤로 젖히고 간드
러지게 웃음을 날리기라도 할 땐 달콤한 음악에나 취한 듯, 짜릿한
황홀경에 빠져들군 했으니까요 그러나 그도 한때, 세월은 이제 그
녀의 그 모든 아름다움을 송두리째 거둬가 버렸어요. 남은 것이라
군 독기 서린 뾰죽한 목소리에 두 눈에 어른대는 속기뿐이죠. 침침
한 방안에 흡사 두 개의 태양처럼 마주앉아 서로 노려보고, 이죽거
리고, 넘겨짚고, 언성을 높이고…… 선생님, 남녀 간의 애정이란 기
껏 생식 본능을 위장하는 빛좋은 불장난에 불과한 것일까요? 도
대체 우린 언제까지 이 무의미한 공전을 되풀이해야만 합니까?

삐에로　해결책은 단 하나—서로를 해방하게.

추　뒷맛이 쓰지 않을까요?

삐에로　자네가 진정으로 원하기만 한다면야 까짓거……

추　그 밖엔 길이 없을까요?

삐에로　왜, 헤어지길 원치 않나?

추　용기가 없습니다.

삐에로　아니 이혼의 용기마저도?

추　미지의 미래가 더 두려우니까요.

삐에로　모험을 마다하는 자에겐 행복은 찾아오지 않는 법일세.

추　전 지금 현재도 나날이 큰 모험 속에 살고 있어요. 온갖 곳에서 위험한 줄타기를 하고 있거든요. 모험은 이제 일상의 것만으로도 충분합니다.

삐에로　그럼 부인을 죽여 없애게나.

추　사람을 죽여요?

삐에로　그것도 안 되겠나? 그럼 말일세, 만약에 부인이 자넬 배신이라도 하는 날엔?

추　그게 저와 무슨 상관일까요?

삐에로　무슨 상관?

추　저란 사람은 지금 현재도 아내의 전불 차지하고 있지 못하는 형편, 설사 배신당한다 해도 새삼 놀랄거야 없잖을까요? 질투를 잃어버렸읍니다.

삐에로　묘한 부불세. 참으로 묘해. 그건 그렇고, 자네 여기 이 산엔 오늘이 첨인가?

추　아뇨. 여긴 저희들에게 있어서 잊을래야 잊을 수 없는 곳이죠. 젊은 날의 추억들이 여기저기 널려 있으니까요.

삐에로　그래……?

아카시아 숲 뒤에서 여자의 해맑은 웃음 소리—

삐에로　자네 부인인가?

추　　　원 농담의 말씀을……

삐에로　낭랑하기라고 은쟁반에 구슬 굴리는 격이야.

남자의 웃음 소리—

삐에로　얼레, 남녀 동반인가?

아카시아 숲 왼쪽 공지에 여자와 청년 등장. 여자는 입은 옷이 다를 뿐 아내 그대로다. (일인 이역) 청년은 근처를 산책 중인 대학생 차림. 카메라를 들었다.

여자　　(포우즈를 취하며) 웃을까요?

청년　　네, 활짝.

여자　　아카시아꽃도 넣어 주세요.

청년　　꽃 향기도 함께 넣어 드리죠.

여자　　어머, 멋진 유우머……호호……

추　　　……?

삐에로　뭐야, 갑자기?

추　　　이상한데요……?

삐에로　뭐가 말인가?

추　　　저 여자 말입니다……헌데……옷이 다르군요.

청년　　됐읍니다. 멋지게 한 장 확대해 드리죠. 그런데 어디로 붙여 드림 될까요?

여자   주소 적어 드려요?

청년   그것도 좋긴 하겠읍니다만……

여자   더 좋은 방법이라도……?

청년   저어……

여자   뭐죠?

청년   말입니다……

여자   말이라뇨?

청년   약간만 긴장해도 전 본시 말문이 이렇게……

여자   오라, 예서 다시 만남 되겠군요. 그게 좋겠죠?

청년   영광을 주시렵니까?

여자   아카시아꽃이 지기 전에.

청년   정말 향기롭군요.

여자   저어 미스터……

청년   유우라 불러 주세요.

여자   유씨요?

청년   아니, 유우씨 말입니다.

여자   유우씨요? 거 참 별난 희성도 다 있군요. 그럼 저어 미스터 유우.

청년   뭡니까?

여자   유우께선 첨인가요. 여기가?

청년   아뇨. 가끔 이렇게……말하잠 심심할 땐……

여자   혼자서요?

청년   호젓한 걸 좋아하니까요?

여자   어쩜! 저랑 똑 같네요. 저도 호젓한 걸 좋아해요. 그런데 아직 여자 친군……?

청년   아직—

여자   유우께선 미남야.

청년　뭘요.

여자　웃어 보실래요?

청년　웃어요?

여자　실은 아까 말예요, 유우께서 웃으실 때, 타이론 파워를 생각했다나요. 너무너무 닮았어요.

청년　아닌게 아니라, 허허……친구들도 더러 그렇다고들 그러죠.

여자　호호……

추　저 여자……제 아내올시다.

삐에로　옷이 다르다면서?

추　틀림없어요. 고개르 뒤로 젖혀 간드러지게 웃어제끼는 저 꼴 좀 보세요. 저 하얀 이빨하며, 살짝 패이는 볼우물하며……헌데……저토록 발랄할수가……모를 일야……

청년　저어……

여자　뭐죠?

청년　여기 혼자신가요?

여자　아까 그랬잖아요? 호젓한 걸 좋아한다고.

청년　그럼 부군께선 집에……?

여자　어머머, 무슨 그런 실례의 말씀을! 제가 그래 미세스로 보여요?

청년　실례했읍니다. 여자 교제가 통 없어 놔서……

여자　말하잠 아직 순진파신가요?

청년　말하잠……허허……

여자　호호……

추　역시 아내올시다. 틀림없어요. 아낸 웃을 때, 가끔 저렇게 머릴 위로 쓰다듬어 올리는 버릇이 있거든요. 매력이 있어 뵌다나요. 헌데……젊어……너무 싱싱해……

청년　저어……

여자 네?

청년 말입니다……

여자 어머니 또……

청년 말문이 자꾸만 이렇게……글쎄 약간만 긴장해도……그래서 말입니다, 한두 번 웅변 대회 같은 데도 나가 봤읍니다만 효과가 별로 신통찮아요. 가까이 가도 실례 안 될까요?

여자 햇살 받으실려구? 마침 잘 됐네요. 저랑 자릴 바꿔요. 전 그늘이 더 좋거든요.

삐에로 저 여자 청년에게 홀랑 반했네. 여자란 본시가 말야. 본능적으로 요사낄 타고 태어났는지라 걸핏하면 본심을 반대로 뒤집어서 드러내는 야릇한 버릇들이 있거든. 일종의 점수 따기 우회 작전이지. 두고 보게나. 머잖아 결합의 팡파아르가 높이 울려 퍼질 것이니. 어디 아픈가? 안색이 그리 좋지 못하이.

추 (신음하듯) 아내가 아니란 말입니다, 저건. 아낸 이미 늙어 비틀어졌어!

삐에로 그야 더 이를 말인가! 우린 그저 여기 이쯤에 숨어서 불장난 구경이나 함세.

여자 싫어 싫어. 너무 그렇게 사람을 뚫어지게 노려보지 마시라니까. 얼굴이 따가운걸 뭐.

청년 날씨가……정말 좋군요.

여자 애개개, 고작 날씨 얘기?

청년 뭐랄까, 하늘이 저렇게……

여자 잠깐만요!

청년 네?

여자 얼굴을 약간 모로 돌려 봐요 아까처럼.

청년 이렇게요?

여자   역시 미남야. 그렇게 모로 햇빛을 받으니 꼭 빚어 세운 조각만 같
       아요.

청년   아, 뭘요.

여자   아, 뭘요가 아니라 이런 땐 뭐라 한 마디 하셔야죠 남자분이.

청년   글쎄 저란 사람은 약간만 긴장해도……

여자   아이 갑갑해. 이봐요, 미스터 유우, 말재간보단 맘이라 하잖어요?
       그 맘 속 한번 들려 주시란 말예요. 절 어떻다 생각하시죠?

청년   글쎄 말이 잘 될는지……요컨대, 일테면, 말입니다……댁의 눈동자
       가 하늘을……아니, 하늘이 눈동자 속에……역시 잘 안 되네요.

여자   아이 멋져! 일테면, 제 눈동자가 하늘을 닮아서 그리 깊고 그리 그
       윽하단 말씀이죠? 아아, 멋있어! 그리고 또요?

청년   저 피아노 치시나요?

여자   그건 왜요?

청년   손이 말입니다, 손가락이……아니 다리·허리·가슴 그리고 몸 전체
       에서…

여자   그래 몸 전체에서?

청년   음악이, 교향악이, 실내악이……꽃 향기에 실려서…… 이런 음악
       생전 첨입니다.

여자   음악이, 교향악이, 실내악이……내 몸 전체에서 아아, 다리·허리·
       가슴에서……꽃 향기처럼……아아……

청년   (여자의 손을 잡는다) 살결이 이토록 부드럽다니 꿈만 같습니다.
       이 반지 진짠가요? 아, 역시 진짜였군요. (반지에 입을 맞춘다) 감
       촉이……그만입니다. 혹시 이런 말 들으신 적 있으신지……사랑은
       말입니다, 달콤한 검증을 요구한다는……

여자   떨려요. 이제 암말도 더 마세요. 그저 손만 이렇게 꼭 잡고 있음 돼
       요. 꼭요.

청년	이만치요?
여자	더요.
청년	이만치요?
여자	더요.
청년	이만치요?
여자	으스러지게. 더, 더!
추	배신자!
삐에로	앗핫……드디어 결단이다! 미스터 추의 일생 일대의 사생결단의 순간이다! 앗핫……

미스터 추 뛰어나간다. 여자와 청년 도망친다. 쫓고 쫓기는 그들의 동작은 흡사 고속도 촬영의 그것처럼 느리고 우스꽝스럽다. 청년 위기를 모면, 성채 뒤로 사라지고 여자 마루턱에서 붙잡힌다.

추	요부! 탕녀!
여자	대관절 여보세요, 댁이 누군데 이렇게 사람을 붙잡고 행패죠?
추	암여우! 배신자!
여자	사람 살려!

미스터 추, 여자를 번쩍 안아서 절벽 밑으로 던져 버린다. 여자의 비명 소리—

가야금 곡—. 이제 미스터 추의 의식의 편력도 끝나 무대는 원상태로 되돌아간다. 우두커니 마루턱에 섰는 미스터 추—. 희미한 눈초리로 주위를 둘러본다. 천천히 아래로 내려와 성채 그늘에 턱을 괴고 앉아서 개막 당시의 포우즈를 취한다. (—로뎅의 「생각하는 사람」)

아내 먼저 위치에 등장.

아내   여보.

추   응?

아내   거기 누구랑 같이 있어요?

추   아니.

아내   그런데 왜 아까는 그리 큰소리 치셨죠? 깜짝 놀랐어요.

추   혼자라니까.

　　　사이.

추   여보?

아내   왜요?

추   그새 당신 어디 갔었소?

아내   마구 걸었죠 아무데구. 도무지 가슴이 갑갑해서……

추   담배가 피고픈데……

아내가 파라솔을 집어 다시 손본다. 내리쬐는 햇살 아래 그녀 얼굴에 말할 수 없는 고달픔이 깃들인다. 파라솔은 여전히 열려지지 않는다. 내던져 버린다.

아내   글렀어. 뭐 하나 뜻대로 되는 일이 있어야지. (얼굴을 싸고 운다)

미스터 추 비로소 아내에게로 다가가서 연민의 정을 담아 내려다본다.

추   여보, 우린 아마 신기루 속에서 허우적거리고 있나보우. 사는 흉내
　　　　　말요.

아내   지쳤어요. 더 이상 어떻게……

추	서투른 낙서처럼 어설피 늘어져서 수나 세고 셈을 하며, 시작도 끝
	도 없이 휘뚜루마뚜루 뛰고, 움츠리고, 쫓기고, 넘어지고—어쩌다
	시계 저미는 소리라도 들릴라치면 움찔 놀라서 세월의 흐름이나
	새삼 가늠할……정녕 뭔가 달라져야겠어.
아내	여보, 산을 내려갑시다. 모처럼 소풍도 이렇게 끝났군요.
추	그게 좋겠오. 그래, 내려갑시다. (파라솔에 눈이 가서 집어든다)
아내	왜요?

미스터 추 파라솔을 눈여겨 찬찬히 바라본다. 가야금 소리 아련히 들
려 오는데 막—

금이 간 탱고 (방송극)

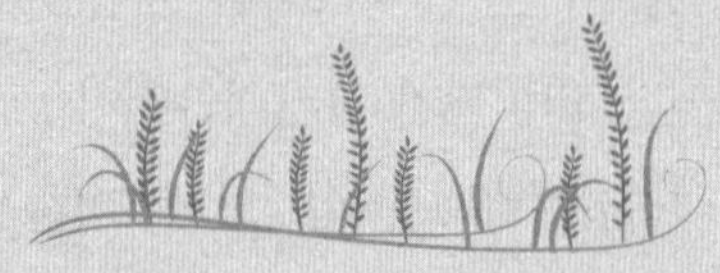

나오는 사람들

최명수	지경애
김주임	최철수
노인	사나이 A·B
여인	소년
뽀이 A·B·C	형사
재판장	사회부장
아나운서 A·B	

〈E〉　전화벨소리.

최명수　네, 수도일보삽니다.

〈M〉　주제음악—수화기에서 기타 독주의 탱고가 흘러나와 배음으로
　　　깔린다.

여자의 소리(필터)　경찰을 불렀어요. 급해요. 아주 급해요!
최명수　또 혼선이군. 이놈의 전환 비만 오면 밤낮 말썽이란 말야.
여자의 소리(필터)　아, 아, 사람살려!
최명수　뭐, 사람 살려? 대체 이게 무슨 소리야? 여봐요, 거기 어디죠?
여자의 소리(필터)　치, 칠번…아, 아악!
최명수　아, 여보세요! 여보세요! 끊어졌군.

〈M〉　높아지고
〈아나운스멘트〉
〈M〉　바뀌어 왈쓰곡.

김주임　이건 K·A일세.
최명수　왈쓰는 아니구 기타 독주였어.
김주임　그럼 K·Y로 돌릴까.

〈E〉　라디오 주파수 바뀌어 시낭송.

김주임　K·Y두 아니구…

〈E〉　다시 바뀌어 트럼펫 솔로.

김주임　배가본두 아니구…

〈E〉　다이알의 움직임을 따라 갖가지 푸로가 스친다. 그러나 기타 독주
　　　는 잡히지 않는다. 스위치 툭 꺼지고―

김주임　그 새 푸로가 바꼈는지 모르지.

최명수　허지만 문제의 전활 받구 나서 아직 이분두 채 못되는 걸. 난 곧바
　　　루 자네에게로 뛰쳐왔거든.

김주임　그럼 역시 전축이었을까. 살인에 전축은 어째 어울리지 않아. 아뭏
　　　든 명수군, 일부러 이렇게 알려줘서 고맙네만―글쎄―무엇 뾰죽
　　　한 단서라구 없으니…도무지 구름을 검어잡는 격이야.

최명수　그렇다구 김군, 자넨 경찰관의 입장에서 이 일을 그냥 묵살해버릴
　　　수야 있나. 더구나 수도 경찰에서두 민첩한 솜씨로 이름이 알려진
　　　자네 처지에.

김주임　건 그렇지만……사실 난 지금 비번이기두 허구 몸두 고달프구……
　　　어째 썩 맘이 내키질 않네그려. 여하튼 한대 피게.

〈E〉　성냥 긋는 소리

김주임　에, 자네 말에 의할 것 같으면 사건인즉 대충 이러허네. 첫째 오늘
　　　밤 열시 십분 정각에 서울 어느 구석에서 젊은 여자가 피살됐다는
　　　것…둘째, 현장에 전축인듯 싶은 탱고가 흐르구 있었다는 것…셋
　　　째, 살해방법인데, 여러가지로 미루어 보아 목을 졸랐거나 아니면
　　　칼붙이를 사용한듯 싶다는 것…결국 이정도 아니겠나.

최명수　자넨 중대한 사실 하나를 빠뜨리구 있어.

김주임　뭔데?

최명수　칠 번이란 수수께끼 말이야.

김주임　참, 깜박 잊었었군. 칠 번이라…그게 무슨 칠 번 일꼬. 전화번호는
　　　　아닌데.

최명수　혹시 집 번짓수가 아닐까?

김주임　설사 그렇다 쳐두 단서는 못될세. 장님 서울김서방네 찾기나 다름
　　　　없지.

최명수　흠, 칠번이라…. 거 혹 운동 선수의 빽, 넘버 같으면 나두 대학시절
　　　　에 칠번인 적이 있었지만……럭키 세븐으로 날렸거든.

김주임　럭키 세븐? 그럼 이게 두 럭키 세븐끼리 죽음의 마당에서 짝이 맞
　　　　아 떨어졌단 말이군 그래. 전화의 혼선 덕분에. 핫핫하…멋들어진
　　　　상봉이야. 가만있자!

최명수　뭘 그래 갑자기?

김주임　자네 용기가 있걸랑 따라 오게. 어쩌면 노다지 기사거리 잡을지 몰라.

〈E〉　자동차 떠나는 소리

최명수　대관절 어딜 가는 거야 이거?

김주임　두구 보세. 세상이 깜짝 놀랄 솜씰 뵈줄 테니 우선 여기부터.

〈E〉　자동차 정거 소리

〈M〉　밴드의 주악이 가까와지고—

김주임　칠번 땐서 불러 줘.

뽀이A　네, 곧 불러 드리죠. (멀어지며) 명자씨—

김주임   여긴 허탕일세. 자 댐이야.

〈E〉   자동차 떠나는 소리

최명수   말하자면 살해된 여인이 칠번 땐서란 말이로군. 엉뚱한 육감인데.
        역시 자네다워.
김주임   그래서 내 별명이 엑스레이라나. 핫핫하…자, 내리세.

〈E〉   자동차 정거 소리

김주임   칠번 아가씨 불러 주게.
뽀이B   미안합니다. 칠번은 선약이 있읍죠.
김주임   여기두 아니구…

〈E〉   자동차 떠나는 소리
〈M〉   주제음악.

최명수   여보게 김군, 대체 언제까지 이러구 도나? 간데마다 허탕만 치구.
김주임   왜, 지루해? 좋은 사람 만날 약속이라두 있음 먼저 내리게
최명수   에끼 이 사람! 나한테 언제 좋은 사람이 있었나. 그보다두 실은 철
        수형님이 오늘밤 집에 들리기로 연락이 왔네. 뭐 좀 할 얘기가 있
        다나.
김주임   철수형 사업은 여전하대?
최명수   어디! 이즈막은 빚장이들 등쌀에 땀을 빼나봐.
김주임   자, 삼각장이야.

〈E〉자동차 정거 소리

김주임   칠번 땐서 대주게.

뽀이IC   칠번입쇼? 칠번이 누구더라? 오라, 지경애씨

최명수   뭐, 지경애라구?

뽀이IC   네, 칠번이면 경애씨 틀림없읍죠.

김주임   자네 아는 여자야?

최명수   설마 그 여자야 아니겠지?

뽀이IC   그런데 경애씬 달포전에 그만뒀는뎁쇼. 뭐, 가정을 차렸다구두 하
         구…

김주임   그만뒀어? 그래 그 집은?

뽀이IC   글쎄 집꺼정은 잘…(멀어지며) 잠깐 기다려 봅쇼.

김주임   이를테면 자네 아는 지경애허구 이 지경애가 동명이인이란 말인가?

최명수   아마두 틀림없을껄.

뽀이IC   (가까와지며) 알알았읍니다. 남산동 막바지 일

여인   에그 끔찍 스러워. 현장 사진까지 났네.

소년   선혈이 낭자한 사건 현장. 엄마, 선혈이 낭자가 뭐야?

번지랍니다.

김주임   고마우이.

   〈E〉 자동차 떠나는 소리

김주임   명수군, 자네 아는 지경애 말이야, 그 여자 뭘허는 여자지? 아는대
         로 얘기해 주게나.

최명수   들어두 별루 도움은 안될 것일세만…… 육이오 때 갈라졌지. 그땐
         순진한 여학생이었어.

김주임 그래 그후 만난 적은?

최명수 없어. 소식이라구 뚝 끊어졌는 걸. 소문엔 아버지가 납치당하구 어머닌 폭사했다는 말두 있지만 사실여부는 알 길이 없네. 꽤 부유한 가정집 외동딸이었는데……

김주임 자네허구 관계는?

최명수 관계라니?

김주임 그저 남남으로 알 뿐인가?

최명수 아닐세. 실은 내 첫사랑이라네.

김주임 첫사랑?

최명수 뿐만 아니라 난 지금두 그 여잘 찾구 있어. 어쩐지 어느 지점에서 불쑥 만나질 것만 같은걸.

　　〈E〉 천둥치는 소리

김주임 끝내 소나기로 변했군. 꼬락서니가 쉬 멎을상 싶잖어. 이쯤에서 내리세.

　　〈E〉 자동차 정거하고 문 닫는 소리. 빗소리 높아지고

김주임 억수로 쏟아지네. 이렇게 칠흑처럼 깜깜해서야 원! 옳지, 저기 구멍가게가 있군. 들러서 잠깐 물어 가세.

　　〈E〉 뚜벅뚜벅 걸어가는 구둣발소리
　　　　 가겟문 여는 소리

김주임 실례합니다.

노인　　에크 어서 옵쇼. 그래 뭘 드릴까요?

김주임　저어……참, 성냥 한갑 주시죠.

노인　　그러슈.

김주임　(귓속말) 여보게, 자네두 보았나?

최명수　무엇 말이야?

김주임　저 영감장이가 여자용 팔뚝시곌 만지구 있었다네. 우리가 들어서
　　　　는 바람에 날름 집어넣더군.

최명수　그래?

노인　　옛수다 성냥.

김주임　그런데 할아버지.

노인　　무엇 말이유?

김주임　지금 몇 시쯤이죠?

노인　　몇 시쯤이냐구? 글쎄올세다……시계라구 있어야

김주임　그래요? 아, 좋습니다. 건 그렇구 여기 막바지집이 어디죠?

노인　　막바지집이문야 저기 뵈는 저 외딴 양옥입죠.

　〈E〉　구둣발소리

김주임　수상해.

최명수　구멍가게 노인장 말인가?

김주임　필시 무슨 곡절이 있겠는걸.

최명수　자 다 왔어. 대문이 훨쩍 열렸는데. 불두 죄꺼졌구.

　〈M〉　주제음악이 몇 개 소절을 되풀이하면서 나즉히 들려 온다.

최명수　저게 들리나? 아까의 탱고야.

김주임　음……판에 금이 간 게로군. 제자리를 헛돌구 있는데.

　　〈E〉　가냘픈 여자의 신음소리.

최명수　무슨 소리지 저게?

김주임　여자의 신음소리야. 됐어! 당자는 아직 살아있어 자, 내 뒬 바싹 따
　　　　르게.

　　〈E〉　문 덜컥 열리는 소리
　　　　높아 지고—

김주임　어때? 역시 동명이인인가?

최명수　아냐! 바루 그 경애씨야.

　　〈E〉　천둥치는 소리.
　　　　바뀌어 윤전기 돌아가는 소리.

사나이A (신문을 버스럭거리며) 도하 남산동에 엽기적 살인사건 발생이라.
　　　　삼각장 땜서 피습.

사나이B 또 살인이야? 에 식모는 즉사하고 지씨는 생명이 위독. 경찰 유력
　　　　한 용의자를 검거.

여인　넌 그런 거 몰라도 돼. 학교 갈 채비나 썩 하렴.

　　〈M〉　주제음악.
　　〈E〉　현관문 여닫는 소리.

최철수 오 명수냐? 너 웬일이냐? 날이 이렇게 다 밝아서야 돌아오니?

최명수 미안해요 형님. 밤에 살인사건이 나서 밤을 꼬박 샜는걸요.

최철수 살인사건이? 아니 어디서?

최명수 남산동 쪽이에요. 식모는 즉사하구 주인 여잔 칼로 뒤통수를 내리 찍혔는데 워낙 중상이라 건지긴 어렵겠던데요.

최철수 원 저런! 그런데 너두 그 현장엘 갔더란 말이냐?

최명수 가기만 해요! 일이 여간 공교롭지 않게됐어요. 그 여자의 사람 살리라는 마지막 전화가 혼선으로 말미암아 저의 신문사에 걸려 왔구 그걸 제가 받았거든요. 그런 인연으로 누구보다두 먼저 사건현장에 달려갈 수 있었죠. 그리구 병원에두 제손으로 실어 갔구요. 그뿐인가요! 그 여잔 다른 사람 아닌 바루 저의 과거 걸프렌드였어요.

최철수 거 참 신통두 허구나, 꼭 무슨 얄궂은 운명의 희롱같은데. 그러나 저러나 그게 대체 어떤 살인이냐

최명수 집안이 뒤죽박죽으로 털린 점으로 봐선 강도살인인 것두 같지만……글쎄요…. 그런데 저한테 하실 말씀이 뭐죠?

최철수 뭐 별것 아니다만—실은 나 오늘 홍콩으로 뜰지 모르겠다.

최명수 왜요? 끝내 문제의 물건 거래 때문인가요?

최철수 그렇단다. 왜 안 되냐?

최명수 지금두 그 일에 전 반대예요. 글쎄 사회 이목같은 것두 생각하셔야죠.

최철수 아니다. 넌 아직 지금의 내 처지를 잘 몰라서 그래. 어디, 네말처럼 그리 여유있는 형편이나 되면 오죽 좋겠니! 까놓구 말해서 난 파산의 지경지 이르렀어. 오늘 입때까지 내딴엔 양심의 두 글자에 매달려 남의 구설을 두려워했구 악의 탁류와 거리를 취하기에 적잖이 애 써 왔어. 그러나 그 결과 난에금 막다른 골목에 몰려 있단

다. 죽느냐 사느냐의 고비에서 한가닥 지프래기라두 검어잡아 볼
밖에 더 있니. 아니. 이런 얘기 다 그만두구 얘 명수야.

최명수　네?

최철수　피는 물보다 짙다는 말 너두 알구 있을 테지?

최명수　갑자기 그건 또 무슨? 그야 혈육이 더 소중하죠.

최철수　너와 난 지금까지 너무 동떨어진 세계에 살아왔어. 매사에 고집이
요 빗나가기가 일수였지.

최명수　참 형님두! 그렇다구 우애가 없는건 아니잖어요! 아니 그런데, 팔
에 붕대는 웬 일이에요?

최철수　응, 넘어져서 삐었다. 먹지 못하는 술덕을 좀 본 셈이지. 자 어서,
밤을 샜다문서 한숨 푹 자거라.

〈M〉　주제음악.

〈E〉　윤전기 도는 소리.

사나이A　남산동 살인사건 진범을 체포. 피해자의 팔뚝시계가 단서.

사나이B　뭐 칠순 노인네가? 이거 정 늙으막에 미쳤나 봐.

사나이A　그런데 그 노인네가 범행을 딱 잡아뗀 대누마.

노인　이 사람은 모릅죠. 정말이지 아무것두 모릅네다.

김주임　몰라? 아니 증거가 있어두 몰라? 이봐 영감, 대관절 그 여자가 죽은
줄 아니? 죽기는 커녕 멀쩡히 살아 있어. 당자가 입을 여는 날이면
알지? 법에두 눈물이 있다구 제 입으루 순순히 부는게 약은 수지.

노인　제발 죄없는 늙은 것을 괴롭히지 말아줍쇼. 내사 칠십평생에 나쁜
짓이라군 눈꼽만치두 안했오이다.

김주임　에끼, 지독한 영감쟁이 같으니. 그래 이 시계 어서 났지?

노인　그건……저어……길에서 줏었읍죠. 길바닥에 떨어져 있었읍네다.

형사　(뚜벅뚜벅 가까와지고) 주임님, 범행때 쓴 칼을 찾았읍니다. 저 영
　　　감네 마루밑에 감춰놨더군요.

노인　아니, 저게 어쩐 일야?

김주임　음, 아직 피가 묻어 있군. 후후후……이걸루 쿡 내리찍었으렸다.

노인　아니올세다. 절대로 아닙죠. 그 칼은 우리 죽은 아들놈이 생전에
　　　쓰던 겁죠.

형사　여기 또 있읍니다. 피해자의 팔찌며 목걸이이며 게다가 현찰까지
　　　적잖이 똘똘 싸서 구멍가게 뒷마당에 땅을 파구 묻었는데요. 싯가
　　　로 쳐서 오만원은 너끈 넘을 겝니다.

김주임　수고했네. 곧 칼의 지문을 채취토록 하게.

　　〈M〉　주제음악.

사회부장허지만 명수군, 난 이 사의 사회부장으로 한마디 하네만, 경찰로서
　　　는 이미 범행에 사용된 칼의 지문까지를 증거로 내세워 그 노인네
　　　가 진범이 틀림없다는 결론인데 자네가 아무리 아니라구 그래두
　　　누가 곧이 듣겠나. 자네 용기는 좋네만 너무 수사당국을 불신하는
　　　듯한 언동은 삼가주게나.

최명수　저로선 단 한마디—끝까지 이 사건의 진상을 캐구야 말겠다는 그
　　　것뿐입니다. 실례합니다.

　　〈E〉　윤전기 도는 소리.

사나이A　수도 경찰의 또하나의 개가. 칠순노인 드디어 범행일체를 자백.

사나이B　음, 피해자 지씨 기적적으로 소생이라…

여인　소생한 지씨 과거를 완전 망각. 신경과 K박사담 기억중추에 심한 충

격을 받았을 때 과거사를 일부 또는 전부를 망각하는 수가 있다.

소년　　그러다가 회복되는 수도 있지만 그리 흔하지 못하다.

　　〈M〉　주제음악.

　　〈E〉　군중의 떠드는 소리.

사나이A　야 나타났네. 칠순 살인귀가 고랑쇌 차구 들어오네.

사나이B　거 생김생김두 꽤 고약한데.

사나이A　쉿, 재판장 입장야. (소음 뚝멎고)

사나이B　역시 사형이겠지?

사나이A　물론이지. 살인자 살이거든.

재판장　　판결문—피고에게 사형을 언도함. 판결이유 피고는 서기 천구백…

　　〈E〉　요란한 박수소리.

아나운서A　담은 광물성—광물성입니다.

아나운서B　(여자) 여기는 비밀실입니다. 광물성—일찌기 범죄사상에 그 유
　　　　　　례를 보기 드문 남산동 살인 사건의 진범—늙으막에 치부하려
　　　　　　다 사형언도를 받은 칠순 노인의 심장.

아나운서A　그럼 첫 고개…… (이하 잠시)

최명수　　이거 꺼두 좋은가?

김주임　　핫핫핫……광물성은 걸작인데.

최명수　　걸작인지 졸작인지 난 도대체가 납득이 안가. (스위치 툭 꺼지고)

김주임　　자네 아직두 딴청이군. 자넨 대체 범죄수사의 과학성을 어떻게 보
　　　　　　나? 물적 증거를 불신하나?

최명수　　물적 증거 따윈 조작될 수두 있어. 지능적이게.

김주임 지능적이게? 아니 그럼 범인의 지능을 일했구 담당 수사관의 지능은 놀구 있었나? 이봐 명수군, 이 사건을 담당한 사람은 바루 나야. 내 손으로 끝장을 냈어.

최명수 그래서 자넨—자네의 공명을 드러내기 위해 죄없는 노인을 교수대에 달아두 좋은가?

김주임 최군, 말이 지나쳐! 우리의 우정이 아니었던들 이상 더 못참을껄. 그래 자넨 무슨 근거가 있다구 그리 센치를 떠나? 한푼어치 찌꺼기 휴매니즘인가?

최명수 알구 싶다면 봐주지. 자, 잘 보게.

김주임 이게 뭔데?

최명수 꾸겨진 사진조각일세. 절반이 북 찢겼지.

김주임 아니 이거 자네 아닌가?

최명수 그리고 없어진 반 조각은 그녀가 앉아 있네. 그 옛날 둘이서 박은 거야. 여태 숨겨서 미안하네만 바구 그날밤—우리가 현장에 달려갔던 그때 말이야—난 이걸 그녀의 꼭 틀어쥔 손아귀에서 발견했네.

김주임 뭐 손아귀에서?

최명수 왜 놀라운가? 그야 물론 내가 아니었던들 자네 손에 들어갔을 테지. 그후 난 나머지 반 조각을 찾아 무진 애를 썼어.

김주임 그래 찾았나?

최명수 여기 있네.

김주임 아니 어디서?

최명수 어떤 사나이의 세탁물 속에서야.

김주임 흠! 과연 놀라운 지능이군. 수고했네.

최명수 참고삼아 말해두지만, 이 사건은 순전히 치정살인이야. 말하자면 삼각관계지. 여자의 몸은 비록 차지할 수 있어두 그 순정마저 뺏을 수 없었던 사나이의 초조가 이런 사건을 저질렀어.

김주임 좋아! 난 자넬 증거인멸죄로 입건할 수도 있어. 허지만 명수군, 나
         와의 우정으로 보아 그 사나이가 누군지 그걸 좀 말해줘.

최명수 못하겠네. 좀더 확증을 잡기까진. 난 이 사건을 푸는데 그 어떤 사
         명감이랄까 운명감같은 것을 느껴. 그럼 실례하네. 경애씰 찾아가
         겠어. (구둣발소리 멀어지고)

김주임 음—골친데. 이럴 수가 있나 원!

〈M〉 주제음악.

지경애 호호호……제가 지경애라구요? 그럼 전 미스지게? 아니 미세스 진가?

최명수 당신은 지경애—지경애가 당신의 이름이라니깐 그래! 그리구 난 최
         명수구—날 모르나?

지경애 어디서 오셨는데? 경찰? 아님 병원?

최명수 오, 그래두 모르는군. 자, 저 거울 좀 봐. 머리의 그 상처가 어째 생
         겼는지 곰곰히 생각을 더듬어 봐요.

지경애 이건 저거죠. 미장원에서 고데하다가 뎄어요. 뻘겋게 달은 고데가
         살에 닿자 따끔하더니 이렇게 됐어요. 좀 피가 흘렀지만 아프진
         않았어요. 그래! 그때 매담이 음악을 틀어 줬을 거야. 감미롭구 애
         틋한 곡이었어.

최명수 그게 바루 이 곡이야. 자 들어 봐.

〈E〉 주제음악. 이하 배음으로—

지경애 이상해요.

최명수 뭐가?

지경애 저 곡을 듣구 있노라니 뭔지 눈앞을 비누방울 같은 것이 곡조에

맞춰서 커졌다 작아졌다 수없이 날아다니구 있어요. 색깔두 갖가
지—아 눈이 부셔.

최명수 경애!

지경애 왜요?

최명수 저 곡에 맞춰 우리 춤을 춰.

지경애 네 좋아요.

〈E〉 스텝 밟는 소리.

지경애 더 빨리 돌아요. 좀 더!

최명수 경애!

지경애 네?

최명수 날 쳐다 봐.

지경애 보구 있어요.

최명수 여기 칼이 있어.

지경애 칼?

최명수 그래 칼이지. 날이 시퍼런 칼이야.

지경애 아, 아, 악!

최명수 아, 팔을! 팔을 무네. 이거 놔!

지경애 (전화통을 두드리며) 여보세요, 경찰이죠? 사람 살려 줘요. 급해
요! 썩 급해요!

최명수 경애!

지경애 치, 칠번! 아, 아, 악……!

최명수 역시 틀림없었구나!

〈E〉 높아지고

김주임 음, 그래서 자네, 팔에 붕대를 감았군 그래. 덕분에 그녀두 과거를
되살리구. 그래 범인은 결국 누구지?

최명수 내 얘긴 끝났네. 이젠 자네 나설 차례야. 다만 난 오늘로써 신문사
두 손을 끊었네. 당분간 어디라두 인적이 드문 고장에 처박힐 참
야. 그리구 이 사진조각들은 자네 맡아 두게. 과히 처신에 해롭잖
게 써 줘. 그럼 성공을 비네.

〈M〉 윤전기 도는 소리. 이하 배음으로—

사나이A 남산동 살인사건 백팔십도로 반전!
사나이B 진범은 한때 한국 실업계를 주름잡던 최철수로 판명!
사나이A 범인을 추적코 형사대 홍콩으로 출동!
사나이B 담당 경찰관 일계급 특진!

〈E〉 높아지고

소년 엄마, 이게 무슨 소리야?
여인 일요일 퀴즈 났니?
소년 퀴즈는 아니구 무슨 얘기 제목인가 봐. 읽을게 들어 봐. 피보다 물
이 또한 짙었던가? 운명의 여신은 장난을 좋아해. 형은 이역 푸른
물결에 몸을 던져 속죄하고……
여인 뭐라구?

〈E〉 주제음악 고조되며—
(방송시간 三○분)

그해 여름의 낮과 밤

ⓒ 김상민, 2012

1판 1쇄 인쇄__2012년 06월 20일
1판 1쇄 발행__2012년 06월 30일

지은이__김상민
펴낸이__이종엽

펴낸곳__글모아출판
     등　록__제324-2005-42호

공급처__(주)글로벌콘텐츠출판그룹
     대　표__홍정표
     이　사__양정섭
     기획·마케팅__노경민　배정일　배소정
     디자인__김미미
     경영지원__안선영
     주　소__서울특별시 강동구 길동 349-6 정일빌딩 401호
     전　화__02-488-3280
     팩　스__02-488-3281
     홈페이지__www.gcbook.co.kr

값 18,000원
ISBN 978-89-94626-08-6　03810

·이 책은 본사와 저자의 허락 없이는 내용의 일부 또는 전체를 무단 전재나 복제, 광전자 매체 수록 등을 금합니다.
·잘못된 책은 구입처에서 바꾸어 드립니다.